WORLD
토브욘
헤닝
카말 대사막
군나르
리안강
수도
아르네
스벤센
토레
부쿤 대산맥
바야크
바야크 저지선
홀리랜드
발루아
카롤

룬드
에룬
요르겐
맥클라우드
위그
마고
N

하라간

ORIGINAL FANTASY STORY & ADVENTURE

쥬논 판타지 장편소설

dream books
드림북스

하라간 12 성전(聖戰)을 시작하다

초판 1쇄 인쇄 2019년 2월 21일
초판 1쇄 발행 2019년 3월 8일

지은이 쥬논
발행인 오영배
편집 편집부
일러스트 유진
본문편집 오정인
제작 조하늬

펴낸 곳 (주)삼양출판사 · 드림북스
주소 서울시 강북구 도봉로 173
대표 전화 02-980-2112 **팩스** 02-983-0660
편집부 전화 02-987-9393 **팩스** 02-980-2115
블로그 blog.naver.com/dreambookss
출판등록 1999년 3월 11일 제9-00046호

ISBN 979-11-283-9365-5 (04810) / 979-11-313-0654-3 (세트)

+ 이 도서의 국립중앙도서관 출판시도서목록(CIP)은 서지정보유통지원시스템홈페이지(http://seoji.nl.go.kr)와 국가자료공동목록시스템(http://www.nl.go.kr/kolisnet)에서 이용하실 수 있습니다. (CIP제어번호: 2019005426)

하라간
쥬논 판타지 장편소설
ORIGINAL FANTASY STORY & ADVENTURE
12
성전(聖戰)을 시작하다
dream books
드림북스

목차

사대신수

『성혈의 바하문트』

—신수: 날개 달린 사자

—상징: 공포

—속성: 흙(土), 피(血)

『둠 블러드 이탄』

—신수: 냉혹의 뱀

—상징: 파멸

—속성: 금속(金), 빛(光)

『불과 어둠의 지배자 샤피로』

—신수: 광기의 매

—상징: 탐욕

—속성: 불(火), 어둠(暗), 나무(木)

『포식자 하라간』

—신수: 투명 마수

—상징: 타락, 나태

—속성: 얼음(氷), 균(菌), 물(水)

영멸을 원하는 자여
검푸른 마해(魔海)를 들여다보라
끝을 가늠할 수 없는 그 깊은 심해저 밑바닥에
괴물이 산다

제1화

그룬드의 재등장

Chapter 1

"대원사님, 대원사님. 큰일 났습니다."

"지금 인간계에서 난리가 났단 말입니다."

좌완사와 우원사가 이른 새벽부터 호들갑을 떨어 댔다. 두 원사의 야단법석에 놀라 새벽 별빛이 바르르 흔들렸다.

그래도 대원사는 대답이 없었다. 마음이 급해진 두 원사는 입가에 양손을 모으고 애타게 대원사를 찾았다.

"대원사님, 어서 제단으로 내려오십시오."

"지금 큰일이 터졌습니다."

잠시 후, 하늘에서 대원사가 하강했다. 대원사는 여덟 쌍의 날개를 펄럭이며 구름 위의 제단에 내려서더니, 마뜩잖은 듯 두 원사에게 눈을 흘겼다.

"에잉! 이른 아침부터 웬 소란들인가? 오늘도 천신의 은혜가 내려오지 않아 마음이 심란하건만, 자네들이 빽빽 소리를 질러 대니 이 늙은이의 심란함이 한층 더 깊어지는구먼. 쯧쯧쯧."

"대원사님, 지금 그런 한가한 소리를 하실 때가 아닙니다."

"아주 큰일이 터졌습니다. 여왕 폐하를 모시고 인간계에 강림했던 서신장 도릭스가 그만 소멸했단 말입니다."

좌원사와 우원사가 대원사의 양 소매를 붙잡고 발을 동동 굴렀다.

도릭스의 소멸이라니, 충격적인 이야기였다. 대원사가 두 눈을 부릅떴다.

"뭐라고? 자네들 지금 뭐라고 했나?"

대원사가 좌원사와 우원사의 멱살을 동시에 잡았다.

하얀 수염의 우원사가 침울하게 고개를 가로저었다.

"서신장 도릭스 말입니다. 그가 소멸했습니다."

"어억! 누가 소멸을 해?"

대원사는 해머로 뒤통수를 얻어맞은 기분이었다.

"어어어, 이럴 수가."

대원사가 손으로 이마를 짚고 비틀거렸다.

"아이고, 대원사님."

"고정하십시오."

좌원사와 우원사가 양쪽에서 대원사를 부축했다.

겨우 정신을 차린 대원사가 다시금 우원사의 멱살을 잡았다.

"다시 한 번 말해 보게. 대체 누가 소멸했다고?"

우원사가 참담한 표정으로 설명을 되풀이했다.

"서신장 도릭스 말입니다. 여왕 폐하를 보필하여 인간계에 강림한 도릭스가 그만 소멸하고 말았습니다. 크흐흐흑."

울보 우원사는 끝내 울음을 터뜨렸다.

좌원사의 눈도 시뻘겋게 충혈되었다.

대원사가 우원사의 어깨를 앞뒤로 흔들었다.

"이게 대체 무슨 소리야? 도릭스가 어떻게 소멸할 수 있어? 우리 천계의 신장이 어떻게 그리 쉽게 소멸할 수 있냐고?"

"크흐흑, 대원사님. 저희도 영문을 모르겠습니다. 하지만 도릭스가 소멸당한 것은 분명합니다. 제가 몇 번이나 거듭해서 확인한 사실입니다."

"도릭스가 공을 세우기 위해 단독으로 북부에 쳐들어갔다는 전언입니다. 아무래도 그곳에서 마해의 거물급과 맞닥뜨린 듯합니다."

대원사가 펄쩍 뛰었다.

"말도 안 돼. 아무리 거물급이라고 해도 그렇지, 도릭스는 그렇게 쉽게 당할 아이가 아니야. 심해저의 마물과 맞서 싸우더라도 밀릴 녀석이 아니라고."

"대원사님, 아무래도 심해저 가장 밑바닥, 즉 심해저 3층 레벨의 마물이 인간계에 강림해 있었던 모양입니다."

심해저 3층이란 소리에 대원사의 눈동자가 바르르 흔들렸다.

"심해저 3층? 설마 인간계에 다즈키르샤나 밀레노덴스, 노옵키르샤와 같은 초거대 마물들이 현신했더란 말인가?"

12개의 머리를 가진 최강의 드래곤 다즈키르샤.

대륙을 떠받칠 만큼 두꺼운 다리 8개를 지녔고 산맥을 연상키는 6개의 상아를 휘두르는 밀레노덴스.

7개의 뿔에 온몸이 조개껍질로 뒤덮여 있고 자줏빛 플라즈마를 마구 쏘아 대는 노옵키르샤.

만약에 도릭스가 이런 초거대 마물과 맞닥뜨렸다면 혼자 힘만으로는 감당하기 어려웠을 것이다. 좌원사와 우원사가 동시에 의견을 피력했다.

"아무리 생각해도 그것 외에는 달리 설명할 길이 없습니다. 그런 초거대 마물과 맞닥뜨리지 않았다면 서신장 도릭스가 이토록 허무하게 소멸당할 리 없단 말씀입니다."

"마해에서 이미 인간계 북부를 꽉 장악하고 있었나 봅니다. 도릭스는 그것도 모르고 홀로 쳐들어갔다가 그만 덫에 걸린 것 같습니다. 크흐윽, 빌어먹을.”

급기야 좌원사가 분노를 터뜨렸다.

대원사가 황급히 여왕의 안부를 물었다.

“도릭스가 당했다면, 여왕 폐하는? 그분께선 무사하신가?”

시커먼 수염의 좌원사가 냉큼 보고했다.

“어둠 신장 막센이 즉각 여왕 폐하께 달려가 밀착 호위 중입니다.”

“동신장 브렌누스가 마침 강림 의식을 거의 완료 중이라는 보고입니다. 브렌누스도 깨어나자마자 여왕 폐하의 곁으로 달려간다고 했습니다.”

“플라비우스는?”

대원사가 빛의 신장 플라비우스의 상태를 물었다.

좌원사가 고개를 가로저었다.

“플라비우스는 아직 강림 의식이 완료되지 않았습니다. 하지만 최선을 다해 노력하고 있으니 조만간 결과가 있을 것입니다.”

그 말에 대원사가 두 주먹을 꽉 움켜쥐었다.

“아직도 시간이 더 걸린다니, 이거 너무 늦구먼.”

빛의 신장 플라비우스는 천계의 육대신장 가운데 최강자였다. 마해의 초거대 마물들을 상대하려면 플라비우스가 반드시 필요했다.

우원사가 말을 덧붙였다.

“플라비우스가 완전히 강림하기까지 한 달 남짓 남은 것 같습니다. 그때까지가 고비입니다. 북부에 현신한 초거대 마물들이 남부로 와락 밀고 내려오면 여왕 폐하께서 위험하실 수도 있습니다.”

“그건 안 돼. 선대왕 폐하와 선대여왕 폐하께서 갑자기 천신의 곁으로 승천하시는 바람에 어리신 여왕 폐하께서 무거운 짐을 짊어지시게 되었거늘, 그분마저 위기에 처하시면 안 된다고.”

대원사가 버럭 소리를 질렀다.

좌원사와 우원사가 그 말을 기다렸다는 듯이 청을 넣었다.

“그래서 말입니다, 아무래도 저희 둘이 인간계에 내려가야겠습니다. 이곳 제단을 지키는 일도 중요하지만 우선 여왕 폐하부터 지켜야 하지 않겠습니까?”

“제 생각도 좌원사와 같습니다. 서신장 도릭스가 소멸했으니 영멸의 법진을 구성하는 일마저 불가능해졌습니다. 결국 좌원사와 제가 인간계에 내려가서, 한 명은 여왕 폐하를 보필하고, 다른 한 명은 육대신장과 함께 영멸의 법진을 구성해야 할 것입니다.”

두 원사는 조심스럽게 대원사의 눈치를 살폈다.

대원사는 고지식하기로 유명했다. 이곳 제단을 버리고 인간계에 내려간다고 하면 불호령이 내릴 것이 뻔했다.

그런데 대원사의 반응이 의외였다.

"내려가야지."

"네에?"

"대원사님, 지금 뭐라고 하셨습니까?"

대원사가 굳은 표정으로 말을 되풀이했다.

"인간계에 내려가야 한다고 말했네. 이곳 제단에서 천신의 은혜를 살피는 것도 중하지만, 지금은 여왕 폐하의 안전이 최우선일세. 그러니 내려가세. 자네들뿐 아니라 나도 함께 가겠네."

좌원사와 우원사가 깜짝 놀랐다.

"네에에? 그게 정말이십니까?"

"대원사님께서도 강림하시겠다고요?"

두 원사의 물음에 대원사가 힘차게 고개를 위아래로 끄덕였다.

"가야지. 암, 나도 가야 하고말고."

그렇게 천계 세 울보의 지상 강림이 결정되었다.

Chapter 2

새벽이 오기 전 세상은 칠흑같이 어두웠다. 어둠에 뒤덮인 카롤 왕궁 내부에 역겨운 피비린내가 진동했다.

"흐으, 흐으, 흐으으."

골드 라이온이 상처 입은 짐승처럼 거칠게 숨을 몰아쉬었다.

수십 년 만에 돌아온 골드 라이온의 고향은 그야말로 만신창이었다. 믿었던 아들 메로베는 신하의 아내와 불륜을 저질러 충신을 죽게 만들었다. 손자인 줄리앙도 대를 이은 패륜으로 카롤 왕국을 망쳤다. 충신 중의 충신인 카일 백작이 억울하게 독살을 당했다. 카일의 사위 루잉 백작도 사라지고 없었다. 노먼 공작은 아예 사형을 당했다.

충신들이 사라진 자리를 간신배들이 채웠다. 골드 라이온이 정성껏 키워 낸 보물 같은 왕국을 보투르와 같은 간신모리배들이 망쳐 놓았다.

"바로 잡아야 해. 내가 어떻게 일군 카롤 왕국인데, 이렇게 망가뜨릴 수는 없어."

골드 라이온이 으르렁거리듯 독백했다. 지금 골드 라이온의 눈에는 아무것도 들어오지 않았다.

[서둘러라. 어서 가서 새로운 은둔 수호자들을 뽑아야

한다. 남부의 영웅들을 모아 북부의 마물들과 맞서 싸워야 해. 시간이 없어.]

골드 라이온의 스승 벨커스는 이렇게 주문했다.

골드 라이온의 귀에는 스승의 간절한 외침이 들리지 않았다. 그저 카롤 왕국을 바로 세워야 한다는 생각에만 사로잡혔다.

골드 라이온은 거인이었다. 비록 그의 키는 150 센티미터의 단신에 불과하지만, 카롤 왕국의 그 누구도 골드 라이온의 앞을 가로막지 못했다. 그 어떤 사람도 골드 라이온 앞에서 고개를 빳빳이 들지 못했다.

보투르를 따르던 간신배들이 골드 라이온이 휘두른 검에 목이 잘렸다. 보투르 휘하 기사들과 병사들도 모두 몸이 썰려 나갔다. 근위대도 예외는 아니었다. 카롤 왕궁의 복도가 온통 피바다로 변했다.

철벅, 철벅, 철벅.

골드 라이온이 피바다 속을 무표정하게 걸었다. 오른손에 움켜쥔 그의 검에서 핏물이 뚝뚝 떨어졌다. 왼손에 움켜쥔 보투르의 머리카락도 온통 피범벅이었다. 사지가 절단된 보투르 공작은 골드 라이온에게 머리를 붙잡힌 채 이 복도 저 복도를 질질 끌려 다녔다. 보투르의 어깨와 허벅지에서 흐르는 피가 왕궁 복도를 흥건하게 적셨다.

"끄으윽, 큭."

보투르는 가물거리는 눈으로 골드 라이온의 등을 올려다 보았다.

저 자그마한 등판이 어찌나 커 보이던지!

보투르는 부르르 전율했다. 골드 라이온의 앞을 가로막은 기사들과 병사들도 부르르 몸서리를 쳤다.

"이 노옴, 어서 공작 각하를 놓아 드리지 못할까!"

"여기가 어디라고 행패냐?"

몇몇 기사들이 골드 라이온에게 호통을 쳤다. 기세 좋게 호통은 쳤지만 그들의 목소리가 덜덜 떨려 나오는 것은 어쩔 수 없었다. 상대에게서 뿜어지는 기세에 짓눌린 탓이었다.

철벅, 철벅.

골드 라이온이 한 발짝 한 발짝 핏물을 밟으며 다가섰다. 적들을 바라보는 골드 라이온의 눈은 삭막한 잿빛이었다.

"으으읏. 다가오지 마라."

"이놈이 감히."

골드 라이온의 앞을 가로막은 기사와 병사들이 주춤주춤 후퇴했다.

번쩍!

한 순간 골드 라이온의 모습이 뚝 사라졌다. 눈을 한 번 감았다 떴을 뿐인데 기사들 가운데 선두에 서 있던 2명의 목이 날아갔다. 검날에 잘린 머리통이 팽그르르 회전하면서 허공으로 떠올랐다가 내궁 벽에 부딪쳐 퉁퉁 튕겼다. 10 미터 저편에 서 있던 골드 라이온이 어느새 눈앞에 다가와 기사들의 목을 베어 버린 것이다.

"우왁."

"유령이닷."

기겁을 한 병사들이 도미노처럼 주저앉았다. 심지어 기사들도 놀라서 엉덩방아를 찧을 판이었다. 그러니 일반 병사들이 버틸 리 없었다.

슈와악, 서걱!

골드 라이온이 검을 수평으로 그었다가 다시 아래서 위로 쳐올렸다. 바람 소리가 그 뒤를 따랐다. 이 간단한 두 번의 동작에 병사 8명의 몸이 둘로 쪼개졌다.

"으으으, 악마다. 악마가 나타났어."

"후퇴, 후퇴."

겁에 질린 기사들이 뒤에서 악을 썼다.

병사들은 무기를 버리고 앞다투어 도망쳤다. 그러다 서로의 발에 걸려 우당탕 넘어졌다.

스으윽―

골드 라이온이 유령처럼 몸을 날렸다. 핏물에 젖은 골드 라이온의 검이 병사 16명을 도륙하고 기사 5명을 연달아

베었다. 그다음 마지막 기사의 머리를 향해 뚝 떨어졌다.

까앙!

놀랍게도 마지막 기사가 골드 라이온의 검을 막아 내었다.

물론 제대로 방어한 것은 아니었다. 기사는 반사적으로 검을 휘둘러 골드 라이온의 공격을 옆으로 흘려버리고는 그 힘을 이기지 못해 뒤로 벌렁 나자빠졌다.

'어랏, 이놈 봐라? 내 검을 막아?'

골드 라이온의 눈썹이 꿈틀 움직였다.

"으허헉. 허억, 허억."

불곰처럼 덩치가 큰 기사가 한 바퀴 뒤로 구른 뒤 가쁜 숨을 몰아쉬었다.

골드 라이온이 상대를 노려보았다.

"우힉."

상대 기사는 잔뜩 겁먹은 눈빛으로 그 자리에 엎드렸다. 기사는 어느새 무기마저 버리고는, 벌벌 떨리는 손으로 자신의 머리통을 감쌌다.

골드 라이온의 눈빛이 기사의 뒤통수에 날카롭게 꽂혔다.

'행색을 보아하니 보투르 공작 직속의 기사는 아니구나.'

그렇다면 기온 백작이 양성한 근위기사가 분명했다.

골드 라이온이 낮게 호통을 쳤다.

"이 노옴, 왕을 지켜야 할 근위기사가 내궁에 쳐들어온

적을 앞에 두고 무기를 내팽개친단 말이냐?"

덩치 큰 기사가 쩔쩔매며 머리를 조아렸다.

"소, 소, 송구하옵니다."

말을 더듬는 모습이 영 이상했다. 발음도 어눌하기 짝이 없었다. 골드 라이온이 검 끝으로 상대의 정수리를 툭 건드렸다.

"우히힉."

덩치 큰 기사가 벌벌 떨었다.

골드 라이온이 검을 놀려 상대의 투구를 벗겼다.

"흐윽, 흐윽."

기사가 움찔 놀라 목을 자라처럼 웅크렸다. 그 와중에 덜렁 튀어나온 기사의 목걸이가 골드 라이온의 눈에 띄었다.

Chapter 3

'기온 백작 가문의 목걸이구나.'

골드 라이온의 표정이 살짝 변했다.

왕을 섬기는 근위기사는 머리가 필요 없다. 생각하려고 하지 마라. 그저 충심으로 왕을 섬겨라.

이것은 수십 년 전 골드 라이온이 석판에 새겨서 카롤 왕국 근위기사들에게 남겨 준 유훈이었다.

근위기사단장인 기온 백작은 골드 라이온의 유훈을 충실하게 따랐다. 기온은 머리가 똑똑한 자들을 멀리했다. 대신 다소 아둔하면서도 우직하고, 무재가 뛰어난 아이들을 뽑아서 근위기사로 키워 냈다.

그런데 보투르가 권력을 쥐면서 상황이 바뀌었다. 보투르는 기존의 근위기사들을 자신의 심복으로 대체했다. 그래야 줄리앙의 행동 하나하나를 감시할 수 있기 때문이다.

지금까지 골드 라이온이 수도 없이 베어 죽인 근위기사들은 대부분 보투르의 심복들이었다.

'그런데 이 불곰 같은 녀석은 그 역적 놈들과는 다르군. 말을 더듬는 이 우직한 바보 녀석은 보투르의 심복이 아니야. 기온 백작이 키워 낸 진짜 기사야.'

모처럼 골드 라이온의 눈동자에 온화한 빛이 감돌았다.

"옜다."

투욱, 땡그렁!

골드 라이온이 기사의 머리 앞에 둥그런 철패를 하나 던졌다.

"우왁."

기사가 벌벌 떨었다.

철패 하나에 놀라 자빠지는 그 어수룩한 모습에 골드 라이온이 피식 웃었다.

피에 젖은 철패는 카롤 왕궁 근위기사단장을 상징하는 신분패였다.

"이제 그건 네 것이다."

"네에?"

기사는 영문을 모르겠다는 표정으로 눈만 껌뻑거렸다.

골드 라이온이 엄중하게 명했다.

"그 패를 가지고 왕을 지켜라. 기온 백작이 왕궁에 복귀할 때까지 네 녀석이 목숨을 다해 왕을 지켜야 할 것이야."

기사는 연신 눈꺼풀만 껌뻑거릴 뿐이었다.

상대가 말귀를 알아듣지 못하자 골드 라이온이 언성을 높였다.

"왜 대답이 없느냐? 내 말 알아듣겠느냐?"

"우힉? 네네. 네에, 네."

덩치 큰 기사가 빠르게 고개를 주억거렸다.

골드 라이온은 그런 기사를 힐끗 내려다본 다음, 다시 발걸음을 옮겼다.

원래 골드 라이온은 이곳 내궁에 머무는 반역자들을 하나도 남김없이 싹 다 죽여 버릴 요량이었다. 줄리앙의 비참한 모습을 곁에서 지켜본 자들은 모두 죽어 마땅하다고 골드 라이온은 생각했다.

'줄리앙은 제왕답지 않게 병신 짓을 많이 했어. 그 모습을 본 목격자들이 모두 사라져야 앞으로 줄리앙이 왕 노릇을 제대로 할 수 있을 게야.'

이렇게 생각한 골드 라이온이 덩치 큰 기사를 한번 뒤돌아보았다. 저 기사도 분명 목격자 가운데 한 명이었다. 순간적으로 골드 라이온의 눈이 날카롭게 빛났다.

골드 라이온이 뿜어내는 살기를 느끼지도 못하는지 덩치 큰 기사는 철패를 양손에 꼭 쥐고 어눌한 발음으로 신음을 흘렸다.

"으어어어. 어어."

바보 같은 기사의 모습을 보자 골드 라이온은 비로소 마음이 놓였다.

'역시 모자란 녀석이다. 줄리앙이 부려 먹기에 딱 좋아.'

이렇게 판단한 골드 라이온이 살기를 거두고는 서둘러 내궁 밖을 향해 발걸음을 옮겼다.

골드 라이온이 이렇게 서두르는 데는 이유가 있었다. 지금 골드 라이온은 손가락 하나 까딱거릴 힘조차 남아 있지 않았다. 시간을 정지하는 권능을 연달아 사용한 탓이었다.

'서둘러 빠져나가지 않으면 위험하다. 내가 쓰러지는 즉시 반역자들이 나를 공격할 게야. 그럼 우리 카롤 왕실이

무너진다.'

골드 라이온은 진땀을 흘리며 발걸음을 재촉했다.

그 조급한 마음이 실수를 만들었다. 벌벌 떠는 기사를 유심히 살피지 못한 것이 골드 라이온의 실수였다.

이 실수는 단지 조급한 마음 때문에 생긴 것만은 아니었다. 오늘 골드 라이온은 연달아 큰 충격을 받았다.

줄리앙에 대한 실망감.

보투르에 대한 분노.

실비아와 미아 모녀가 나누었던 충격적인 이야기.

루잉 백작이 살아 있을지 모른다는 우려.

카롤 왕국의 미래에 대한 걱정 등등.

이 많은 요소들이 복합적으로 작용하여 골드 라이온의 예리한 통찰력을 흐트러뜨렸다.

그리고 세 번째 요인.

골드 라이온은 오늘 우발적인 살인을 많이 저질렀다. 요 한두 시간 사이에 골드 라이온이 베어 버린 사람의 수가 무려 100여 명에 육박했다. 지독한 피비린내가 왕궁에 진동했다. 그 피의 향기에 취해 골드 라이온의 예민한 감각이 무뎌졌다.

조급함.

심리적 충격.

진득한 피의 향기.

이상 세 가지가 복합적으로 작용하면서 골드 라이온은 짐승의 냄새를 맡지 못했다. 평소의 골드 라이온이라면 덩치 큰 기사에게서 풍기는 짐승의 냄새, 즉 마물의 냄새를 곧장 알아차렸을 것이다.

그런데 지금은 그 점을 놓쳤다. 골드 라이온의 감각이 완전히 흐트러진 상태였기 때문이다. 골드 라이온이 보투르를 질질 끌고 내궁 밖으로 나가 버린 뒤, 벌벌 떨던 기사가 슬쩍 고개를 들었다.

"흐으응."

흐릿하던 기사의 눈빛이 갑자기 또렷하게 돌아왔다. 겁에 질렸던 기사의 안색도 눈 깜짝할 사이에 정상이 되었다.

"아우, 뻐근해라."

기사는 핏물이 흥건한 바닥에 철퍽 주저앉아 벽에 등을 기댔다. 그렇게 한숨을 돌리자 비로소 피범벅인 내궁 복도가 기사의 눈에 들어왔다.

"으허허, 노친네가 기운도 좋지. 참으로 화끈하구먼. 으허허."

곳곳에 널브러진 시체들이 보기에 끔찍했다. 그 시체들 사이에 앉아서 기사가 피식 웃었다.

"게다가 엄청 강하잖아? 그 노친네의 검이 어떻게 움직였는지 제대로 보지도 못했다고. 하마터면 나도 모르게 왑타를 불러낼 뻔했잖아. 젠장!"

불과 몇 분 전에 벌어진 일을 회상하는 것만으로도 기사는 소름이 끼쳤다. 그는 손바닥으로 자신의 팔뚝을 슥슥 문질렀다.

"남부 연합이 마냥 호구는 아니었단 말이지? 하긴, 이 정도 저력이 있으니까 토레 왕국과 요르겐 왕국의 공격에도 쉽게 무너지지 않고 꾸역꾸역 버텼을 테지."

잠시 고개를 갸웃거리던 기사가 독백을 이었다.

"우후훗, 이건 꼭 나쁜 상황만은 아니야. 남부 연합이 저력이 있어야 이 그룬드 님이 재기할 발판을 제대로 마련할 수 있잖아? 우흐흐흐."

기사의 입에서 '그룬드'라는 이름이 튀어나왔다.

저 머나먼 북쪽 끝, 북해를 지배하는 토브욘 왕국의 왕자.

군주 토브욘의 다섯 번째 아들 그룬드가 대륙 남부의 끝자락 카롤 왕국에 모습을 드러낸 것이다.

골드 라이온이 사라진 방향을 지그시 노려보던 그룬드가 히죽 웃었다.

"노친네, 고맙소. 내게 이런 선물을 다 주고, 복 받을 거요. 우흐흐흐."

그룬드는 골드 라이온에게 건네받은 철패가 무엇을 의미

하는지 아주 잘 알았다. 그리고 이 철패를 이용하면 어떤 권력을 손에 넣을 수 있는지도 잘 이해하고 있었다.

휘리리릭,

처억!

그룬드의 손을 떠난 철패가 허공에서 대여섯 바퀴를 회전하다가 다시 그의 손바닥 안에 떨어졌다.

"우후후훗."

그룬드의 입가에 비열한 미소가 걸렸다. 골드 라이온이 완전히 사라진 것을 확인한 그룬드가 천천히 몸을 일으켰다.

"끄응차. 그럼 이제 병신 같은 왕을 만나러 가 볼까?"

그룬드는 줄리앙이 얼마나 바보 같은 놈인지 잘 알았다.

"일단 그 호구부터 내 손에 넣어야지. 그다음 야금야금 이 왕국을 집어삼켜야 해. 저 무시무시한 난쟁이 노친네가 눈치채지 못하도록 조심해서 말이야."

그룬드는 오른손에 검을 들고 왼손에 근위기사단장을 상징하는 철패를 꽉 움켜쥐었다. 그다음 찌그러진 투구를 머리에 다시 뒤집어쓰고 척척 걸음을 옮겼다.

골드 라이온이 사라진 반대 방향, 왕과 왕비가 머무는 내궁 깊숙한 곳이 바로 그룬드의 발걸음이 향하는 목적지였다.

카롤 왕실에 드리운 불행의 그림자는 아직 해소되지 않았다.

Chapter 4

잉그리드가 룬드 왕국으로 돌아갔다.

동생을 배웅한 클레이아는 숙소로 돌아와 곰곰이 생각에 잠겼다.

"이제 위대하시고 또 위대하신 분께서 하라간 님의 세 번째 배필을 정하실 거야. 그다음은 후궁을 들일 차례지."

군나르 왕국의 전통에 따르면, 세 번째 배필은 왕국 내부에서 찾는 것이 보편적이었다. 그런데 오늘 아침 식사 자리에서 군나르는 "하라간의 세 번째 배필을 타 왕국에서 들이겠다."라고 선언했다.

북부의 아홉 왕국이 안정 상태일 때는 3명의 왕세자빈 가운데 2명을 자국 출신으로 채워서 내궁을 안정시키는 것이 필요했다.

하지만 지금은 그런 안정기가 아니었다. 하라간은 북부를 통일할 전쟁을 준비 중이었고, 군나르는 그 전쟁에 도움이 될 여자를 하라간의 배필로 삼기를 원했다.

하라간의 배필을 들먹거리면서 군나르는 클레이아를 슬쩍 바라보았다.

[내 말뜻을 알아듣겠느냐?]

클레이아의 뇌리에 군나르의 음성이 천둥처럼 울렸다.

클레이아가 몸을 움찔했다. 클레이아는 군나르의 말뜻을 알아들었다.

'내가 나설 차례구나.'

하라간의 배필을 정하는 일은 어디까지나 군나르의 몫이었다.

그렇게 왕세자빈 3명이 결정된 다음, 누구를 후궁으로 들일지는 하라간에게 달렸다. 후궁을 몇 명이나 둘지도 하라간의 마음이었다.

하지만 내궁을 채우는 일에 하라간이 직접 나서는 것은 보기가 좋지 않았다. 그보다는 제1 왕비가 될 클레이아가 하라간에게 후궁을 추천하는 것이 더 좋은 모양새였다. 그래야 왕실 내궁이 안정되기 때문이다.

클레이아의 부친인 슐레이르는 이 점을 딸에게 단단히 주지시켜 놓았다.

'아버님께서 내게 누누이 당부하셨지. 이 시점에서 내가 투기를 부리면 안 돼. 하라간 님께서 언질을 주시기 전에 내가 먼저 괜찮은 여인들을 골라 하라간 님의 후궁으로 추

천드리는 것이 좋겠어.'

옷전에서 물러 나온 클레이아는 이렇게 결심했다.

딸랑, 딸랑, 딸랑.

클레이아가 종에 연결된 줄을 잡아당겼다.

"마마, 부르셨나이까?"

시녀 한 명이 쪼르르 달려왔다.

클레이아가 턱으로 방석을 가리켰다.

"응. 거기 앉아서 좀 받아 적어 봐."

"네. 말씀하소서."

시녀는 갈댓잎을 찌어서 만든 종이를 펼쳐 놓고 클레이아의 명을 받아 적을 준비를 했다.

잠시 생각에 잠겼던 클레이아가 입술을 열었다.

"라티파와 레다 자매."

"네."

시녀가 예쁜 글씨체로 쌍둥이 자매의 이름을 적었다.

클레이아가 혀를 계속 놀렸다.

"이쉬타르"

"네."

여기까지 3명의 이름을 받아 적은 뒤, 시녀는 눈을 반짝 빛냈다. 시녀는 라티파와 레다의 이름을 들을 때까지만 해도 이것이 어떤 명단인지 아리송했다. 하지만 이쉬타르가 언급되자 감이 팍 왔다.

'가만! 이쉬타르 님은 하라간 님의 배필 후보이셨던 분이시지? 이제 보니 오늘이 아주 중요한 날이구나. 장차 내궁에 어떤 분들이 들어올지 판이 짜이는 날이야.'

시녀가 두근두근한 심정으로 명단을 만들어 갔다.

클레이아가 계속 이름을 불렀다.

"오이난테."

"네."

시녀는 오이난테를 기록하면서 속으로 '역시!' 라고 외쳤다. 이쉬타르가 남부의 유력 토후인 무루의 셋째딸이라면, 오이난테는 왕궁 학사의 혈육이자 칼리프의 애제자였다. 아쉬타르와 마찬가지로 오이난테도 하라간의 배필 후보 가운데 한 명이었다. 비록 베레니케의 음모에 걸려 후보자 명단에서 탈락하기는 했지만, 여전히 그녀의 이름은 왕궁 안팎에 퍼져 있었다. 시녀는 한 글자 한 글자 힘을 주어 명단을 완성해 갔다.

잠시 망설이던 클레이아가 다음 이름을 불렀다.

"아이다."

"네."

시녀가 종이에 이름을 적고 있을 때 클레이아가 고개를 가로저었다.

"아니, 잠깐. 그 이름은 지워라."

이미 적은 이름을 지울 방법은 없었다. 시녀는 새 종이를 펼쳐 놓고 처음부터 다시 명단을 작성했다.

그사이 클레이아는 곰곰이 생각에 잠겼다.

'아이다를 후궁으로 들이는 일은 내가 결정할 바가 아니야. 그녀는 룬드 왕국 출신이니까 내가 섣불리 정하지 말고 다음에 잉그리드 동생의 의견을 물어봐야겠다.'

클레이아는 이렇게 결심했다.

사실 아이다는 잉그리드의 딸이라 하라간의 후궁이 될 수 없는 입장이었다. 하지만 클레이아는 잉그리드와 아이다의 관계를 알지 못했다. 그저 아이다가 무척 아름답고 하라간의 총애를 받는 부하라는 정도만 알고 있을 뿐이었다.

'가만. 하라간 님의 총애를 받는 여마법사가 또 있었지?'

머릿속에 아이다를 떠올리자 자연스럽게 마법 소녀 실보플레가 클레이아의 뇌리에 스쳐 지나갔다.

'그 소녀도 아이다만큼이나 마법이 뛰어나고, 귀엽고 착한 것 같던데. 토브욘 왕국 출신이면 어때? 하라간 님의 마음에만 들면 그만이지.'

Chapter 5

잠시 고민을 하던 클레이아가 명단을 추가했다.

"실보플레."

"네. 받아 적었나이다."

"마지막으로 레이나."

"네."

클레이아의 입에서 실보플레와 레이나의 이름이 연달아 언급되었다. 얼마 전 하라간이 포목점에서 데려온 평민 여자의 이름이 바로 레이나였다. 심지어 하라간은 환관들을 시켜서 레이나의 두 딸마저 왕궁에 들였다.

비록 하라간이 "이 여자를 후궁에 들이려고 데려온 것이 아니라오. 그냥 두면 위험하기 때문에 이곳에 끌고 왔소." 라며 펄쩍 뛰긴 했지만, 클레이아는 그 말을 믿지 않았다.

"여염집 여자를 왕궁으로 붙잡아 오신 것이 못내 민망하셨을 테지. 그래서 하라간 님께서 속마음을 내게 밝히시지 못하셨을 거야."

클레이아는 이렇게 중얼거렸다.

시녀가 그 말을 귀담아들었다.

'오호라.'

시녀가 속으로 무릎을 쳤다.

그렇지 않아도 지금 왕궁의 환관들과 시녀들 사이에는 레이나에 대한 뒷말들이 떠도는 중이었다.

"아무래도 하라간 님께서 그 여자에게 한눈에 반하셨나 봐."

"그러게 말이야. 오죽 마음에 드셨으면 곧바로 왕궁에 데려오셨겠어?"

"그런데 그 여자, 과부라며?"

"이미 아이가 있다고 하더라고. 그런데 하라간 님께서 그 아이들마저 왕궁에 데려오셨다고 하던데?"

"어쩜, 어쩜. 그 여자는 완전히 복이 터졌네. 시장에서 장사를 하던 평민 여성이 하라간 님의 눈에 들어 왕궁에 들어왔으니까 말이야."

환관들과 시녀들은 이런 말을 주고받으며 레이나에 대한 호기심을 키웠다.

클레이아가 시녀에게 물었다.

"지금까지 모두 몇 명이지?"

"라티파, 레다, 이쉬타르, 오이난테, 실보플레, 레이나. 총 6명이옵니다. 아이다라는 이름은 중간에 지우셨습니다."

시녀가 공손히 답했다.

클레이아가 고개를 주억거렸다.

"그래. 우선은 이 정도만 하자. 너는 사람을 시켜서 그 6명을 내게 불러오너라."

클레이아는 후궁 후보 6명을 한번 만나 볼 요량이었다. 그다음 괜찮다 싶은 여인들을 하라간에게 추천하기로 마음먹었다. 물론 경우에 따라서는 6명 모두 추천할 수도 있었다.

"지금 당장 말씀이옵니까?"

시녀가 공손히 되물었다.

클레이아가 고개를 가로저었다.

"아니. 그렇게까지 서두를 필요는 없느니라. 그저 너무 늦지 않게, 요 며칠 내로 날을 잡아서 한번 부르면 되겠지."

"알겠사옵니다."

시녀가 명단을 들고 뒤로 물러났다.

홀로 남은 클레이아가 한숨을 포옥 쉬었다.

"하아아아. 잘한 일이야, 클레이아. 하라간 님의 첫 번째 배필로서 나는 마땅히 이렇게 해야 해."

말은 이렇게 했지만 클레이아의 마음 한구석엔 왠지 모를 휑한 바람이 불었다.

한 해의 마무리를 코앞에 둔 12월 27일.

아르네 왕국을 침략할 작전을 짜다 말고 라티파가 친전에 불려 왔다. 하라간의 호위를 하던 레다도 친전에 들었다.

“저를 따라오시지요.”

클레이아를 섬기는 시녀가 쌍둥이 자매를 왕세자빈 전용 응접실로 안내했다.

라티파와 레다 자매가 도착했을 때 이미 응접실 안에는 4명의 여인들이 대기 중이었다.

‘드디어 올 것이 왔구나.’

머리가 좋은 라티파는 오늘 이 자리가 어떤 의미를 갖는지 곧바로 눈치챘다.

‘클레이아 님께서 여기 6명의 면접을 보신 다음 하라간 님께 후궁으로 추천할 요량이신가 봐. 으으으, 긴장된다. 긴장돼.’

라티파의 목으로 침이 꿀꺽 넘어갔다.

괄괄한 성격의 레다도 무슨 낌새를 눈치챘는지 바짝 긴장한 표정이었다.

그러고 보면 이 자리에 모인 6명은 서로 경쟁자였다. 라티파와 레다 자매가 안으로 들어오자 4명의 여인들이 경계의 눈빛을 빛냈다.

쌍둥이 자매도 이 자리에 모인 4명을 긴장한 눈빛으로

훑어보았다. 특히 라티파는 한 명 한 명 경쟁자들을 유심히 살폈다.

먼저 이쉬타르.

그녀는 언제 보아도 고혹적이었다. 이쉬타르의 우아한 미모는 물이 오를 대로 올라서 이제는 머리 뒤에서 후광이 비추는 듯했다.

'이런. 이쉬타르는 전에 보았을 때보다도 더 아름다워졌구나.'

라티파는 경계의 눈빛으로 상대를 훑어본 다음 옆으로 시선을 옮겼다.

'윽! 오이난테 언니잖아?'

이쉬타르와는 그저 안면만 한번 튼 사이라면, 오이난테와 라티파는 서로가 서로를 너무나 잘 알았다. 사실 라티파는 어린 시절부터 오이난테에게 은근한 경쟁심을 품고 있었는데, 그 이유는 라티파의 친할아버지인 칼리프가 오이난테에 대한 칭찬을 입에 달고 살았기 때문이다.

군나르 왕국이 낳은 천재 중의 천재

이 수식어가 어울리는 여자는 군나르 왕국에서 라티파와 오이난테, 단 2명뿐이었다.

한때 오이난테는 클레이아를 제치고 하라간의 첫 번째 배필이 될 뻔했다. 악녀 베레니케의 술수 때문에 추락하기는 했지만, 지금은 그 추문도 모두 가라앉았고 오이난테도 평소의 당당한 모습을 되찾았다.

[안녕, 라티파. 오랜만이야.]

오이난테가 라티파에게 살짝 손을 흔들며 뇌파로 인사를 건넸다.

[그러게요, 언니. 이게 얼마 만이에요? 정말 반가워요.]

라티파가 겉치레 인사를 했다.

오이난테를 떠난 라티파의 시선이 세 번째 여자에게 머물렀다.

'토브욘 왕국의 마법 천재 실보플레. 체엣. 이거 만만한 상대가 한 명도 없잖아?'

라티파의 안색이 살짝 굳어졌다.

무술로 단련된 레다는 탄력 있고 건강한 몸매가 압권이었다. 건강미로 치자면 이 자리에서 레다를 따를 여인이 없었다.

우아한 점을 따진다면 이쉬타르가 6명 가운데 단연 선두였다.

'그렇다면 나는 지혜로움으로 승부해야 하는데.'

이것이 라티파의 생각이었다.

Chapter 6

그런데 라티파에게 복병이 2명이나 존재했다.

오이난테의 지혜는 결코 라티파에게 뒤지지 않았다. 토브욘 왕국의 천재 실보플레도 영 만만치 않은 상대였다.

'클레이아 님께서 후궁 후보로 몇 명이나 추천하실까? 1명? 2명? 이거 오늘 경쟁이 만만치 않겠어. 휴우우우.'

라티파의 입에서 절로 한숨이 나왔다.

라티파의 눈이 마지막 경쟁자에게 꽂혔다.

레다가 기다렸다는 듯이 속삭였다.

[라티파 언니, 저 여자가 바로 그 레이나야.]

며칠 전 레다는 하라간을 호위하여 야시장 구경을 나갔었다. 그때 한 포목점에서 레이나와 마주쳤다.

[그래?]

라티파가 레이나를 찬찬히 뜯어보았다.

라티파도 이미 레이나에 대한 소문을 들었다. 그녀의 눈에 비친 레이나는 이쉬타르에 버금갈 정도로 미모가 빼어났다. 우아함은 다소 떨어지지만 대신 성숙함이 돋보였다.

쌍둥이 자매가 빤히 쳐다보자 레이나가 고개를 살짝 숙였다. 사실 레이나는 살짝 불안했다.

'젠장. 미치겠네. 이게 대체 어떤 자리야?'

레이나는 자신이 이 자리에 왜 불려 왔는지 영문을 알지 못했다. 그저 무표정하게 자리를 지키고 있었는데 익숙한 얼굴이 눈에 들어왔다.

'하라간…… 아니 마신의 호위 무사잖아? 무슨 일이지? 대체 나를 왜 여기에 부른 거야?'

레이나가 열심히 머리를 굴렸다. 그러면서도 다즈키르샤의 무지막지한 기세가 새어 나가지 않도록 각별히 주의했다.

막키르샤로 갓 진화한 잉그리드는 기세의 통제가 뜻대로 되지 않았다. 그래서 하라간이 옆에 없으면 주변 사람들을 짓누르는 흉포한 기운이 넘실넘실 뻗쳐 나갔다.

레이나는 달랐다. 막키르샤를 넘어서 다즈키르샤로 진화한 레이나는 기세를 감추는 것이 얼마든지 가능했다.

"괜히 사람들에게 겁주지 마. 단 한 올의 기세라도 흘리고 다녔다가는 그 즉시 징벌이 가해질 거야. 네가 아니라 헤닝 왕국에."

하라간은 레이나에게 이렇게 경고했다.

그 경고를 듣자마자 레이나는 부르르 몸서리를 쳐야만 했다. 사랑하는 헤닝 왕국에 마신의 징벌이 내려지는 상상을 하는 것만으로도 레이나는 숨이 콱 막혔다.

'이게 지금 무슨 상황이지? 혹시 마신이 나를 시험하는 것인가?'

레이나는 겁먹은 강아지처럼 주변의 눈치를 살폈다.

그 모습을 본 여인들이 오해를 했다.

'이런, 불쌍해라.'

'역시 평민 출신이라 어쩔 수 없구나. 이런 화려한 곳에 불려 오니 주눅이 들고 겁이 나는 모양이야.'

'하긴, 귀족인 나도 긴장이 되는데 평민 여자가 얼마나 긴장될까? 쯧쯧쯧.'

다들 마음속으로 레이나를 불쌍히 여겼다.

그때 종이 울렸다.

딸랑, 딸랑, 딸랑.

맑고 경쾌한 소리와 함께 시녀 2명이 응접실 입구에 나왔다.

"모두 자리에서 일어나 경의를 표하세요."

"왕국의 왕세자빈이신 클레이아 님께서 나오십니다."

시녀들의 말이 떨어지기 무섭게 여섯 여인이 자리에서 일어섰다. 레이나도 주춤거리며 일어나서 응접실 안쪽 입구를 바라보았다.

이윽고 시녀 4명을 뒤에 달고 클레이아가 등장했다.

"무루의 딸 이쉬타르가 왕세자빈 마마를 뵈옵니다."

예법에 밝은 이쉬타르가 먼저 한쪽 무릎을 꿇고 머리를 공손히 숙였다.

오이난테가 바로 그 뒤를 따랐다.

"오아난테가 왕세자빈 마마를 뵈옵니다."

"칼리프의 손녀 라티파가 왕세자빈 마마를 뵈옵니다."

"칼리프의 손녀 레다가 왕세자빈 마마를 뵈옵니다."

군나르 왕국 출신 4명이 먼저 무릎을 꿇었다. 실보플레가 당황했다. 하지만 실보플레도 곧 정신을 차리고 다른 여자들의 행동을 흉내 내었다.

"카티의 제자 실보플레이옵니다. 왕세자빈 마마를 뵈옵니다."

"풉!"

마법 모자를 벗고 무릎을 꿇은 실보플레의 앙증맞은 모습이 귀여워서 클레이아는 웃음을 뿜었다.

"아, 웃어서 미안해요. 미안, 미안."

성품이 착한 클레이아가 실보플레에게 사과를 했다.

실보플레는 붉어진 얼굴로 손사래를 쳤다.

"왕세자빈 마마, 아닙니다. 저는 괜찮습니다."

그사이 레이나가 무릎을 꿇었다.

"레이나가 왕세자빈 마마를 뵈옵니다."

얼마 전까지만 해도 레이나는 누군가에게 무릎을 꿇어 본 적이 없는 사람이었다. 하지만 하라간에게 한 번 꿇고 나니까 두 번째는 더 쉬웠다.

"우리 전에 야시장에서 한번 봤죠?"

클레이아가 레이나에게 아는 척을 했다.

왕세자빈인 클레이아가 평민에게 말을 높이는 것은 상식 밖의 행동이었다. 당장 시녀들의 눈초리가 매섭게 올라갔다.

하지만 클레이아가 손을 슬쩍 들자 시녀들이 다시 머리를 숙였다.

"아, 네. 뵈었습니다."

레이나도 클레이아의 얼굴을 알아보았다.

'헉! 마신의 여자다. 이 여자 앞에서 절대 조심해야 돼.'

레이나는 바짝 긴장했다.

클레이아가 생긋 웃었다.

"그렇게 긴장할 것 없어요. 갑자기 왕궁에 입궐하게 되어서 놀랐을 텐데, 이젠 좀 익숙해졌나요?"

"네에. 아직…… 익숙하지는 않사옵니다."

"저런, 그날 하라간 님의 행동이 좀 거침없으셨죠?"

"네에."

"그래도 어쩌겠어요. 그분께서는 매사에 망설임이 없으신 분이셔요."

"어련하시겠어요. 으헙!"

무심결에 속마음을 털어놓은 레이나가 양손으로 자신의 입을 막았다.

순간적으로 라티파와 레다의 눈이 무섭게 돌변했다.

레이나가 부르르 몸서리를 쳤다.

'아 놔, 미치겠네. 요놈의 입이 왜 주책을 부리는 거야? 조금 전에 내가 한 말이 마신의 귀에 들어가면 어떻게 하지? 으으읏.'

하얗게 질린 레이나를 보면서 클레이아가 고개를 가로저었다.

"레이나."

"네, 네. 말씀하소서."

레이나가 바닥에 바짝 엎드렸다.

클레이아가 엄한 표정으로 경고했다.

"왕궁 안에서 함부로 입을 놀리면 안 돼요. 비록 지금 그대가 하라간 님의 관심을 받고 있다고 해도, 해서는 안 될 말이 있음을 똑똑히 기억해요."

클레이아의 말이 다른 여인들을 바짝 긴장시켰다.

'하라간 님께서 저 평민 여자에게 관심을 두고 있으시다고?'

'역시 소문이 사실이었구나.'

다들 곁눈질하는 가운데 레이나가 열심히 고개를 끄덕였다.

"알겠사옵니다. 마마의 자비로우신 충고에 감사드리옵

니다. 부디 아뢰오니, 이 어리석은 여인의 입에서 튀어나온 실언을 용서하여 주시고, 제발 하라간 님의 귀에 그 말이 들어가지 않도록 부탁드리옵니다. 흐흐흑. 제 실언 때문에 제 주변이 엉뚱한 피해를 볼까 두렵사옵니다. 흐흐흐흑."

레이나가 눈물을 뚝뚝 흘렸다.

클레이아가 턱짓을 하자 시녀가 레이나에게 손수건을 가져다주었다.

"그만 눈물을 그쳐요. 그리고 조금 전 말은 듣지 못한 것으로 할 터이니 앞으로 조심하고요."

"으흐흑, 마마의 자비에 감사드리옵니다."

레이나가 겨우 울음을 삼켰다.

Chapter 7

응접실 중앙.

클레이아가 푹신한 의자에 앉아 쿠션에 등을 기댔다.

이쉬타르와 라티파를 비롯한 여섯 여인들은 그 앞에 둘러앉아 담소를 나누었다.

군나르 왕국 출신의 4명은 이것이 어떤 자리인지 눈치를 챘다. 하여 클레이아가 질문을 던질 때마다 최선을 다해 답변하고, 몸가짐을 바르게 했다.

실보플레는 영문을 몰라 어리둥절한 표정이었으나, 그것은 그것대로 클레이아에게 좋은 인상을 심어 주었다.

'정말 순진하고 귀여운 소녀구나.'

클레이아는 실보플레를 귀여운 막냇동생처럼 여겼다.

다른 여인들이 그 낌새를 알아차렸다.

'이크, 위험하다.'

'이제 보니 저 토브욘 왕국 소녀가 가장 큰 복병이었구나.'

'역시 다들 만만치 않아. 젠장맞을!'

이쉬타르와 오이난테, 라티파는 각각 이런 생각을 품었다.

레다도 얼굴 표정이 시시각각 변했다.

'아우, 열 받아. 나는 왜 저런 귀여운 표정이 지어지지 않는 거지? 같은 여자가 봐도 정말 귀엽고 어여쁘잖아? 치이잇.'

다들 이런 생각을 하는 동안 레이나의 머릿속은 점점 더 헝클어졌다.

'무슨 영문인지 도대체 파악이 되지 않네. 나를 왜 이 자리에 부른 게야?'

이상하게 생각하면서도 레이나는 최대한 공손한 태도를 취했다.

클레이아가 여인들이게 마지막 질문을 던졌다.

"이제 시간이 다 되었네요. 마지막으로 하라간 님에 대해서 어떤 인상들을 가지고 있는지, 그분 곁에 있으면 어떤 느낌인지 한마디씩만 해 봐요."

"제가 먼저 말씀드리겠나이다."

이쉬타르가 먼저 입술을 열었다.

"저 이쉬타르는 아쿤 왕국으로 사절단을 쫓아가면서 하라간 님을 처음 뵈었사옵니다. 그때 제가 본 하라간 님께선 마치 봄날의 태양과 같으셔서 곁에 머무는 것만으로도 따사로운 느낌을 받았사옵니다."

'커헉! 그 냉혹한 마신이 따뜻하다고?'

레이나는 순간적으로 찻물을 뿜을 뻔했다.

"케엑, 켁."

레이나가 손으로 입을 막고 헛기침을 하자 여인들이 살짝 이마를 찌푸렸다.

"죄송합니다. 죄송합니다."

레이나가 꾸벅꾸벅 사과했다.

"괜찮아요. 긴장하면 그럴 수도 있죠."

클레이아가 상냥하게 말해 주었다.

덕분에 레이나를 향했던 여인들의 시선이 거두어졌다.

이쉬타르에 이어서 오이난테의 자례였다.

"그럼 이번엔 오이난테가 말해 봐요."

클레이아가 오이난테에게 얼굴을 돌렸다.

오이난테는 약간 곤혹스러운 표정으로 입을 열었다.

“마마, 아쉽게도 저는 하라간 님의 존체를 가까이서 직접 알현할 기회가 없었사옵니다.”

“그렇군요.”

클레이아가 고개를 주억거렸다.

오이난테가 재빨리 뒷말을 이었다.

“하지만 하라간 님께서 중천에 뜬 태양과 같다는 말씀은 주변에서 많이 들었사옵니다. 땅속에 파묻힌 씨앗이 태양을 직접 보지 못하고도 그 따사로움을 느끼듯이, 저도 그런 느낌을 가지고 있사옵니다. 욕심 같아서는, 저에게도 기회가 주어져 땅을 뚫고 싹을 틔운 다음 태양을 직접 뵈올 기회가 단 하루라도 주어졌으면 좋겠사옵니다.”

오이난테의 말도 이쉬타르의 그것과 다를 바가 없었다.

‘미쳤구나. 이것들이 단체로 미쳤어.’

레이나는 속으로 혀를 찼다.

라티파와 레다는 쌍둥이답게 거의 동시에 대답했다.

“저는 하라간 님을 존경합니다. 오로지 그 마음뿐입니다.”

“저도 하라간 님을 진심으로 존경하고 있습니다.”

두 자매의 표정은 확신으로 가득했다.

“네에. 그렇군요.”

클레이아가 천천히 고개를 끄덕인 다음, 실보플레를 돌

아보았다.

"실보플레의 생각은 어때요?"

지목을 받은 마법 소녀가 수줍게 대답했다.

"저도 곁에서 하라간 님을 수행한 적이 있는데, 제가 본 하라간 님께서는 만백성의 우러름을 받으실 분이신 것 같아요."

답을 하는 동안 실보플레의 눈빛이 몽롱하게 풀렸다. 두 뺨도 발그레 물들었다. 수줍은 소녀의 감정이 모두에게 전달되었다.

'이 소녀는 정말로 하라간 님을 사모하는구나.'

클레이아가 웃음으로 화답했다.

이 자리에서 레이나만 웃을 수 없었다.

태양.

따사로움.

존경.

우러름.

이런 단어들이 레이나를 혼란시켰다.

'다들 처돌았나? 상대는 마신이라고. 이글거리는 한여름의 태양을 창백하게 만들고, 활화산마저 꽝꽝 얼려 버릴 마해의 마신 말이야. 냉혹과, 무자비함과, 탐식과, 공포로 중무장한 먹이 사슬의 최정점! 그런 마신을 앞에 두고 한 입 거리도 되지 않는 이 피라미들이 지금 뭔 소리를 하는 거

야? 아 놔, 미치겠네.'

"레이나의 생각은 어때요?"

클레이아가 마지막으로 레이나의 의견을 물었다.

레이나는 조금 전까지 마음속으로 외쳤던 말들을 싹 잊었다. 머릿속을 텅 비우고 반사적으로 대답했다.

"하라간 님께선 태양이십니다. 따사로움의 화신이자 반백성의 존경과 우러름을 받으실 분이시옵니다."

외운 것처럼 튀어나온 레이나의 모범 답안에 클레이아가 배시시 웃었다.

"그렇죠? 역시 다들 하라간 님에 대한 생각이 비슷하네요. 저도 하라간 님을 처음 뵈었을 때 그런 따뜻한 느낌을 받았다니까요."

옆에서 다른 여인들이 맞장구를 쳐 댔다.

"아아, 역시."

"왕세자빈 마마께서도 그러셨군요."

"저희도 그랬답니다."

한마디씩 거드는 여자들 때문에 레이나는 머리가 멍했다.

'커헉! 뭐냐? 너희들 대체 정체가 뭐냐고?'

다즈키르샤 레이나가 속으로 울부짖었다.

Chapter 8

클레이아가 6명의 여인들을 불러 이런저런 담소를 나누는 동안, 하라간은 친전에 앉아 벽을 응시했다.

황량할 정도로 커다란 벽 중앙엔 가죽을 이어 붙여 만든 대형 지도가 걸려 있었다. 하라간은 지도에 그려진 군나르 왕국의 국경 지대를 유심히 살폈다.

토브욘 왕국을 식민지로 만든 이후로 군나르 왕국은 북부에서 가장 넓은 영토를 보유한 국가가 되었다. 이제 군나르는 동북쪽으로는 헤닝 왕국과 맞닿았고, 동으로는 아르네 왕국, 그리고 남으로는 스벤센 왕국과 토레 왕국과 국경을 접했다.

이들 이웃 왕국 가운데 토레 왕국은 군나르 왕국의 속국이나 마찬가지였다. 그 왕국의 군주인 토레가 지금 군나르 왕궁 안에 반쯤 연금 중이기 때문이다.

스벤센 왕국도 별로 문제가 될 게 없었다. 그곳의 군주 스벤센은 얼마 전 하라간에게 잡아먹혔다. 겁도 없이 군나르를 공격했다가 하라간의 분노에 휩쓸린 대가였다.

"군주를 잃은 곳은 별 볼 일이 없지. 나중에 알아서 굴복할 거야."

하라간의 눈이 대륙 중부 지방을 거쳐 동부로 건너갔다.

"결국 다음 차례는 아르네 왕국과 헤닝 왕국, 그리고 아쿤 왕국인데……."

이 가운데 헤닝 왕국은 반쯤은 군나르 왕국에 넘어온 셈이나 마찬가지였다. 헤닝 왕국의 절대자인 레이나가 하라간의 손에 붙잡혀 있는 까닭이었다.

동남쪽의 아쿤 왕국도 그다지 신경 쓰이지 않았다. 그곳의 군주인 아쿤은 잉그리드의 요격을 받아 만신창이가 되었다. 아쿤의 정예병들도 잉그리드의 폭격을 받아 거의 전멸했다. 비록 수상한 미이라 여자에게 아쿤을 빼앗기기는 했지만, 그래도 군주를 잃은 아쿤 왕국이 무언가 변수를 만들어 낼 가능성은 희박했다.

하라간은 손바닥을 슥슥 비볐다.

"그렇다면 답이 나왔네. 처음 계획했던 대로 우선 아르네 왕국부터 손에 넣자. 그다음 군주를 잃은 스벤센 왕국과 아쿤 왕국을 점령하고, 헤닝 왕국을 복속시켜야지."

잉그리드가 다스리는 룬드 왕국은 어차피 하라간의 소유였다.

토레 왕국도 하라간에게 반쯤 무릎을 꿇은 상황이었다.

이렇게 가지치기를 끝내고 나면 북부에서 남는 곳은 동해 바다 너머 에룬 왕국뿐.

"에룬을 치기 전에 먼저 남부 연합으로 내려갈 거야. 처음 북부에 뛰어들었을 때 운명의 여신에게 맹세한 바가 있잖아. 내가 만약 북부에서 살아남는다면 반드시 스승님의 복수를 하겠다고 맹세했어. 이제 슬슬 그 맹세를 지킬 때가 되었지."

하라간은 잠시 배덕녀 실비아를 떠올렸다.

예전에 하라간은 실비아를 연상하는 것만으로도 속이 울컥했다. 그런데 지금은 코웃음만 나올 뿐이었다. 하라간이 나직하게 뇌까렸다.

"그렇게 대륙을 하나로 만든 다음, 마지막으로 군세를 휘몰아쳐 에룬 왕국으로 쳐들어가야겠지?"

첫째, 사방에서 포위 공격하여 아르네 왕국 정벌.

둘째, 북부 대륙 통일.

셋째, 남부 연합 병탄.

넷째, 동쪽에 홀로 남은 섬 에룬 점령.

하라간의 머릿속에서 세상 정벌의 구상이 모두 끝났다. 계획이 섰으니 이제는 실행에 나설 차례였다.

"첫 단추는 역시 아르네 왕국인가?"

아르네 왕국을 공격할 명분은 이미 충분히 쌓아 놓았다. 하라간의 명을 반은 라티파가 글을 닦아 전쟁 선포문도 만들었다.

지난 11월 22일, 아르네 왕국의 군주 오드가 감히 불경스럽게도 신인의 재림을 부정하며 군나르 왕국을 선제공격한 바가 있도다. 나 하라간은 오드의 그릇됨과 패륜을 바로잡고자 성스러운 전쟁, 즉 성전(聖戰)을 선포하는 바이다.

재림력 19년 1월 1일.
군나르 왕국 왕세자 하라간 고함.

오늘이 12월 27일.

이제 닷새 후면 1월 1일이다.

토브욘 왕국을 정복할 당시 하라간은 '신인의 재림'이라는 명분이 가져다주는 크나큰 효과를 경험했다. 이 효과를 잘만 써먹으면 피를 최소한으로 흘리면서 북부를 통일하는 것이 가능할 것 같았다.

하라간은 이를 위해서 '재림력'이라는 새로운 역법의 기준도 만들어 두었다. 하라간의 탄생 년도가 재림력의 시작이다. 따라서 하라간이 열아홉살이 되는 신년 1월 1일은 재림 19년 정월 초하루가 되는 셈이었다.

군나르도 하라간의 뜻에 동의했다.

1월 1일 재림력 발표.

이어서 성전 선포.

하늘에 전쟁의 불꽃을 쏘아 올리는 것과 동시에 군나르 왕국은 동부군과 중앙군을 휘몰아쳐서 아르네 왕국으로 진격할 예정이었다.

이미 만반의 준비도 마쳤다.

통상적으로 전쟁을 일으키려면 수많은 사전 준비가 필요한 법.

그런데 이번엔 그런 수고를 들일 필요가 없었다. 토브욘 왕국을 정복하기 위해 준비해 놓은 군수품과 물자가 아직까지 군나르 왕국에 고스란히 남아 있기 때문이다. 그때 소집한 중앙군과 병참 병력도 아직 해산하지 않았다. 하라간이 마음만 먹으면 이 병력들을 활용하는 것이 얼마든지 가능했다.

하라간의 승인을 받은 라티파는 이들 중앙군을 동부 전선으로 이동시켜 놓았을 뿐 아니라, 토브욘의 총독 온바에게 연락하여 북부군의 출동 명령도 내려 놓았다.

동부 군단장 뮬러러가 이끄는 동부 군단 80,000명.

병참과 지원을 담당할 중앙군 70,000명.

북쪽에서 동시에 공격할 북부군 75,000명.

이상 군나르 왕국이 준비한 병력이 무려 225,000명이었다.

"여기에 더해서 토레 왕국의 수인족들이 아르네 왕국 남부 지방으로 쳐들어갈 거야. 토레와 호텝이 내 말을 거스를 리 없지."

아직까지 하라간은 이번 전쟁에 대해서 토레와 이야기를 나눠 보지 않았다. 하지만 토레가 감히 거부할 수는 없는 상황이었다. 아마도 토레는 이번 성전에 수인족을 80,000명 이상 동원할 것이다. 게다가 군주인 토레가 직접 그 선봉에 설 터.

"수인족이 할아버님에게 진 죄를 갚으려면 마땅히 그 정도는 해야지."

하라간이 싸늘하게 뇌까렸다.

서쪽에서 군나르 왕국 동부군과 중앙군이 쳐들어가고, 북쪽 식민지에서 북부군이 쳐내려오고, 동시에 토레 왕국의 수인족들이 남서쪽에서 아르네 왕국의 국경선을 넘는다면 아르네 왕국 전체가 발칵 뒤집힐 수밖에 없었다.

하지만 이게 끝이 아니었다.

"우리가 전쟁을 시작하면 오드가 병력을 서쪽과 북쪽, 남쪽으로 분산시키겠지? 그때 잉그리드의 룬드 왕국이 아르네 왕국의 동쪽을 치는 거야."

사방 포위.

이것이 바로 하라간의 구상이었다.

제2화

청혼

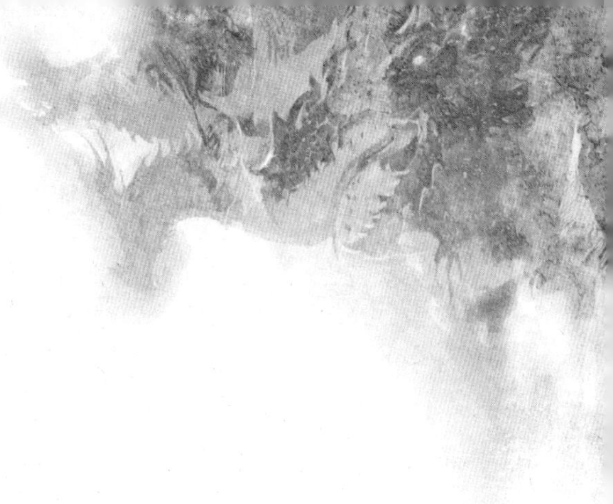

Chapter 1

전쟁 시나리오는 완성되었다. 1월 1일을 맞아 신인의 재림을 선포하고, 하라간이 손수 몸을 일으켜 아르네 왕국으로 쳐들어가는 것만으로도 세상이 발칵 뒤집힐 일이었다.

그 뒤를 이어 토레가 수인족 대군을 이끌고 등장한다면 충격은 한층 커질 수밖에 없었다.

[북부의 아홉 군주 가운데 한 명인 나 토레는 이 땅에 재림하신 신인을 추종한다.]

이 한마디면 족했나. 토레가 이렇게 선포를 한다면, 세상에 엄청난 반향이 일어날 것이 뻔했다.

그 와중에 3차 충격이 가해질 예정이었다. 토레 왕국에 이어 동부의 룬드 왕국마저 전쟁에 동참하기로 계획이 세워졌다.

"우리 룬드 왕국은 이 땅에 재림하신 신인의 뜻에 따라 사악한 배교자 무리를 토벌하겠노라."

때가 되면 동부의 잉그리드가 이렇게 외치며 전쟁의 깃발을 들 것이다.

일이 이렇게까지 커지면 아르네 왕국은 큰 혼란에 휩싸일 것이 뻔했다. 아르네 왕국 내부에 분열이 일어날 가능성도 다분했다.

하라간이 씨익 웃었다.

"이것 봐. 이것 봐. 내가 얼마나 착하냐고. 아르네 왕국의 무고한 백성들이 피를 흘리지 않도록 이렇게 배려해 주니 얼마나 고맙겠어? 그들은 그냥 신인의 재림 앞에 무릎을 꿇고 눈물만 흘려 주면 돼. 그럼 모든 것이 무탈하게 지나갈 거야."

하라간은 이렇게 자화자찬했다.

이어서 하라간의 진짜 본심이 튀어나왔다.

"물론 무릎을 꿇는다고 해서 모두 다 용서해 줄 수는 없지."

하라간은 굵직한 마물들을 몇 마리 잡아먹어 허기를 달랠 생각이었다. 특히 오드가 하라간의 주목표였다.

"오드는 과연 어떤 수준일까? 막키르샤? 다즈키르샤?"

북부의 최강자를 먹어 치울 생각만 해도 하라간의 입에 군침이 고였다.

“큰 기대는 안 해. 하지만 상대가 상대이니만치 그런대로 입가심은 될 거야.”

꿀꺽.

하라간의 목울대가 크게 움직였다.

하라간이 전쟁 구상을 하는 동안 군나르도 놀고 있지 않았다. 군나르는 하라간을 돕기 위한 방책을 떠올렸다.

‘전쟁을 준비하는 가장 좋은 방법은 평화로 위장하는 것이다.’

군나르는 이렇게 생각했다.

오른손으로 악수를 청할 때, 등 뒤에 감춘 왼손으로 칼자루를 움켜잡아라.

이것은 욘 아르네 이전, 그러니까 수천 년 전부터 사막 지역에 떠도는 속담이었다. 기후가 험한 사막 지역에서는 고대로부터 이러한 선략이 종종 등장했다. 타국에서는 비겁하다고 욕할지 모르지만 사막인들에게 이 전략은 너무나 당연했다.

군나르도 사막인 가운데 한 명이었다. 하라간이 성전을 결심하기 하루 전, 군나르는 북부의 헤닝 왕국에 사신을 보냈다.

우리 군나르 왕국의 왕세자인 하라간이 조만간 19세가 되어 세 번째 배필을 찾으니, 귀국의 현숙한 규수를 소개해 주면 좋겠소. 우리 북부의 왕실들이 혈연을 통해 맺어지는 일은 역사적으로 늘 있어 왔던 일이나, 아쉽게도 귀국과 우리 군나르 왕국은 유독 인연을 맺을 기회가 없어 아쉬웠던 바. 부디 나의 청을 거절하지 말아 주시오.

12월 26일.
군주 군나르 씀.

군나르는 일부러 연도를 넣지 않았다. 괜히 '재림력'이라고 표기했다가 헤닝 왕국의 반발만 살 가능성이 높았기 때문이다.

그렇다고 다른 역법으로 날짜를 계산하고 싶지는 않았다. 연도도 없이 작성된 이 짧은 서신이 사신을 통해 헤닝 왕국에 전달되었다.

과거의 군나르 왕국이라면 거리가 먼 헤닝 왕국에 이런 편지 한 장 보내는 것도 어려워했을 것이다.

그러나 지금은 토브욘 왕국에서 포로로 잡아 온 마법사들이 많아 일이 수월했다. 공간 이동 포탈을 통해 헤닝 왕궁에 도착한 군나르의 사신은 군주의 서신을 헤닝 왕국 고위층에게 전달했다.

그 고위층이 다시 이 서신을 오르곤에게 올렸다.

현재 헤닝 왕국을 다스리는 사람은 오르곤이었다.

헤닝의 장손자인 이 야심만만한 사내는 지금으로부터 3개월 전 라이벌인 몰곤 숙부를 죽이고 권력을 잡았다. 그다음 몰곤을 지지하던 주술계를 숙청하며 세력 기반을 단단하게 다지던 중이었다.

"흐으음. 군나르 님이 이런 편지를 다 보냈어?"

화려한 의자에 앉아 오르곤이 턱을 팔에 괴었다.

오르곤의 심복이자 얼음 계열 마법사인 사비지가 슬쩍 여쭈었다.

"정중하게 거절할까요?"

"왜?"

오르곤이 눈을 들어 사비지와 시선을 맞췄다.

사비지가 곧바로 이유를 댔다.

"요새 군나르 왕국에 대한 평이 좋지 않습니다. 감히 신인을 사칭한다는 소문이 떠돌고 있습니다. 그 때문에 아르네 왕국에서 단단히 벼르는 중이기도 하고요."

오르곤이 피식 웃었다.

"그래서?"

"그래서라니요? 오르곤 님, 군나르 왕국과 손을 잡았다가는 아르네 왕국을 다스리는 오드 님의 눈 밖에 날 겁니다."

"그게 어때서?"

젊은 권력자 오르곤은 오드를 두려워하지 않았다. 사비지는 그런 오르곤의 패기를 좋아하지만, 그래도 이건 아니었다.

"오르곤 님, 아르네 왕국은 거인입니다. 솔직히 말씀드려서 위대하시고 또 위대하신 분께서 자취를 감추신 지금, 우리가 아르네 왕국과 척을 지는 것은 그리 현명한 선택이 아닙니다."

사비지의 조언이 옳았다. 군주인 헤닝이 자리를 비운 상태에서 아르네 왕국과 맞서 싸우는 것은 어리석은 행동이었다. 사비지는 오르곤이 자신의 조언을 따를 것이라 믿었다.

오르곤의 생각은 달랐다.

"이봐. 사비지. 그렇게 강하다는 아르네 왕국도 북부의 다른 왕국을 완전히 점령해 본 역사가 없어. 아르네 왕국뿐 아니라 지난 800년간 북부의 그 어떤 왕국도 이웃 왕국을 식민지로 만들어 본 적이 없다고. 내 말이 틀렸어?"

"아닙니다. 사실입니다."

"그런데 군나르 왕국은 그 불가능한 일을 해냈단 말이지. 그것도 불과 한 달도 되지 않는 짧은 시간 안에 말이야. 사비지, 이게 무얼 뜻하는지 아나?"

"모르겠습니다."

사비지가 무겁게 고개를 가로저었다.

Chapter 2

오르곤이 손가락으로 의자 손잡이를 톡톡 두드렸다.

"어쩌면 소문이 사실일지도 모른단 뜻이지."

"네에?"

"그 소문 말이야. 군나르 왕국에 신인께서 재림하셨다는 소문."

사비지가 대놓고 눈을 찌푸렸다.

"에이, 설마. 그건 아닐 겁니다."

"왜 아닌데?"

오르곤이 빙글빙글 웃었다.

사비지는 어림도 없다는 듯 주장했다.

"만약 신인께서 이 땅에 재림하신다면 마땅히 아르네 왕국에 현신하시겠지요. 그게 아니라면 우리 헤닝 왕국에 내려오시던가요. 그게 당연한 순서가 아니겠습니까?"

"모르는 소리. 미천한 우리 인간들이 신인의 마음을 어찌 헤아리겠어?"

"아우, 아닙니다. 만약 신인께서 재림하신다면 분명 군나르 왕국보다는 우리 헤닝 왕국이 우선입니다."

이건 사비지다운 대답했다. 사비지는 헤닝 왕국에 대한 자부심으로 똘똘 뭉친 마법사였다. 그에 비해 오르곤은 훨씬 더 현실적이었다.

"그래. 나도 그렇게 믿고 싶어. 신인께서 군나르 왕국보다 우리 헤닝 왕국을 더 사랑하실 거라고 믿는다고. 하지만 어쨌거나 군나르 왕국은 지난 800년간 북부의 그 어떤 왕국도 해내지 못한 일을 성공시켰잖아. 한번 대답해 봐."

"무슨 대답 말입니까?"

"우리 헤닝 왕국이 토브욘 왕국을 도모했다고 쳐. 그럼 한 달이라는 짧은 시간 만에 토브욘 왕국을 식민지로 만들어 버릴 수 있을까? 우리의 전력을 다 투입한다고 해도 말이지."

"그건!"

사비지는 말문이 막혔다.

오르곤이 손가락을 좌우로 까딱거렸다.

"사비지, 신인의 재림 여부는 나도 아직 모르겠어. 하지만 한 가지는 확실해. 지금의 군나르 왕국은 우리 헤닝 왕국보다 훨씬 더 강해. 물론 위대하시고 또 위대하신 분께서 우리 곁에 돌아오신다면 이야기가 달라질 수 있겠지. 하지만 지금의 전력만 놓고 보면 우리보다 저들이 몇 배나 더 강하다고."

"으으음."

사비지는 오르곤의 주장에 뭐라고 반박하고 싶었다. 하지만 신음만 흘릴 뿐 제대로 된 반론을 제시하지는 못했다. 지금의 군나르 왕국의 무력이 헤닝 왕국을 압도한다는 평가는 사비지도 동의하는 바였다.

오르곤이 말을 이었다.

"우리보다 강한 군나르 왕국에서 우리에게 청혼을 넣었어. 이걸 그냥 거절할 수 있을까? 제대로 한번 고민도 해보지 않고 단칼에 끊는 것이 옳을까?"

"으으음."

"아르네 왕국도 전쟁을 망설이고 있잖아. 처음엔 금방이라도 군대를 일으켜서 군나르 왕국을 혼내 줄 것처럼 목소리를 높였지만, 아직까지도 조용하잖아."

"끄으으응."

"게다가 하라간은 토레 왕국의 내전에도 개입했다고. 북부의 토브욘 왕국을 정벌한 것만으로 부족해서 남부까지 휘젓고 다닌다고. 정말 힘이 넘치는 왕국이라니까."

오르곤은 점점 더 빠르게 말을 뱉었다.

"끄으으으응."

사비지의 이마에 세로로 줄이 깊게 팼다.

솔직히 말해서 오르곤의 주장이 모두 옳았다. 사비지는 입술을 꾹 다물었다.

오르곤이 사비지의 의견을 물었다.

"만약 우리가 군나르 왕국의 청혼을 받아들인다면 어떨까? 그럼 분명히 아르네 왕국이 펄쩍 뛰겠지."

"당연하지요. 아르네 왕국은 분명 우리에게 거세게 항의를 할 겁니다. 당장 교역을 끊겠다며 협박할 수도 있습니다."

오르곤이 반대 상황을 거론했다.

"그럼 군나르 님의 청혼을 거부하면 어떤 일이 벌어질까?"

"으으음."

사비지는 선뜻 대답하지 못했다.

오르곤이 말을 이었다.

"지금 군나르 왕국은 우리 헤닝 왕국 코앞까지 다가와 있어. 자칫하다간 서쪽 국경에서 불똥이 튈 수도 있다고."

이 말도 맞았다. 사비지가 힘겹게 동의했다.

"끄응. 그건 그렇지요."

오르곤이 다시 물었다.

"그렇다면 어느 쪽이 현명한 선택이겠어?"

"끄으응."

오르곤이 질문을 거듭할수록 사비지의 얼굴은 잘 익은 수박처럼 벌겋게 달아올랐다. 마침내 사비지가 폭발했다.

"아이고, 소신은 모르겠습니다. 저는 머리가 나빠서 잘 모르겠으니 오르곤 님께서 알아서 판단하십시오."

사비지는 두 손을 번쩍 들어 항복하는 시늉을 했다.

신하의 익살스러운 행동에 오르곤이 웃음을 터뜨렸다.

"하하하하."

한참을 웃던 오르곤이 정색을 하고 다시 말했다.

"하자. 이 결혼."

"네에?"

"군나르 왕국과 사돈을 맺자고."

오르곤의 결정은 빠르고 파격적이었다.

사비지가 걱정스레 되물었다.

"오르곤 님, 정말 괜찮겠습니까?"

"그거야 나도 모르지. 이 결정이 우리 헤닝 왕국에 득이 될지 해가 될지 미래의 일을 내가 어찌 알겠어? 그냥 감으로 추진하는 거지."

오르곤은 남 이야기하듯이 뇌까리면서 의자 옆의 종을 흔들었다.

딸랑딸랑 소리가 울렸다. 오르곤의 시중을 드는 소년이 쪼르르 달려왔다.

"부르셨나이까?"

꼬불꼬불 장식이 달린 하얀 복장의 소년이 오르곤 앞에 무릎을 꿇었다.

오르곤이 턱 끝으로 명령을 내렸다.

"가서 마리네를 불러오너라. 곧바로 오라고 전해야 한다."

"명을 받들겠나이다."

시중을 드는 소년이 쪼르르 달려 나갔다.

사비지가 깜짝 놀랐다.

"엇? 마리네 님이라고요? 다른 왕녀님이 아니라요?"

"왜? 뭐가 잘못되었어?"

"진심이십니까? 진짜 마리네 님입니까?"

헤닝 왕국의 여러 왕녀들 가운데 마리네는 특별했다. 올해 24살인 마리네는 오르곤의 친동생이자 오르곤이 세상에서 가장 아끼는 혈육이었다. 사비지는 오르곤이 마리네의 신랑감을 헤닝 왕국 내부에서 선택한 다음 그녀를 평생 곁에 둘 거라고 생각했다.

그런데 사비지의 예상이 빗나갔다.

오르곤이 피식 웃었다.

"이봐. 자그마치 왕세자빈 자리야. 장차 군나르 왕국의 세 번째 왕비가 될 자리라고. 어지간한 왕녀를 연결시켰다가는 중매를 서고도 군나르 님께 욕만 먹을걸? 이왕 일을 저지르려면 확실하게 해야지. 군나르 왕국과 손을 잡으려면 확실하게 잡아야 하고. 괜히 어정쩡하게 처리했다가는 오히려 역효과만 불러올 수 있어."

오르곤은 마법사였지만, 주술사 못지않게 감이 좋았다. 그 감이 오르곤에게 아우성쳐 댔다.

[손을 잡아, 오르곤.]

[지금 군나르 왕국과 손을 잡으라고.]

이런 아우성들이 오르곤의 귓가에 맴돌았다. 오르곤은 지금이 승부수를 던질 때라고 판단했다.

Chapter 3

"오라버니, 저를 찾으셨다고요?"

공주 마리네가 시동을 앞세워 오르곤을 찾아왔다.

"어서 오너라, 마리네."

오르곤이 동생을 향해 활짝 미소를 지었다.

마리네는 구불구불 물결치듯 흘러내린 머리카락을 뒤로 쓸어 넘겼다. 오렌지색 머리카락 사이로 그녀의 가늘고 하얀 팔뚝이 뽀얗게 모습을 드러냈다.

"대체 무슨 일이신데요? 지금은 제가 마법을 수련하는 시간이라는 사실을 오라버니도 잘 알고 계시잖아요."

마레네가 뾰로통하게 입술을 내밀었다.

키 170 센티미터에 체형이 늘씬한 마리네는 비록 숨 막히는 미인은 아니지만 매력적이고 태가 좋았다.

능력도 뛰어나 무려 다섯 살에 바람 계열의 마법에 입문했고, 꾸준히 노력하여 지금은 헤닝 왕국 안에서도 스무 손가락 안에 꼽히는 여마법사로 성장했다.

"저런. 수련을 방해했다니 미안하구나."

오르곤이 사과했다.

마리네가 피식 웃었다.

"됐네요. 그런 영혼 없는 사과를 내가 뭐하러 받아요?"

최근 피의 숙청을 벌인 이후로 헤닝 왕국의 대신들은 오르곤을 무척 어려워했다. 하지만 친동생인 마리네는 여전히 오르곤을 스스럼없이 대했다.

오르곤은 그런 동생의 태도가 좋았다.

"하하하. 정말 미안하다니까. 이 오라비의 말을 믿어 주렴."

"그건 되었고요, 진짜로 무슨 일이에요? 저를 찾은 이유가 있을 것 아니에요."

"이걸 한번 읽어 보겠느냐?"

오르곤이 군나르의 서신을 마리네에게 건넸다.

마리네가 눈을 동그랗게 떴다. 그녀의 눈 밑에 박힌 주근깨가 꿈틀거렸다.

"오라버님, 설마……?"

오르곤이 물었다.

"기분이 언짢으냐?"

"……."

마리네는 대답하지 않았다. 침묵이 곧 그녀의 대답이었다.

오르곤이 동생의 무거운 심정을 헤아렸다.

"이런, 우리 마리네가 진짜로 화가 났나 보구나."

동생을 바라보는 오르곤의 눈이 부드럽게 휘어졌다.

마리네는 체념한 듯 대답했다.

"화가 났다기보다는 좀 서운해서 그래요."

"서운해?"

오르곤이 되물었다.

마리네가 조곤조곤 입술을 놀렸다.

"솔직히 말씀드릴게요. 저는 오라버님이 저를 우리 헤닝 왕국의 귀족에게 시집보낼 것이라 생각했어요. 이렇게 먼

타국으로 보내실 줄은 미처 몰랐죠."

말을 하면서 마리네는 오르곤의 눈치를 살폈다.

오르곤의 표정엔 단 한 톨의 변화도 없었다. 결국 마리네가 뜻을 굽혔다.

"휴우우, 약간 서운하긴 하지만 어쩌겠어요. 오라버님의 명이시라면 따를 수밖에요."

북부의 모든 왕국이 그렇듯이, 왕녀의 결혼을 결정하는 것은 군주의 몫이었다. 왕녀가 그 결정을 거부할 수는 없었다.

오르곤이 팔을 뻗어 동생의 손등을 부드럽게 덮었다.

"마리네야, 미안하구나. 하지만 이 오라비의 결정을 믿고 따라 주렴."

오르곤은 동생이 반발할 여지를 주지 않았다.

마리네는 무언가 항변하려고 입술을 달싹거리다가 결국 포기했다.

"하아, 네에."

하지만 마리네는 속마음까지 진짜 포기한 것은 아니었다. 고개를 숙인 마리네의 눈동자엔 불만의 기색이 역력했다.

디벅, 디벅.

오르곤의 앞을 물러 나온 마리네가 멍한 표정으로 복도를 걸었다.

"아니야."

마리네의 입에서 조그만 소리가 새어 나왔다.

"아무리 생각해도 이건 아니라고."

급기야 마리네는 도리질까지 했다.

오르곤의 명령대로 그냥 시집을 가기엔 마리네의 성격이 너무 자유분방했다.

그녀는 헤닝 왕국의 귀족과 혼인하여 자유롭게 살기를 원했다.

"내가 만약 군나르 왕국으로 시집을 간다면 꽉 막힌 삶을 강요받게 될 것이 뻔해. 난 그렇게 살기 싫어. 게다가 내겐……."

마리네가 말꼬리를 살짝 흐렸다.

사실 마리네에게는 남몰래 마음에 둔 남자가 있었다. 비록 본격적으로 사귀는 사이는 아니지만, 요즘 들어 마리네와 그 남자는 서로가 서로를 이성으로 인식하고 조금씩 알아 가는 중이었다.

마리네는 윗니로 아랫입술을 꼬옥 깨물었다.

"어떻게든 방법을 찾아야 해. 이 위기를 벗어날 방법을 고민해야 한다고."

마리네의 머리가 빠르게 돌아갔다.

오르곤이 군나르 왕국에 긍정적인 답신을 보낸 것이 12월 27일.

군나르 왕국이 감사의 표시로 예물을 보낸 것이 12월 28일.

사막의 군주 군나르는 통 큰 모습을 보여 주기로 작정했다. 군나르는 우선 토브욘 왕국에서 전리품으로 획득한 마법 물품들 가운데 진귀한 것들만 골라 담아 보물 상자 10개를 가득 채웠다. 그것만으로 부족해서 B급 이상 마정석으로 보물 상자 10개를 다시 채웠다. 그렇게 준비된 보물 상자가 총 20개.

근육질의 노예 4명이 한 조가 되어 보물 상자의 네 귀퉁이를 짊어졌다. 그런 노예들 80명이 공간 이동 포탈을 통해 헤닝 왕궁으로 줄지어 넘어갔다.

보물 상자 20개가 헤닝 왕국 대전에 떡하니 놓였다.

딱!

사신이 손가락을 튕겼다.

"꽁차."

노예들이 보물 상자 20개를 동시에 오픈했다.

"헙!"

"저것 좀 봐."

각종 마법 아티팩트들과 영롱하게 빛나는 마정석들을 바

라보면서 헤닝 왕국의 대신들은 침을 꿀꺽 삼켰다.

'이 정도란 말인가?'

사비지도 가늘게 손을 떨었다.

헤닝 왕국의 대신들은 대부분 마법사 출신이었다. 그들은 군나르가 보낸 이 예물이 얼마나 진귀한 것인지 그 가치를 한눈에 알아보았다.

보물들에 푹 빠진 대신들과 달리, 오르곤의 눈빛은 다소 곤혹스러웠다.

'이거 진도가 너무 빠르군. 군나르 님이 원래 이렇게 급한 성격이셨나?'

이 정도로 어마어마한 예물을 받으면 이제 본격적으로 혼인 날짜를 잡아야 했다. 오르곤은 비록 헤닝 왕국의 미래를 위해서 군나르 왕국과 손을 잡기로 결정했지만, 사랑하는 여동생 마리네를 당장 사막으로 시집보낼 생각은 없었다. 그저 군나르 왕국과 천천히 이야기를 진행하다가 앞으로 1년쯤 뒤에나 길일을 잡아 혼사를 치를 요량이었다.

"허허허. 귀국의 군주께서 마음이 급하셨나 보구려."

오르곤이 이렇게 말문을 떼었다.

군나르 왕국의 사신이 공손히 아뢰었다.

"사막의 제왕이시자 위대하시고 또 위대하신 분께서는 오르곤 님의 답신에 무척 기뻐하셨사옵니다. 일반 왕녀도 아니고, 오르곤 님의 친동생이신 마리네 님을 하라간 님의 배필로 보내신다는 말에 감격하셔서 당장 예물을 준비하라 명하셨나이다."

"허허, 그분께서 기뻐하셨다니 나도 마음이 흡족하오. 하지만 그래도 이런 예물을 벌써 받기엔 좀 부담스럽구려."

"부담 느끼실 필요는 전혀 없사옵니다."

"아니. 부담스럽소. 그리고 아직까지 결정된 것은 아무것도 없소. 우리 헤닝 왕국에서 최종 결정을 내리시는 분은 어디까지나 위대하시고 또 위대하신 분이시라오. 나는 아직 그분께 이번 혼사에 대해서 윤허를 받지 못하였소."

오르곤은 단호하게 말했다.

Chapter 4

오르곤의 말이 옳았다. 헤닝 왕국의 군주는 어디까지나 헤닝이었다. 오르곤이 아니라 헤닝.

만약 그 헤닝이 혼사를 거부한다면 이야기는 끝.

하라간과 마리네의 혼사는 아직 확정된 것이 아니었다. 오르곤은 이 점을 핑계로 삼아 군나르가 보낸 예물을 완곡히 거절했다.

군나르 왕국의 사신이 기다렸다는 듯이 오르곤의 말을 받았다.

"그야 당연한 절차가 아니겠습니까? 하여 사막의 제왕이시자 위대하시고 또 위대하신 분께서는 이런 말씀을 내리셨사옵니다."

"군나르 님께서 어떤 말씀을 하셨소?"

오르곤이 상체를 앞으로 기울였다.

사신은 목을 잠시 가다듬고는, 아랫배에서 우러나오는 묵직한 음성으로 군나르의 말을 전달했다.

"혼사를 치를 당사자를 직접 만나 보아야 헤닝 왕국의 군주께서 결정을 내리시기 쉬울 것 아니겠느냐. 내가 왕세자 하라간을 헤닝 왕국으로 직접 보낼 것이니라."

"헉!"

헤닝 왕국 대신들이 헛바람을 집어삼켰다.

"뭣?"

오르곤도 깜짝 놀라 엉덩이를 자리에서 떼었다.

하라간은 군나르 왕국의 확고한 후계자였다. 헤닝 왕국과 비교하자면, 오르곤과 동급의 거물이었다.

그런 하라간이 헤닝 왕국을 방문한다는 것 자체가 보통 일이 아니었다. 여러 명의 왕자들 가운데 한 명이라면 모를까, 북부에서 군주, 혹은 군주의 후계자가 타국을 방문한

사례는 거의 없었다.

'만약 우리가 하라간 님을 인질로 잡기라도 하면 어쩌려고?'

'군나르 왕국은 대체 무슨 생각이지?'

헤닝 왕국의 대신들이 이런 의문을 품었다.

"으음."

오르곤이 다시 의자에 착석해 턱을 팔에 괴었다. 오르곤은 아무런 말도 없이 군나르 왕국의 사신을 응시했다.

사신은 오르곤의 대답을 묵묵히 기다렸다.

헤닝 왕국 대전에 묘한 긴장감이 감돌았다.

약간의 시간이 흐른 뒤, 오르곤이 침묵을 깼다.

"좋소."

"아니, 오르곤 님."

사비지가 뭐라고 말하려고 하다가 입을 다물었다. 타국의 사신이 보는 앞에서 대화에 끼어드는 것 자체가 오르곤의 권위를 깎는 행동이기 때문이다.

군나르 왕국의 사신이 싱긋 웃었다.

"옳으신 결정이십니다. 오르곤 님께서 허락하셨으니 저는 아국으로 돌아가 하라간 님의 방문을 추진하겠나이다."

"하라간 님께서 언제쯤 이곳을 방문할 것이오? 이것저것 준비를 하려면 보름은 걸리겠지? 하라간 님을 호위할 병력의 규모는 여기 있는 사비지 백작과 상의하시오."

오르곤이 사신에게 사비지를 소개했다.

사신이 고개를 가로저었다.

"그렇기 번잡하게 할 것이 무엇이 있겠나이까? 제가 복귀한 이후, 하라간 님께서 바로 공간 이동 포탈로 방문을 하실 것이옵니다. 늦어도 오늘 오후가 되겠지요."

"뭣? 오늘이라고?"

오르곤은 진짜로 깜짝 놀랐다.

사신은 한술 더 떴다.

"그리고 호위 병력을 따로 상의할 것도 없사옵니다. 하라간 님을 가까이서 섬기는 친위대원 3명만 붙이면 되지 않겠사옵니까? 친위대원들의 명단은 여기 가져왔습니다."

사신은 소매에서 명단을 꺼내어 슬그머니 앞으로 내밀었다.

융, 테티, 우세르.

명단 안에는 세 사람의 이름이 적혀 있었다.

친위대원들 가운데 라티파와 레다, 그리고 네페르가 빠진 셈이었다. 혼사와 관계된 방문이라 일부러 여자 대원들을 제외했다.

"일국의 왕세자가 움직이는데 호위 병력이 고작 3명이라고? 허어어."

오르곤이 저도 모르게 이렇게 중얼거렸다.

헤닝 왕국의 대신들도 머릿속이 복잡했다.

'도대체 무슨 자신감인 게야?'

'이걸 용기라고 봐야 하나, 아니면 간이 부었다고 해야 하나?'

'그만큼 우리 헤닝 왕국을 믿고 있다는 뜻인가?'

대신들은 어리둥절했다.

오르곤이 사신에게 물었다.

"다시 묻겠소. 오늘 오후에 귀국의 왕세자이신 하라간 님이 이곳을 방문하시겠다고 했소? 호위 무사 딱 3명만 데리고?"

"그러하옵니다."

사신이 공손히 대답했다.

오르곤이 눈짓으로 보물 상자들을 가리켰다.

"그때까지 이 예물들은 여기에 놓아둘 생각이오?"

"그러하옵니다. 혼사가 잘 진행되면 이 예물들은 헤닝 왕국에서 받으시면 되옵니다. 그럴 리는 없사오나, 만약 혼사 논의가 잘 진행되지 않는다면 하라간 님께서 이 예물들을 가지고 군나르 왕국으로 돌아오실 것이옵니다."

"허어."

오르곤은 기가 막혀 말이 나오지 않았다.

가치를 따질 수 없는 진귀한 예물을 그냥 이렇게 방치하는 것은 참으로 이해할 수 없는 행동이었다.

'만약 우리 헤닝 왕국이 나쁜 마음을 먹고 이 예물들을 꿀꺽 삼켜 버리면 어쩌려고?'

오르곤이 고개를 갸웃했다.

그런데 군나르 왕국은 한술 더 떴다. 예물만으로도 부족하여 자국의 심장이나 다름없는 왕세자 하라간을 헤닝 왕국에 보낸다고 했다. 그것도 겨우 호위 3명만 붙인 채.

'대체 군나르 님이 무슨 생각이신 거지?'

오르곤이 이맛살을 찌푸렸다.

Chapter 5

군나르 왕국의 사신이 오르곤에게 아뢰었다.

"그럼 저는 이만 물러나겠사옵니다. 제가 돌아간 이후, 곧이어 하라간 님께서 이곳 헤닝 왕국을 방문하실 것이옵니다."

"으음. 알겠소. 배웅은 하지 않으리다."

머리가 복잡해진 오르곤이 사신에게 손짓을 했다. 이만 물러가라는 신호였다.

오르곤의 눈이 잠시 사비지에게 머물렀다.

눈치를 챈 사비지가 군나르 왕국 사신의 배웅에 나섰다. 대전을 물러 나와 공간 이동 포탈까지 걸어가는 동안 사비지가 궁금한 것을 물었다.

"그게 참말입니까?"

"무엇 말입니까?"

"정말 오늘 오후에 하라간 님께서 이곳을 방문하실 계획이시오?"

"당연하지요. 제가 왜 거짓말을 하겠습니까?"

사신은 당연하다는 듯이 대꾸했다.

"허어, 그렇단 말이지. 허어, 참."

사비지는 뭐라고 할 말이 없어 연신 "허어." 소리만 흘렸다.

한 시간 뒤, 헤닝 왕궁의 중심부.

사신의 복귀와 함께 사라졌던 포탈이 얼마 지나지 않아 다시 열렸다.

"포탈이 다시 열린다."

"혹시 모르니까 어서 사비지 백작님을 모셔 와."

마법사들이 호들갑을 떨었다.

근처에서 미리 대기 중이던 사비지 백작이 후다닥 달려왔다.

이윽고 포탈의 완성되었다. 푸른 테두리 속에서 남자 3명이 툭 튀어나왔다. 얼굴에 주근깨가 박힌 뚱보 소년이 선두였다.

'이 뚱보의 이름이 우세르라고 했던가?'

사비지는 사신이 준 문서와 우세르의 얼굴을 비교해 보았다.

딱 들어맞았다.

'그렇다면 키가 크고 잘 생긴 저 소년이 테티겠군.'

테티는 왼팔에 둥근 방패를 차고 허리에 둥글게 휜 칼을 착용한 차림이었다. 이 소년도 문서 속의 설명과 딱 맞아떨어졌다.

사비지는 마지막 세 번째 소년을 확인했다.

등에 메고 있는 기다란 삼지창, 그리고 허리춤에서 덜렁거리는 그물.

'삼지창과 그물이라면, 이 소년이 융이구나.'

사비지의 짐작이 맞았다. 마지막 세 번째 친위대원은 다름 아닌 융이었다.

3명의 친위대원이 삼각형 모양으로 서서 안전을 확보하

자, 푸른 포탈 안에서 마지막 인물이 튀어나왔다.

허리에 장방형의 로인클로스를 걸치고 어깨에 황금빛 숄을 두른 기가 막힌 미남자, 하라간의 등장이었다.

“어?”

하라간을 처음 본 순간, 사비지는 저도 모르게 눈이 휘둥그레졌다.

순간적으로 헤닝 왕국을 비추던 태양이 빛을 잃은 것 같아서였다. 주변이 갑자기 어둡게 물들고, 그 속에서 하라간만이 홀로 우아한 빛을 뿜어냈다. 사비지의 귓가에는 연신 영롱한 종소리가 울리는 듯했다.

놀란 사람은 비단 사비지만이 아니었다. 하라간을 맞이하기 위해 달려온 헤닝 왕국의 대신들도 동시에 입을 쩍 벌렸다.

‘허억, 어떻게 저런 외모가 존재할 수 있지?’

‘으으, 인간이 아니다. 이건 인간의 모습이 아니야.’

머리에 칠보관을 쓴 하라간이 주변을 쓱 둘러보았다. 그 다음 곧바로 이 자리에서 누가 우두머리인지 알아보았다.

하라간이 사비지에게 말을 걸었다.

“오르곤 님을 먼저 만나 뵈어야겠지? 안내하라.”

하라간의 부드러운 음성이 꿀처럼 사비지의 귀에 파고들었다.

"네넷?"

사비지는 꿈에서 막 깨어난 것처럼 퍼뜩 정신을 차렸다.

하라간이 싱긋 웃었다.

"하하. 나를 오르곤 님께 안내하라고."

하라간의 웃음이 어찌나 매혹적이던지, 사비지는 다시 꿈을 꾸는 듯한 얼굴이 되었다.

하라간이 세 번째 말을 되풀이했다.

"나를 계속 여기에 세워 둘 셈인가? 오르곤 님께 안내해."

살짝 짜증이 섞인 목소리에 사비지는 정신이 번쩍 들었다.

"아닙니다. 송구합니다. 제가 안내할 것이니 저를 따라오십시오."

찰싹!

사비지는 자신의 얼굴을 양손으로 소리 나게 때려서 정신을 가다듬은 다음, 하라간을 대전 안으로 안내했다.

그러면서도 완전히 정신을 차리지 못하고 연신 하라간을 힐끗거렸다.

'미쳤어. 내가 미쳤나 봐.'

사비지는 하라간이 남자라는 사실을 잘 알았다. 그런데도 하라간에게서 눈을 뗄 수가 없었다.

하라간의 마법에 걸린 사람은 비단 사비지만이 아니었다. 주변의 다른 대신들도 하라간의 얼굴을 곁눈질하느라 혼이 쏙 빠진 표정들이었다.

"군나르 왕국의 왕세자, 하라간 님께서 방문하셨나이다."

사비지가 황급히 대전으로 들어오면서 이렇게 소리쳤다.

"오오!"

헤닝 왕국의 대신들이 일제히 입구로 고개를 돌렸다.

"정말 강심장이네. 진짜로 여기에 왔어?"

오르곤이 혀를 내둘렀다.

그러면서 오르곤은 주섬주섬 자리에서 일어나 계단 아래로 내려왔다. 군나르 왕국의 왕세자인 하라간을 계단 위 의자에 앉은 채로 맞을 수는 없었기 때문이다. 헤닝과 군나르가 동급이듯이, 그 후계자인 오르곤과 하라간도 동급이었다.

마침내 하라간이 대전에 모습을 드러냈다.

"으헙!"

헤닝 왕국 대신들이 일제히 헛바람을 집어삼켰다. 그들의 동공이 지진을 만난 듯 파르르 흔들렸다. 특히 여성 마법사들의 충격이 컸다. 그녀들은 제대로 서 있지도 못하고 몸을 휘청거렸다.

오르곤도 큰 충격을 받았다.

오르곤은 하라간이 바짝 다가올 때까지 멍하게 서서 하라간의 얼굴만 바라보았다. 세상의 모든 황홀한 빛이 하라간 안에 뭉쳐 있는 듯했다.

"오르곤 님?"

하라간이 손을 내밀었다.

"어어어."

오르곤은 벙하게 그 손을 마주 잡았다.

하라간의 손바닥은 여자의 손보다 더 매끈했다. 서늘하게 느껴지는 감촉도 좋았다. 오르곤이 부르르 몸서리를 쳤다.

"하라간이라고 합니다."

하라간이 먼저 인사를 건넸다.

"아, 네. 오르곤입니다."

오르곤이 황급히 대답했다.

대전 계단 위에는 2개의 의자가 나란히 놓여 있었다. 오르곤은 그중 왼쪽 의자에 앉았다. 손님인 하라간은 오른쪽에 앉혔다.

헤닝 왕국의 대신들은 쥐 죽은 듯이 조용했다. 다들 하라간에게서 눈을 떼지 못했다. 침묵이 감도는 가운데 곳곳에서 꼴깍꼴깍 침 넘기는 소리만 들렸다.

Chapter 6

융과 테티, 우세르가 계단 아래 시립하여 하라간을 지켰다. 그 앞에는 군나르가 보낸 예물 스무 상자가 뚜껑이 열린 상태로 놓였다.

머리에 칠보관을 쓴 하라간이 오르곤을 향해 상체를 기울였다.

“놀라셨죠? 중요한 혼사를 저희 욕심대로 막 서두른 것 같아 죄송합니다.”

“허허. 놀라기는 했습니다. 솔직히 말해서 혼사가 이렇게 빨리 진행될 줄 몰랐거든요. 우리는 아직 위대하시고 또 위대하신 분께 허락도 받지 못했는데…….”

오르곤은 뛰어난 인물이었다. 처음엔 하라간의 비인간적인 외모에 놀라 정신이 멍했지만, 곧 마음을 가다듬었다.

하라간이 속으로 웃었다.

‘후훗. 헤닝에게 허락을 받는다고? 그건 불가능한 일이지.’

헤닝은 이미 육체가 붕괴하여 죽었다. 다만 그 영혼이 며느리인 레이니의 몸에 깃들어 군나르 왕국에 잡혀 있을 뿐이다.

‘물론 오르곤의 입장에서는 헤닝의 부재를 숨겨야겠지.

군주가 실종되었다는 사실이 알려지면 북부의 다른 왕국들이 헤닝 왕국을 집적거릴 테니까 말이야.'

지금 헤닝 왕국은 역대 최악으로 국력이 약해진 상태였다. 군주인 헤닝은 이미 몇십 년 전에 사라져 연락도 없었다.

그 뒤를 이은 오르곤은 뛰어난 재목이긴 하지만 군주의 자리를 대체하기엔 아직 연륜이 부족했다. 게다가 헤닝 왕국은 얼마 전까지 내전을 치르느라 한바탕 홍역을 앓았다. 내전의 결과 왕국을 지탱하는 두 축 가운데 하나인 주술계가 완전히 붕괴했고, 마법계도 큰 타격을 받아 회복할 시간이 필요했다.

하라간은 이런 사실들을 알고 있으면서도 모르는 척해주었다.

"물론 위대하시고 또 위대하신 분의 허락이 필요하시겠지요. 그분께서 저를 손녀 사윗감으로 마음에 들어 하실까요?"

"험험. 그건 한번 뜻을 여쭈어봐야 할 것 같습니다. 다만 우리 헤닝 왕국은 앞으로 귀국과 우호적인 관계를 유지하기를 바라고 있습니다. 이 점은 명확합니다."

"아! 그거 다행이군요. 그럼 이번 혼사도 잘되겠지요."

하라간이 활짝 웃었다.

오르곤은 그 매혹적인 웃음에 빨려 들어 정신이 아득해졌다. 그러다 곧바로 머리를 흔들어 정신을 차렸다.

"물론…… 혼사야 잘될 겁니다. 위대하시고 또 위대하신 분께서 딱히 하라간 님을 반대할 이유는 없을 것으로 생각됩니다. 다만 우리가 아직 준비가 되지 않아 너무 급하게 서두르지는 않았으면 좋겠습니다."

"당연한 말씀이지요. 혼사 일정은 전적으로 헤닝 왕국에 맡길 것입니다. 일단 그분의 허락을 받으신 이후에, 길일을 택하는 것도 귀국에서 해 주십시오."

예물부터 보내서 벼락치기로 혼사를 치를 것처럼 압박할 때는 언제고, 하라간은 살짝 발을 빼는 시늉을 했다.

'뭐가 뭔지 모르겠군.'

오르곤은 이마를 찌푸렸다. 그의 상식으로는 군나르 왕국의 행동들이 영 이해가 되지 않았다.

'혼사를 추진하는 데 있어서 일관성이 없잖아? 뭐지?'

이 점이 오르곤을 곤혹스럽게 만들었다.

오르곤이 정확하게 보았다. 사실 군나르 왕국의 목적은 결혼에 있지 않았다. 지금 군나르 왕국에서 은밀하게 흘린 소문들이 국경선을 넘어 아르네 왕국 쪽으로 흘러들어 가는 중이었다.

"이봐. 그 소식 들었어?"

"무슨 소식?"

"군나르 왕국과 헤닝 왕국이 국혼을 치른다던데?"

"나도 그 이야기를 들었어. 군나르 왕국이 거하게 예물을 준비하여 헤닝 왕국에 보냈다고 하더라고."

"예물이 오갈 정도라면 이미 이야기가 다 진행된 것 아냐?"

"그렇지. 왕실과 왕실의 국혼이 어디 하루아침에 이루어지겠어? 지금 예물이 건너갔다는 것은, 다시 말해서 이 혼사가 최소한 6개월, 아니면 1년 전부터 진행되었다는 소리라고. 게다가 예물만 건너간 게 아니더라고. 들리는 소문에 의하면 군나르 왕국의 왕세자인 하라간이 직접 헤닝 왕국을 방문했다던데?"

"뭐? 두 왕국이 그 정도로 친했단 말이야? 아니, 그런데 왜 여태 잠잠했대?"

"그야 물밑에서 작업을 하느라고 쉬쉬했겠지."

"잠깐! 최근 군나르 왕국과 토브욘 왕국이 전쟁을 치렀잖아. 그렇다면 그 전쟁에 헤닝 왕국도 개입한 것 아니야?"

"아뿔싸. 듣고 보니 자네 말이 맞네. 군나르 왕국과 헤닝 왕국이 국혼을 치를 정도로 가까운 사이라면 당연히 지난 전쟁에서도 서로 공조를 했겠지."

"어쩐지. 토브욘 왕국이 맥없이 무너지더라."

"맞아. 나도 그 점이 이상했어. 토브욘 왕국이 그렇게 쉽게 패배할 곳은 아닌데, 아무래도 헤닝 왕국이 한 팔 거들었나 봐."

한번 바람을 탄 소문은 아르네 왕국 전역으로 퍼져 나갔다. 아르네 왕국의 대신들은 한편으론 우려를 하고, 다른 한편으로는 안심했다.

"군나르 왕국과 헤닝 왕국이 손을 잡고 일을 터뜨렸단 말이지? 역시 이자들을 경계해야 해."

이것이 우려의 목소리였다.

"그 말이 맞아. 하지만 다른 한편으로는 마음이 놓이기도 해. 나는 그동안 그 뜬소문이 사실일까 봐 걱정했거든. 미개한 사막 왕국에 신인께서 재림하셨다는 뜬소문 말이야. 그런데 이제 보니 그 소문은 거짓이었어. 사막 왕국에 신인께서 재림하셔서 토브욘 왕국이 무너진 것이 아니야. 사막 왕국과 헤닝 왕국이 연합하여 일을 저지른 게지."

이것은 안심의 목소리였다.

전체적으로는 우려보다는 안심의 목소리가 더 컸다. 대신들 가운데는 "어쨌거나 북부의 질서를 망가뜨린 원흉들, 그러니까 군나르 왕국과 헤닝 왕국에 벌을 내려야 한다."고 주장하는 사람이 많았다. 또한 "신인께서 재림하신 것이 아니라면, 북부 최강인 우리 아르네 왕국이 전력상 이들 시건방진 두 왕국을 충분히 벌줄 수 있다."라고 판단하는 사람들이 대다수였다.

아르네 왕국 내부에서 이런저런 뜬소문들이 퍼져 나가는 동안, 군나르 왕국은 척척 병력을 전개했다.

대놓고 이동한 군부대가 어느새 아르네 왕국 코앞까지 다가섰다.

아르네 왕국도 군나르군의 움직임을 곧바로 포착했다. 다만, 아르네 왕국의 눈에 비친 군나르군의 이동은 '공격' 보다는 '방어'에 가까웠다.

"미개한 녀석들 같으니. 이제 와서 겁이 덜컥 난단 말이지?"

"당연히 겁이 나겠지. 감히 신인을 사칭하고 북부의 질서를 어지럽혔으니 곧 불벼락이 떨어질 것이라 예상했을걸?"

"그래서 저렇게 수비병들을 잔뜩 모아 둔 게야? 흥! 그렇다고 우리의 징벌을 막을 수 있을 줄 아나? 어림도 없지."

"새해가 밝으면 위대하시고 또 위대하신 분께서 군나르 왕국에 불벼락을 내리실 게야. 암, 그렇고말고."

아르네 왕국의 지휘관들은 군나르 왕국을 향해 이렇게 코웃음을 쳤다.

Chapter 7

'북부 최강은 우리 아르네 왕국이다.'

'세상 그 누구도 우리를 이기지 못한다.'

이러한 자부심이 아르네 왕국 군 수뇌부들의 사고를 경직시켰다. 그들의 머릿속엔 '누가 감히 우리 아르네 왕국으로 쳐들어오겠나? 거꾸로 우리가 쳐들어갈까 봐 겁을 먹고 저렇게 호들갑을 떠는 게지.' 라는 생각으로 가득했다.

오만한 마음가짐이었다.

영리한 라티파는 그러한 적들의 심리를 역이용했다. 라티파는 공개적으로 중앙군을 이동시켜 동부 전선에 배치시켰다.

넓게 산개하여 국경선에 배치된 중앙군의 진영은 아무리 보아도 수비 진형에 가까웠다. 아르네 왕국의 지휘관들은 그 정보에 깜빡 속아 넘어갔다.

그 와중에 하라간이 헤닝 왕국을 방문했다.

새해가 얼마 남지 않은 12월 28일의 일이었다.

"왕세자인 하라간이 직접 헤닝 왕국을 방문했다고? 아니, 왜?"

"그만큼 마음이 급했던 것 아닐까? 어떻게든 헤닝 왕국을 끌어들여 우리 아르네 왕국에 대항해 보려고 하는 것 아냐?"

아르네 왕국의 대신들은 국경의 병력 이동보다는 하라간의 행보에 온 신경을 집중했다.

그렇게 하라간이 적들의 이목을 끄는 동안 온바가 공격 태세를 갖추었다. 토브욘 식민지의 총독 온바는 북부 군단을 동원하여 남쪽으로 뚫고 내려갈 준비를 했다.

수인족들의 군주 토레도 이 기회를 놓치지 않았다.

고국에 복귀한 토레는 묵직한 투구로 얼굴의 절반을 뒤덮은 차림이었다. 투구에 박힌 3개의 뿔이 토레의 꺾인 자존심을 되살려 주었다.

이 투구를 벗으면 토레의 비참한 행색—진짜 뿔이 뽑혀 나간 비루한 행색—이 드러나겠지만, 토레는 투구를 벗을 생각이 없었다.

군주의 복귀 소식에 온 수인족들이 거리로 뛰쳐나와 주먹으로 가슴을 두드렸다. 용기백배하여 포효를 내질렀다.

특히 호텝이 토레를 반겨 맞았다.

[위대하시고 또 위대하신 분이시여.]

[시간이 없다. 어서 병력을 모아라.]

토레는 복귀와 동시에 이런 명령을 내렸다.

[갑자기 병력이라니요? 어떤 일이신지요?]

호텝이 어리둥절한 표정을 지었다.

토레가 낮게 으르렁거렸다.

[감히 신인의 재림을 부정하는 불측한 무리들이 있다. 나 토레는 그 불측한 배교자들을 이 땅에서 지워 버릴 것이다.]

토레의 눈알이 불덩이처럼 화악 달아올랐다. 군주의 몸에서 뿜어지는 위압감에 수인족 대신들이 벌벌 떨며 자리에 엎드렸다.

호텝도 예외는 아니었다.

[신인의 재림이라니요? 혹시 하라간 님을 말씀하시는 것이옵니까?]

무릎을 꿇은 호텝이 토레에게 조심스레 뇌파를 보냈다.

[그렇다.]

토레는 짧게 고개를 끄덕였다.

'역시!'

호텝은 곧바로 전후 사정을 파악했다.

최근 호텝은 하라간의 본체를 목격했다. 어깨에 항아리를 짊어진 거대한 스켈레톤과 하라간의 본체, 즉 탁소 키르샤가 맞서 싸우는 장면을 호텝의 두 눈으로 똑똑히 본 것이다. 물론 이 탁소 키르샤는 하라간의 본체가 아니라 군나르의 마물이지만, 호텝이 그것까지 알 수는 없었다.

[역시 그분께서 신인의 재림이셨군요. 수인족 왕국의 왕

비인 이 호텝, 굳건한 신앙심으로 명을 따를 것이옵니다.]

수인족 왕국의 이왕비 호텝이 두 주먹을 불끈 쥐었다. 순간적으로 그녀는 과거 군단장 시절로 되돌아간 느낌을 받았다. 그녀의 심장이 터질 듯이 쿵쿵 뛰었다.

[우오오오오!]

호텝의 등 뒤에서 중무장한 수인족들이 무기를 번쩍 치켜들었다. 용맹한 수인족들의 깃발이 거세게 펄럭였다.

그 모습을 보면서 토레는 씁쓸한 눈빛을 흘렸다.

토레의 호전적인 성격대로라면 전쟁에 광분하여 앞장서서 싸워야 정상이었다. 그런데 지금 그는 몸 상태가 정상이 아니었다. 하라간에게 당한 상처가 아직 아물지 않아서였다.

'젠장! 이 토레가 몸을 사리고 부하들의 뒤꽁무니만 쫓아다녀야 하다니.'

쿠웅!

토레는 신경질적으로 발을 굴렀다.

한편 동부의 룬드 왕국도 행동에 나섰다. 하라간의 명을 받은 아이다가 직접 룬드 왕국으로 넘어가 자매들에게 앞뒤 정황을 설명했다.

"당연히 우리도 나서야지."

시노브가 철기사단을 집합시켰다.

아이다는 마법 군단을 이끌고 시노브의 뒤를 받쳤다.

두 자매가 앞장서는 동안 오스트란드는 룬드 왕궁에 남아 병참 보급을 맡기로 했다.

아직까지 잉그리드는 전면에 나서지 않았다. 그저 용암성에 잠잠히 웅크리고 있을 뿐이었다. 하지만 하라간의 허락이 떨어지는 순간 잉그리드는 막키르샤의 어마어마한 위용을 세상에 드러낼 것이다.

서쪽의 군나르 왕국.

북쪽의 토브욘 식민지.

남쪽의 토레 왕국.

동쪽의 룬드 왕국.

사방에서 동시에 병력이 움직여 아르네 왕국의 숨통을 조일 준비를 했다.

북부 전체가 뜨겁게 달아오르는 12월 29일, 하라간은 한가롭게도 마리네 왕녀와 첫 만남을 가졌다.

오렌지색 머리카락을 끈으로 질끈 묶은 마리네의 모습은 선머슴 같았다. 게다가 '나는 그쪽이 전혀 관심이 없어요. 그저 수련 중에 억지로 불려 나온 것일 뿐이죠.' 라는 인상을 심어 주기라도 할 요량인 듯 온몸이 땀투성이였다.

이건 도저히 일국의 왕녀가 타국의 왕세자를 만날 때의 차림새가 아니었다.

그럼에도 불구하고 마리네는 전혀 부끄러워하지 않았다. 오히려 마리네의 시녀들이 당황했다.

"그쪽이 하라간이에요?"

마리네가 하라간을 위아래로 훑어보았다.

'솔직히 예쁘게는 생겼네.'

마리네의 눈에 비친 하라간은 여신처럼 아름다웠다.

하지만 마리네의 취향은 아니었다. 마리네는 덩치가 크고, 근육질에, 사내다운 남자를 좋아했다.

하라간이 부드럽게 미소를 지었다.

"그렇소. 내가 하라간이오."

"소문은 들었어요."

마리네가 쏘아붙이듯 말했다.

"무슨 소문 말이오?"

"군나르 왕국의 왕세자가 여자처럼 어여쁘다는 소문이요."

이건 결코 칭찬이 아니었다. 마리네의 얼굴에도 하라간을 비꼬는 듯한 기색이 엿보였다.

'헙.'

'이거 큰일 났구나.'

헤닝 왕국 시녀들의 안색이 하얗게 변했다.
“그런 소문이 퍼졌소?”
하라간이 쓴웃음을 지었다.
하라간은 계집처럼 예쁜 자신의 외모가 썩 마음에 들지는 않았다. 그렇다고 지금의 외모를 감추거나 바꿀 수는 없었다.
마리네가 계속 종알거렸다.
“그것 말고도 다른 소문도 퍼졌죠.”
“또 어떤 소문이오?”
“당신이 신인의 재림이라는 소문 말이에요.”
마리네가 직설적으로 지적했다.
“호오?”
하라간이 눈을 반짝였다.

Chapter 8

“헤닝 왕국에 그런 소문이 퍼졌소? 내가 신인의 재림이라고?”
하라간의 질문에 마리네가 코웃음으로 되받았다.
“물론 그 뜬소문을 믿는 사람은 별로 없어요. 당장 오라버니만 해도 그렇죠. 만약 오라버니가 당신을 신인의 재림이라고 여겼다면 그 즉시 당신 앞에 무릎을 꿇었겠죠. 우리 왕국의 대신들도 마찬가지고요."

하라간이 웃음기 띤 얼굴로 마리네의 의견을 물었다.

"그럼 왕녀의 생각은 어떻소? 내가 신인의 재림이라고 생각하시오?"

마리네는 이번에도 코웃음을 쳤다.

"말도 안 되는 소리죠. 보고도 몰라요? 만약 내가 그 헛소문을 믿었다면 당장 당신 발밑에 엎드려야 정상이죠. 난 그 소문을 믿지 않아요."

"저런. 당사자 앞에서 너무 단호하게 말하는구려."

하라간이 울상을 지었다.

마리네는 신이 나서 쏘아붙였다.

"단호할 수밖에요. 난 절대 당신이 신인의 재림이라고 믿지 않는다니까요."

"어떻게 그렇게 확신을 하는 거요?"

"당장 외모부터가 이상하잖아요. 교리서에 묘사된 신인의 모습은 수염을 길게 기르고 위엄이 넘치는 남자다운 외모예요. 그런데 지금 당신의 모습을 보세요. 완전 계집애잖아요."

마리네는 거침이 없었다.

"아이고, 왕녀님."

당황한 시녀장이 뒤에서 마리네의 소매를 잡아당겼다.

마리네가 시녀장의 손을 뿌리쳤다.

"이거 놔. 내가 뭐 틀린 말을 했어?"

"왕녀님."

시녀장의 동공이 파르르 떨렸다.

처음 이 자리에 나왔을 때만 해도 마리네는 하라간에게 살짝 조심스러운 태도를 보였다. 그런데 지금은 막무가내가 되었다. 하라간이 계속 온화하게 대해 주니 그를 만만하게 본 모양이었다.

하라간은 그런 마리네를 탓하지 않았다.

'후훗. 타국에서 갑자기 청혼이 들어왔으니 당연히 거부감이 들겠지. 보아하니 쾌활하고 거침이 없는 성격인 것 같은데, 이번 청혼이 무척 기분 나빴을 거야.'

이렇게 이해를 한 하라간이 다시 물었다.

"길게 말을 돌릴 필요 없지. 직설적으로 물읍시다."

"뭘 묻는다는 거죠?"

마리네가 불퉁스럽게 되물었다.

"왕녀께서는 이번 혼담에 대해서 어떻게 생각하시오?"

"당연히 기분이 언짢죠. 솔직히 나는 우리 헤닝 왕국을 떠나고 싶지 않단 말이에요."

마리네가 솔직한 심정을 밝혔다.

하라간이 고개를 끄덕였다.

"당연히 그런 마음이 들 거요. 누구라도 싫겠지. 하지만 일국의 왕녀라면 말이오, 국익을 위해 자기 자신을 희생할 수도 있는 것 아니오? 우리 군나르 왕국과 헤닝 왕국이 우의를 돈독히 하려면 혼사만큼 좋은 것이 또 어디 있겠소?"

하라간이 마리네의 애국심을 자극했다.

마리네의 얼굴에 얼핏 곤혹스러운 표정이 내비쳤다. 하지만 마리네는 곧 고개를 좌우로 흔들었다.

"아니요. 저는 꼭 혼사를 치르지 않고도 얼마든지 양국이 우의를 다질 수 있다고 생각해요. 헤닝 왕국과 군나르 왕국이 공동의 이익을 위해 협조하는 것은 서로 혈연을 맺지 않고서도 할 수 있는 일이잖아요?"

"으음."

하라간이 미세하게 고개를 주억거렸다.

마리네가 하라간의 눈치를 보며 말문을 이었다.

"그리고 만약 혼사를 치른다고 해도, 그 대상이 꼭 저라는 법은 없잖아요. 우리 헤닝 왕국의 왕녀들 가운데는 저보다 외모가 빼어난 사람이 많거든요. 그리고 그분들 가운데는 하라간 님을 연모하는 사람이 있을 수도 있고요."

"으으음."

하라간은 또다시 고개를 주억거렸다.

그 모습을 본 마리네는 이상하게도 기분이 나빴다.

'이 남자 뭐야? 이렇게 빨리 나를 포기한단 말이야?'

그때 하라간이 뜬금없는 주문을 했다.

"그럼 혹시 소개를 해 주겠소?"

"무, 무슨 소개요?"

마리네가 당황하여 말을 더듬었다.

"헤닝 왕국에 당신보다 외모가 뛰어나고, 나를 좋아해 줄 왕녀가 있다고 하지 않았소?"

"그렇죠. 있죠."

마리네는 어쩔 수 없이 이렇게 대답했다.

"그럼 그런 왕녀를 내게 소개해 주시오."

"네에?"

마리네의 눈이 휘둥그레졌다.

시녀장도 입을 쩍 벌렸다.

'이 남자 뭐야? 정말 기분 나쁘네.'

마리네는 속이 울컥했다.

하라간이 담담하게 말을 이었다.

"내게 중요한 것은 우리 군나르 왕국의 이익이라오. 우리 왕국의 이익과 헤닝 왕국의 이익이 서로 맞아떨어질 수 있다고 생각하여 이번 혼사를 넣은 것인데, 아쉽게도 마리네 왕녀께서는 내가 마음에 들지 않는 것 같소. 그러니 다른 왕녀를 내게 소개시켜 주시오."

"그건……."

마리네가 선뜻 대답하지 못했다.

보다 못한 시녀장이 죽음을 각오하고 끼어들었다. 하라간 앞에 털썩 무릎을 꿇은 시녀장이 통곡하듯 아뢰었다.

"하라간 님, 부디 노여움을 거두소서. 이번 혼담은 군나르 님과 오르곤 님께서 정하신 바이옵니다. 게다가 오르곤 님께서는 아국의 위대하고 또 위대하신 분께도 이번 혼사에 대해 아뢴 것으로 알고 있사옵니다. 그렇게 위에서 결정된 왕가의 혼사를 개인의 사사로운 마음으로 바꿀 수는 없는 법이옵니다. 부디 노여움을 푸시고 마리네 왕녀님과 다시 대화를 나눠 보소서. 그사이 제가 오르곤 님의 확고한 뜻을 받아 오겠나이다."

"읏."

시녀장이 오르곤과 헤닝을 언급하자 마리네의 얼굴도 딱딱하게 굳었다.

하라간은 그럴 줄 알았다는 듯이 빙그레 웃었다.

그 웃음을 보자 마리네의 얼굴이 일그러졌다.

Chapter 9

'이런! 이제 보니 이 남자가 나를 놀리고 있었구나. 내가 아무리 발버둥 쳐도 이번 혼담을 깰 수 없다는 사실을 이 남자는 알고 있어.'

마리네가 콧김을 뿜었다.

시녀장이 머리를 조아려 다시 아뢰었다.

"두 분께서는 부디 흥분된 마음을 조금만 가라앉히시옵소서. 그리고 제가 빨리 달려가서 오르곤 님의 확고한 뜻을 받아 올 것이니 조금만 기다려 주소서."

이렇게 고한 시녀장이 후다닥 밖으로 달려 나갔다.

"잠깐만."

마리네가 시녀장을 불렀다.

시녀장은 뒤도 돌아보지 않았다.

결국 마리네는 낭패한 표정으로 발을 구를 수밖에 없었다. 오르곤이 불같이 화를 내는 모습이 그녀의 머릿속에 떠올랐다. 하라간은 옆에서 연신 웃음을 흘렸다.

'으으으.'

그 모습이 어찌나 얄밉던지 마리네는 두 주먹을 불끈 움켜쥐었다.

하라간과 마리네의 첫 대면은 그렇게 허무하게 끝났다. 하라간은 숙소로 돌아갔다. 반면 마리네는 오르곤에게 불려 가 한바탕 훈계를 들어야 했다.

오르곤의 마지막 경고가 마리네를 섬뜩하게 만들었다.

"마리네야, 잘 들어라."

"네에."

"나는 너를 너무 사랑하지만 그보다는 우리 헤닝 왕국을 더 사랑한단다. 그러니 부디 이 오라비의 고통스러운 심정을 헤아려 주기 바란다. 솔직하게 말해서 이 오라비는 너를 머나먼 사막으로 시집보내고 싶지 않아. 그런데도 국익을 위해 이런 결정을 내렸고, 신하들 앞에서 이번 혼사를 공표했어. 그런데 네가 혼사를 깨 봐라. 신하들이 이 오라비를 어찌 생각하겠니? 그리고 군나르 왕국에서 우리 헤닝 왕국을 어찌 생각하겠어?"

"오라버니……."

마리네가 뭐라고 말대꾸를 하려고 했다.

오르곤은 듣지 않았다.

"마리네. 너는 내 동생이기 이전에 우리 헤닝 왕국의 왕녀야. 왕녀로서 많은 것을 누리고 살아온 만큼 그만한 대가를 치를 각오를 해야 해. 경우에 따라선 우리 왕실과 왕국의 번영을 위해 너 자신을 희생할 각오도 해야 한다고. 그

것이 왕녀의 삶이다."

오르곤의 말이 옳았다. 마리네가 고개를 푹 숙였다.

오르곤이 싸늘하게 뇌까렸다.

"굴본 남작."

"네?"

깜짝 놀란 마리네가 고개를 번쩍 치켜들었다.

"너와 함께 마법을 배우고 있는 굴본 남작 말이다. 신속의 마법사 굴본."

"구, 굴본이 왜요?"

당황한 마리네가 말을 더듬었다.

오르곤이 손가락으로 마리네의 이마를 콕 찍었다.

"오라비가 아니라 군주 대행의 권한으로 네게 경고한다. 이 시간부로 네 마음속에서 굴본을 지워. 너의 배필은 군나르 왕국의 왕세자 하라간이야. 굴본이 아니라 하라간."

"오라버니."

"만약 네가 내 경고를 가벼이 여긴다면, 나는 너뿐만이 아니라 굴본 남작에게도 그 죄를 물을 것이다."

콰쾅!

마리네의 귓가에 천둥이 울렸다.

하얗게 질린 얼굴로 휘청거리는 동생의 모습에 오르곤이 잠시 갈등했다.

하지만 오르곤은 곧 마음을 다잡고 마리네의 눈을 똑바로 직시했다.

마리네는 감히 오르곤의 눈을 마주 보지 못했다. 허둥지둥하며 고개를 푹 숙인 다음, 손으로 벽을 짚으며 오르곤의 앞에서 물러 나왔다.

굴본은 마리네가 마음속에 품고 있는 사람이었다. 두 사람은 처음에 같은 아카데미 출신의 동문으로 인연을 맺었다가, 헤닝 왕국이 내전에 휘말렸을 때 좀 더 친밀해졌다. 마리네가 주술사들의 집중 공격을 받았을 때 굴본이 목숨을 걸고 싸워 준 것이 그 계기가 되었다.

그러다 최근엔 사적인 편지를 서로 주고받는 사이로 발전했다. 가볍게 손을 잡기도 했다. 그때마다 마리네는 찌르르 전기가 통하는 기분을 느꼈다.

'굴본, 어떻게 하면 좋아요? 흐흐흑.'

마리네가 복도 벽에 기대어 눈물을 흘렸다.

12월 30일.

마리네가 다시 오르곤을 찾았다.

"군나르 왕국으로 시집을 가겠어요."

하룻밤 사이에 수척해진 마리네가 이렇게 말문을 열었다.

오르곤이 안쓰러운 마음을 속으로 억누르며 물었다.

"그게 정말이냐?"

"네. 하라간과 혼인을 할 것이니 오라버니께서 준비해 주세요."

"잘 생각했다. 과연 내 동생답구나. 우리 헤닝 왕국의 왕녀다운 결정이야."

말은 이렇게 했지만 오르곤도 속이 쓰렸다.

마리네는 영혼 없는 인형처럼 말을 계속했다.

"이왕이면 혼사를 서둘러 주셨으면 해요. 어렵게 결심을 굳혔으니, 그 결심이 흔들리기 전에 일을 마무리 짓고 싶어요."

"오냐. 네 의사를 존중해 주마."

"시집을 갈 때 저를 따르던 시녀들도 모두 데려가겠어요."

"당연한 일이다. 뿐만 아니라 실력이 출중한 여마법사들을 특별히 선별하여 네 호위로 붙여 주마. 하라간은 이미 첫 번째 왕비를 두었으니 그 여자로부터 텃세를 받을 수도 있겠구나. 너도 알다시피 왕실의 내궁은 꽃과 향수로 포장된 전쟁터나 다름없지. 나는 네가 그 전쟁터의 승자가 될 수 있도록 적극 후원할 생각이다."

오르곤이 힘 있게 약속했다.

마리네가 고개를 가로저었다.

“여마법사만으로는 부족해요. 100명 단위의 마법 병단을 제게 붙여주세요.”

“마법 병단을?”

“네. 그리고 그 마법 병단에 굴본 남작도 넣어 주세요.”

“마리네, 너 설마?”

오르곤의 눈동자가 지진을 만난 듯 흔들렸다.

마리네는 오르곤의 시선을 피하지 않았다.

오빠를 올려다보는 마리네의 눈동자 속에 기이한 불꽃이 일렁거렸다.

오르곤은 뭔가 호통을 칠 듯 얼굴을 일그러뜨렸다. 그러다 긴 한숨을 내쉬었다.

“휴우우. 마리네야, 지금 네가 무슨 짓을 벌이는지 아느냐?”

“알고 있어요.”

마리네가 냉랭하게 답했다.

오르곤이 걱정스러운 표정을 지었다.

“군나르 왕실은 결코 만만한 곳이 아니야. 비록 지금은 그들이 너와 굴본의 사이를 모르겠지만, 네가 자칫 실수를 해서 들키기라도 하는 날에는 돌이킬 수 없는 파국을 맞이하게 될 거다. 너도 큰 위험에 빠질 수 있어.”

오르곤은 진심으로 동생을 걱정했다.

마리네가 단호한 태도를 취했다.

"걱정 마세요. 그럴 일은 없어요. 저는 굴본을 곁에 둘 생각이지만, 그와 마음을 교류하지는 않을 거예요."

"그것이 얼마나 큰 고통이겠느냐? 네게도, 그리고 굴본에게도 참기 힘든 나날이 될 것이야."

"저도 알아요. 하지만 우리 헤닝 왕국에 피해를 줄 일은 결코 하지 않을 거예요. 헤닝 왕국의 명예를 실추시킬 일도 없을 거라고 약속해요. 제가 시집을 갈 때 굴본을 데려가는 이유는 단 하나. 저는 제가 행복해져서는 안 된다고 생각해요. 굴본이 곁에 있는 한 저는 두고두고 괴로울 거예요. 결혼 생활 내내 절대 행복해지지 않겠죠. 그리고 그렇게 불행한 저를 보면서 오라버니의 마음도 아플 거예요. 그것이 제가 시집을 가면서 굴본을 데려가는 이유예요."

마리네의 말에 가시가 돋쳤다. 그 날카로운 가시가 오르곤의 가슴을 찔렀다. 오르곤의 이마에 시퍼런 힘줄이 돋았다.

마리네가 그런 오르곤을 빤히 올려다보았다.

오르곤은 끝내 아무런 말도 하지 못했다.

Chapter 10

같은 시각.

하라간이 침대맡에 앉아서 눈을 찌푸렸다.

마나의 벽 5단계를 돌파하면서 하라간의 감각은 한층 더 확장되었다. 그 확장된 감각에 오르곤 남매의 대화 소리가 그대로 잡혔다.

하라간은 원래 마리네에 대한 기대치가 별로 없었다. 그저 이번 전쟁의 도구로 마리네를 이용하는 것 같아 조금 미안한 정도였다.

그런데 마리네와 오르곤의 대화를 엿듣다 보니 하라간의 머릿속에 배덕녀 실비아가 떠올랐다. 순간적으로 하라간의 얼굴이 딱딱하게 굳었다.

"이 전쟁이 끝난 후에 한 번 더 선택할 기회를 주지. 마리네, 정 마음이 내키지 않으면 나와 혼인하지 않아도 돼. 너 대신 헤닝 왕국의 다른 왕녀를 맞아도 나는 상관없어."

하라간은 여기서 독백을 잠시 끊었다. 그다음 유리잔에 담긴 백색 포도주를 내려다보며 말문을 이었다.

"하지만 네가 만약 나와 혼인을 결심한다면 뒷정리를 깔끔하게 해야 할 거야. 나는 누군가가 우리 군나르 왕국과 할아버님의 얼굴에 먹칠을 하는 꼴을 보아줄 수 없거든. 네가 잘못을 저지르면 그 뒷감당은 너뿐만이 아니라 헤닝 왕국 전체가 짊어지게 될 거다."

하라간의 음성엔 냉기가 풀풀 풍겼다. 잔 안에서 찰랑이던 와인이 눈 깜짝할 사이에 얼어붙어 슬러쉬처럼 변했다.

12월 31일.

한 해를 마무리 짓는 마지막 날에 하라간과 마리네의 혼인 소식이 공식적으로 선포되었다. 이 급작스러운 발표에 군나르 왕국과 헤닝 왕국이 발칵 뒤집혔다. 이어서 룬드 왕국에도 이 소식이 전달되었다.

당연히 군나르 왕국의 두 왕세자빈 귀에도 이 소식이 들어갔다.

"마침내 3명의 왕세자빈 자리가 모두 찼구나."

거울 앞에서 클레이아가 이렇게 중얼거렸다.

의외로 클레이아의 마음은 평온했다. 클레이아는 질투를 느끼기보다는 해야 할 일을 마무리해서 속이 후련한 기분이었다.

"부디 착한 동생이 들어왔으면 좋겠는데. 잉그리드처럼 착하고, 말도 잘 듣고, 순한 동생이겠지? 호호."

클레이아는 엉뚱하게도 잉그리드를 떠올리면서 헤죽 웃었다.

용암성의 잉그리드도 하라간과 마리네의 결혼 소식을 들었다. 잉그리드는 부글부글 끓는 용암의 강에서 헤엄을 치다 말고 석판 위로 올라와 붉은 머리카락을 뒤로 쓸어 넘겼다. 그녀의 얼굴에 호기심이 떠올랐다.

"헤헤헤. 이건 좋은 일이야. 드디어 내게도 동생이 생기는 거잖아? 클레이아 언니와 함께 막내를 잘 돌봐 주어야지. 나보다 동생이니까 당연히 나보다 약하겠지? 아무래도 내 보살핌이 필요할 거야."

순종적인 성격의 잉그리드는 딱히 질투를 부리지 않았다. 하지만 만약 마리네가 그녀와 하라간 사이를 이간질시키려 든다면 잉그리드가 지옥의 마녀로 변하는 모습을 보게 될 것이다.

한편 잉그리드 앞에 엎드린 오스트란드는 은근히 신경을 곤두세웠다.

'이건 보통 일이 아니야. 큰언니, 그리고 아이다와 잘 상의를 해서 대처해야 해. 자칫하다가 우리 룬드 왕국이 헤닝 왕국에 밀릴 수가 있다고.'

오스트란드는 마리네에 대한 정보를 머릿속으로 떠올렸다.

마리네는 오르곤의 친동생이라 나름 중요한 여자였다. 당연히 오스트란드의 뇌에도 마리네 왕녀와 관련된 정보가 차곡차곡 쌓였다.

'마레네 왕녀는 바람 계열의 마법사로 실력이 제법 뛰어나다지? 체형이 늘씬하고, 여성적인 매력도 있다고 하고. 물론 그래 봤자 위대하시고 또 위대하신 분께는 미치지 못하겠지만 말이야.'

객관적으로 봤을 때 마리네보다는 잉그리드가 훨씬 더 예뻤다. 잉그리드와 클레이아는 정말 보기 드문 미인들이었다.

'물론 그분들보다 하라간 님이 훨씬 더 아름답다는 것이 함정이지. 쯧쯧쯧.'

속으로 혀를 차던 오스트란드가 다시 잔머리를 굴렸다.

'어쨌거나 우리 룬드 왕국도 이제 군나르 왕국 내궁 암투에 뛰어들 준비를 해야 해. 어차피 아르네 왕국이 무너진 이후 북부의 질서는 하라간 님을 중심으로 재편될 거야. 그리고 하라간 님, 아니 아버님의 총애를 얻는 쪽이 결국 미래의 절대 권력을 움켜쥐는 거지.'

오스트란드는 원래부터 권력욕이 강한 여자였다. 그녀는 내궁 암투에서 밀리고 싶은 마음이 전혀 없었다.

클레이아와 잉그리드가 하라간의 혼인 소식을 담담하게 들었다면, 레이나는 큰 충격을 받았다.

"뭣이라? 누가 누구와 혼인을 해? 어이쿠!"

레이나는 뒷골을 잡았다.

"오르곤의 동생이라면 내 손녀 아니야? 이름이 마리네라고 했지? 내가 손녀가 워낙 많아 얼굴이 또렷하게 기억나지는 않는다만, 어쨌거나 오르곤의 친동생이라지? 으으으으. 이거 큰일이구나."

레이나가 불안하게 방안을 서성거렸다.

하라간은 마신이었다.

레이나는 마리네가 그 마신의 부인이 된다는 것이 걱정스러웠다. 얼굴도 가물가물한 손녀를 걱정한다기보다는 헤닝 왕국을 걱정하는 마음이 앞섰다. 레이나는 솔직히 손녀들에게는 전혀 관심이 없었다. 솔직히 아들이나 손자들도 별로 신경 쓰지 않았다. 그저 막내아들인 몰곤이나 장손자 오르곤 정도만 기억할 뿐이었다.

"마리네라는 녀석이 어떤 성격인지 모르겠다만, 자칫 그 아이가 뭣도 모르고 마신의 기분을 거슬렀다가는 우리 헤닝 왕국이 피해를 볼 수도 있어."

이것이 레이나의 진짜 속마음이었다.

다른 한편으로는 뿌듯한 생각도 들었다.

"어쨌거나 우리 헤닝 왕국에서 마신의 신붓감을 배출한 것 아냐? 호호호. 그 점은 마음에 드네. 호호호호"

손으로 입을 가리고 여성스럽게 웃던 중 레이나는 부르르 몸서리를 쳤다.

"이크! 내가 이게 무슨 요망한 행동이야? 비록 며느리의 육신을 차지하고 있지만, 난 여자가 아니라고. 아니야. 이건 아니야."

한참 동안 도리질을 하던 레이나가 눈에 이채를 머금었다.

"골육상잔을 벌인 오르곤 녀석은 꼴도 보기 싫다만, 어쩔 수 없지. 만약 마리네가 이곳 군나르 왕실로 시집을 온다면 내가 잘 돌봐 주어야겠다. 손녀 녀석이 마신의 눈 밖에 나지 않도록 내가 뒤를 봐줘야겠어. 호호호."

그렇게 깔깔대며 웃던 레이나가 다시 안색을 굳혔다.

"가만? 그럼 나와 마신의 관계가 어떻게 되는 거야? 영혼으로 치자면 내 손녀가 마신의 신부가 되는 셈이고, 육체로 치자면 내 조카가 마신의 신부가 되는 셈이고. 그런데 나는 여기에 붙잡혀서 마신의 노예가 되어 버렸고. 아싸! 세상 꼴 잘 돌아간다. 빌어먹을."

울고 웃기를 반복하던 레이나는 결국 신세 한탄으로 독백을 마무리했다.

제3화

성전을 선포하다

Chapter 1

하라간과 마리네의 혼인 소식은 아르네 왕국에도 전해졌다.

"시건방진 녀석."

북부의 최강자 오드 아르네 솔샤르가 이를 갈았다.

"감히 신인을 사칭하는 대죄를 저질러 놓고 한가하게 결혼 발표나 해?"

오드의 분노에 새벽여신의 신전이 우르르 뒤흔들렸다.

"오드 님."

데스 로즈(Death Rose: 죽음의 장미)가 오드의 손등을 가만히 잡았다. 그녀의 손길엔 신비로운 치유의 힘이 가득했다.

노여움에 몸서리를 치던 오드가 마음을 차분하게 가라앉혔다.

데스 로즈가 물었다.

"배교자들을 징치할 준비는 끝내신 것이옵니까?"

데스 로즈가 언급한 배교자들이란 군나르와 하라간을 의미했다. 오드가 손으로 수염을 쓸어내렸다.

"그래. 거의 다 준비가 끝났다. 군나르 왕국의 저력을 파악하느라 조금 신중했으나, 이제 정보 수집도 마무리 단계야."

"그렇다면 조만간 전쟁이 벌어지겠군요."

데스 로즈가 안타까운 표정을 지었다.

오드가 상대의 등을 툭툭 두드렸다.

"페리쿨라야, 네가 모시는 새벽여신이 전쟁을 꺼려한다는 것은 잘 안다. 하지만 감히 신인을 사칭한 배교자들을 그냥 둘 수는 없지 않겠느냐?"

오드는 데스 로즈를 '페리쿨라' 라는 이름으로 불렀다.

"그건 그렇지요. 이번 기회에 그 무엄한 자들을 징치하셔야 할 것입니다. 그래야 세상이 오드 님을 경외할 테지요."

데스 로즈가 경건한 표정으로 오드를 치켜세웠다.

오드가 긴 수염을 손바닥으로 쓸어내렸다.

"허허허. 페리쿨라, 네가 너무 나갔구나. 세상이 나를 우러러보게 만들려고 전쟁을 일으키는 것이 아니야. 나는 다만 종교적 신념에 의해 배교자들을 처벌하려는 게지."

"마땅히 그러시겠지요. 오드 님의 신앙심이 얼마나 굳건한지 저는 잘 알고 있답니다."

데스 로즈가 희미하게 미소를 지었다.

부드러운 미소와 달리 데스 로즈의 머릿속은 복잡했다.

'벨커스의 추종자들로부터 연락이 끊겼어. 대체 토레 왕국에서 무슨 일이 벌어진 게야? 왜 연락이 두절되었지? 화이트는? 크레슨트는? 마운틴 고우트는? 다들 어떻게 된 게지? 그리고 골드 라이온은?'

골드 라이온은 데스 로즈의 철천지원수였다. 데스 로즈는 편안하게 죽은 메로베 대신 그 아비인 골드 라이온의 목을 따 버리겠노라고 여신께 맹세했다. 그렇게 해야 억울하게 죽은 아들 카일의 원혼이 평온을 찾을 것이라 믿었다.

'마음 같아서는 직접 토레 왕국으로 가서 상황을 파악하고 싶은데, 도무지 여건이 되지 않는구나. 앞으로 한 달 내에 전쟁이 터질 판이라 내가 몸을 뺄 수가 없어.'

지금 이 순간에도 오드의 명을 받은 정예 병력이 아르네 왕국 수도에 차곡차곡 집결 중이었다. 오드는 이 정예병들을 전격적으로 투입해 군나르 왕국을 쓸어 버릴 요량이었다.

그 시점은 늦어도 한 달 뒤.

빠르면 3주 뒤.

이번 전쟁이 마무리될 때까지 데스 로즈는 새벽여신의 신전을 떠날 수 없었다. 오드가 그녀에게 곁에 있으라고 엄명을 내려 놓았기 때문이다.

오드는 전쟁 중에 데스 로즈를 보호하기 위해 그런 명을 내린 것이지만, 데스 로즈의 입장에서는 답답하기 이를 데 없었다.

오드가 하라간의 결혼 소식에 분노할 즈음, 아르네 왕국 시골 마을에도 질투에 눈이 먼 여인이 있었다. 그녀가 눈에서 불을 뿜었다.

"이런 썅! 내가 앉아야 할 자리를 빼앗겼어. 왕세자빈 자리는 원래 내 것이었다고."

독이 잔뜩 오른 여인의 정체는 다름 아닌 베레니케였다.

눈이 뒤집힌 베레니케가 손을 와락 뻗어 아이린의 곱슬머리를 움켜잡았다.

"아악!"

흑인 노예 소녀 아이린이 비명을 질렀다.

베레니케가 아이린을 바짝 당겨 으르렁거렸다.

"뱉어."

"네에?"

"침을 뱉으라고, 이년아."

"네에? 또요?"

"요 오라질 쌍년. 말대꾸하지 말고 어서 내 얼굴에 침이나 뱉어."

"베레니케 님……."

얼굴에 침을 뱉으라는 말에 노예 소녀 아이린이 울상을 지었다.

'채찍으로 얻어맞기 스킬(?)'을 완전히 마스터한 베레니케는 마조히스트 다음 단계로 '굴욕 견디기 스킬'을 연마 중이었다.

"뱉으라면 뱉어, 이 쌍년아."

베레니케가 자신의 얼굴을 향해 손짓을 했다.

아이린은 어쩔 수 없다는 듯 입 안에 침을 모았다.

"카아악."

"그래. 뱉어. 내 얼굴에 네 더럽고 허연 침을 뱉어. 씨팔."

베레니케가 두 눈을 부릅떴다.

"퉤!"

흑인 소녀의 입에서 튀어나온 침이 포물선을 그리며 날아가 베레니케의 눈과 코 사이를 정확하게 때렸다.

그 더럽고, 불쾌하고, 모욕적이고, 모멸적인 기분이 베레니케의 비틀린 정신세계를 강타했다.

"아앗, 짜릿해!"

베레니케가 뾰족한 음성을 내질렀다. 그녀의 사타구니가 화끈하게 달아올랐다.

"한 번 더."

"주인님이 그렇게 원하신다면야. 카아악, 퉤!"

아이린이 베레니케의 얼굴에 또다시 침을 뱉었다. 코와 입술 사이에 떨어진 침이 베레니케의 V라인 턱을 타고 가슴으로 떨어졌다.

"한 번 더."

모멸감과 묘한 희열에 눈이 뒤집힌 베레니케가 오늘도 "한 번 더"를 외쳤다.

"카아아악, 퉤에!"

주인에게 침을 뱉는 노예 소녀의 눈에도 기이한 열기가 일렁거렸다.

아이린은 침을 뱉는 것으로 그치지 않고 베레니케에게 달려들어 그녀의 옷을 부욱 찢었다. 상의 단추가 사방으로 튕겨 나갔다. 베레니케의 탄력적인 가슴이 출렁 드러났다.

"퉤에, 더러운 년."

아이린이 베레니케의 뽀얀 가슴골 사이에 침을 뱉었다.

하찮은 노예에게 욕까지 듣자 베레니케의 머리꼭지가 돌았다.

짜악!

반사적으로 날아간 베레니케의 손바닥이 아이린의 뺨을 후려쳤다.

깜짝 놀란 아이린이 무릎을 꿇었다.

"으헛, 베레니케 님. 죄송합니다. 살려 주십시오."

베레니케가 그런 아이린을 잡아당겼다.

"이 쌍년아, 왜 멈춰? 한창 달아오르려고 하는데 왜 말을 멈추느냐고? 어서 더 욕해. 욕하면서 침도 뱉어."

"네, 주인님. 카아아아—악."

아이린이 입 안에 다시 침을 모았다.

Chapter 2

베레니케가 아이린과 함께 마조히스트의 자질(?) 갈고닦을 즈음, 멀리 떨어진 북쪽에서도 누군가가 입 안에 침을 잔뜩 모으는 중이었다.

다름 아닌 하라간이었다.

"내일이다. 이제 딱 하루 남았어."

하라간이 혀로 분홍빛 입술을 핥았다.

내일은 1월 1일.

한 해가 가고 새로운 한 해가 시작되는 날.

하라간은 새해 첫날을 기점으로 온 세상에 재림력을 선포할 요량이었다. 그리고 선포와 동시에 성스러운 전쟁, 즉 성전(聖戰)에 돌입할 계획이었다.

마리네와 혼인 발표는 전쟁 준비를 감추기 위한 겉포장일 뿐, 하라간과 군나르가 진짜로 노리는 것은 헤닝 왕국과의 혼사가 아니라 아르네 왕국과의 전쟁이었다. 그리고 하라간에게 있어서 '전쟁' 은 곧 '식사' 를 의미했다.

하라간은 북부의 최강자를 떠올리며 입맛을 다셨다.

"배가 고파. 마해를 벗어난 이후로 너무 굶주렸어. 오드 아르네 솔샤르, 고작 너 정도로 나의 이 뿌리 깊은 공복이 해소되지는 않겠지만, 그래도 먹어 주면 기분이라도 전환되겠지. 부디 살이 통통히 올라 있기를 바라."

꿀꺽.

하라간의 입 안에 고인 침이 마침내 목구멍으로 넘어갔다.

한 해의 마지막 태양도 서산 너머로 꼴깍 넘어갔다.

자정이 갓 넘은 으슥한 밤이다. 바람을 타고 흐르는 구름이 달빛을 가렸다. 북부 곳곳에서 아르네 왕국을 겨냥한 숨통 조이기가 시작되었다.

열사의 땅 군나르 왕국에서,

얼음이 박힌 북해 토브욘 식민지에서,

강풍이 몰아치는 초원 지대 토레 왕국에서.

세상 곳곳에서 일어난 병력들은 아르네 왕국, 단 한 곳을 향해 해일처럼 밀려들었다.

"허억."

"으허억."

홀리 생츄어리(Holy Sanctuary)의 여덟 법주들이 동시에 깨어났다. 법주들의 얼굴과 등판에 식은땀이 흥건했다.

"전쟁이다."

"피바람이 불어온다."

"떨쳐 일어선 이가 우리의 왕인가, 아니면 적인가?"

법주들은 징그럽도록 기다란 귀 털을 휘날리며 회의장으로 달라갔다. 8명의 법주 모두 매부리코에 둥근 눈썹이 뺨까지 길게 늘어진 모습이었다. 그들의 귀에서 자란 털은 목언저리까지 흘러내려 발걸음을 놀릴 때마다 펄럭거렸다.

이들 8명의 법주들은 부모 형제가 모두 다르고 태어난 시각도 제각각이었지만, 생김새는 틀에서 찍어 낸 듯 동일했다.

세헤 첫날부터 잠을 설친 사람은 비단 법주들만이 아니었다. 홀리 생츄어리의 무력 부대인 집행자 800명도 모두 모여들었다. 빡빡머리에 회색 로브를 입은 집행자들은 이

마에 사람 눈알 모양의 문신을 새긴 모습이었다.

"법주들을 뵙습니다."

복도에서 법주들을 만난 집행자들이 손으로 이마를 가리고 고개를 숙였다.

집행자의 이마에 박힌 눈알 문신은 '배교자에 대한 철저한 감시'를 의미했다. 따라서 집행자들이 눈알 문신을 가린다는 것은 '당신은 감시받을 필요가 없는 신인의 충직한 종복입니다.'라는 경외의 표시였다.

법주들은 집행자들의 인사를 받는 둥 마는 둥 하고 회의장에 들어갔다. 서둘러 자리에 착석한 법주들이 서로의 얼굴을 마주 보았다.

"윰트, 내가 악몽을 꾸었네."

"윰트, 나도 악몽을 꾸었네."

"나도야. 나도."

여덟 법주들은 서로를 윰트라고 불렀다. 8명이 동시에 떠들자 회의장이 떠들썩했다.

"아무래도 심상치가 않아. 내가 꾼 악몽이 지금 세상 어디선가 실시간으로 벌어지는 사건 같다고."

"윰트, 혹시 그 예지몽이 대규모 군부대의 움직임이 아니던가?"

"맞아. 윰트, 자네도 혹시 똑같은 예지몽을 꾸었나?"

"그 대규모 군부대가 사방에서 이곳 아르네 왕국으로 밀려들어 오는 것 같았다네."

"적들의 공격인가?"

"아니면…… 혹시 우리의 왕이 현신하셨나?"

'왕' 이라는 단어가 법주들의 숨통을 막았다. 왁자지껄하던 회의장이 갑자기 쥐 죽은 듯이 조용해졌다. 법주들은 서로의 얼굴을 바라보며 침을 꿀꺽 삼켰다. 목이 메어 침이 목구멍으로 잘 넘어가지 않았다.

"설마 왕께서……."

"아닐 가능성이 더 커. 적의 침공일 가능성이 더 크다고. 어서 이 사실을 오드 님에게 전해야 해. 우리가 꾼 예지몽을 왕궁에 알려야 한다고."

법주 한 명이 이렇게 주장했다.

다른 법주가 곧 반박했다.

"만약 그 판단이 잘못되었다면? 만에 하나 왕의 현신이라면? 그럼 어찌할 겐가? 자네는 800년간 목을 빼고 기다려 온 왕의 현신을 거스른 대죄를 범하게 될 수도 있다네."

"헉."

동료의 신랄한 지적에 오드의 편을 들던 법주가 자라처럼 목을 움츠렸다.

법주들 가운데 한 명이 손을 들었다.

"나는 적이라고 판단하네. 800년 전 승천하신 신인께서 그분의 적통을 이어받은 아르네 왕국을 공격하실 리 없어."

또 다른 법주가 반박 의견을 내놓았다.

"아니야. 나는 왕의 현신이라고 판단하네. 800년 전 그분께서 떨쳐 일어나실 때 가장 먼저 하신 일이 무엇이셨던가? 그 전까지 존재하던 기존의 질서를 먼저 무너뜨리신 이후에야 온전히 그분의 왕국을 세우셨어. 이번에도 마찬가지일 수 있지. 지난 800년간 정체되었던 북부의 질서를 먼저 깨부수겠노라고 성심을 굳히셨을 수도 있단 말일세."

"나도 동의. 그분은 신이시네. 신에게 적통이 무슨 소용이며, 기득권이 무슨 의미가 있다던가? 그분 앞에서는 세상만사가 깃털처럼 가벼울 뿐. 한 호흡 후우 내쉬어서 날려버리면 그만일 뿐."

"나는 반대. 내가 꾼 악몽에는 신인의 영광스러운 모습이 보이지 않았어."

"나는 찬성. 신인의 모습은 신기루와 같아 그 형체를 꼭 드러낼 필요는 없는 법이지."

법주들은 찬반이 엇갈렸다. 서로 자기주장을 펼치다 보니 시끄럽기만 하고 아무런 결론도 나지 않았다.

"아무래도 오드 님에게 알려야겠어. 자네들이 말려도 나는 알릴 게야."

"안 돼. 우리 생츄어리가 신인의 행사를 거역할 수는 없음이야."

"맞아. 오드 님에게 이 사실을 알리겠다니, 자네 머리가 돌인가?"

"뭣? 내 머리가 돌이라고? 이 매부리코에 귀 털만 긴 녀석이 감히 누구더러 돌대가리래? 돌은 네가 더 돌이다."

"뭐라고? 너 말 다 했어?"

입으로만 툭탁거리던 법주들이 급기야 서로의 멱살을 잡았다. 판박이처럼 똑같이 생긴 법주들이 그렇게 한 덩어리로 뒤엉키자 뭐가 뭔지 더더욱 알 수 없어졌다.

Chapter 3

가장 먼저 아르네 왕국을 침공한 곳은 온바가 이끄는 북부군이었다. 눈 덮인 설산을 타고 내려온 온바의 대군단은 아르네 왕국 국경 초소들을 단숨에 쓸어버렸다.

"비상! 비상!"

"배교자들이 쳐들어왔다. 아악!"

아르네 왕국 통신망을 통해 비상 경고가 사정없이 울렸다.

곤한 단잠에 빠져 있던 아르네 왕국 국경 수비대가 화들짝 놀라 깨어났다. 아르네 왕국은 국경의 거점 지역에 수비대를 편성한 다음, 그 앞쪽에 초소를 깔아 방어망을 구축했다. 그 초소들이 무너졌다는 소식에 북부 수비대가 발칵 뒤집혔다.

그러나 수비대의 반응이 너무 늦었다.

아니, 군나르 왕국 북부 군단의 공격이 너무 신속했다.

"끼요오오오옷."

"아라라라라—"

선봉에 선 온바의 북부군 기마대가 어느새 아르네 왕국 북서쪽 수비대 본진을 치받았다. 적들에게 달려드는 기마대원들의 눈이 이글이글 불덩이를 품었다. 그들은 하라간이 신인의 재림이라 굳게 믿었다.

'신인께서 만들어 가시는 대업이다. 우리는 그 대업의 선봉에 서는 거야.'

'이 영광을 위해서라면 나는 오늘 죽어도 좋다.'

'신인께서 함께하시는 한 우리는 무적이다. 누가 우리를 막을 것인가?'

이런 생각들이 군나르 왕국 기마대원들의 머릿속에 가득했다. 당연히 대원들의 사기는 하늘을 찌를 듯했다. 몸을 돌보지 않고 말을 달려간 북부 군단 기마대가 아르네 왕국의 수비대의 방어선을 풀쩍 뛰어넘었다.

히이이잉!

일부 발이 꼬인 말들이 방어선 뒤쪽 해자 아래로 곤두박질쳤다. 하지만 대부분의 기마대는 넓은 폭의 해자까지 그대로 뛰어넘어 적진을 들이받았다.

콰앙!

폭음이 터졌다. 아르네 왕국 수비대의 막사가 부서졌다. 철갑으로 무장한 기마가 막사를 부수며 파고들자, 말 위의 전사들이 일제히 말 등에서 뛰어내려 마물과 결합했다.

퓨퓨퓻!

두 손을 활 모양으로 변형시킨 군나르 왕국 기마대원이 아르네 왕국 수비대를 향해 마물 화살을 난사했다.

다리 10개 달린 문어의 모양을 닮은 솔샤르가 아르네 왕국 수비병 10명의 목덜미를 한꺼번에 틀어쥐고 꽈악 비틀었다.

크아앙—

불곰을 닮은 마물이 크게 포효하며 푸른 불꽃을 내뿜었다. 사방으로 푸른 편린들이 휘날렸다. 그 편린에 닿은 막사가 화르륵 타올랐다.

때아닌 기습 공격에 이르네 왕국 국경 수비대가 당황했다.

"적이닷."

"적이 벌써 본진까지 쳐들어왔어."

"모두 일어나라. 맞대응해야 해."

아르네 왕국은 생존 경쟁이 치열한 북부에서도 최강국으로 손꼽히는 곳이었다. 당연히 병사들의 훈련이 잘되어 있었다. 아르네 왕국의 수비병들은 기습 공격을 받은 와중에도 사각 방패를 들고 창을 챙겨 막사 밖으로 뛰쳐나왔다.

"1차 라인은 포기한다. 병사들은 2차 라인으로 모여서 방어선을 쳐라."

아르네 왕국 수비대장이 목청을 높였다.

뒤로 한발 후퇴한 아르네 수비병들은 일렬로 길게 늘어서더니 처처척! 커다란 사각 방패를 쌓았다.

그 방패가 위로, 옆으로 줄줄이 쌓여 높이 2.5 미터, 폭 100 미터의 저지선을 만들었다. 방패 사이사이로 날카로운 창들이 고슴도치 가시처럼 튀어나왔다.

그렇게 일반 병사들이 저지선을 구축하는 동안, 후방 진영의 수비병들이 속속 달려와 스크럼을 짰다.

아르네 왕국 솔샤르들도 모두 마물과 결합하여 전투 태세를 갖췄다.

한편 군나르 진영에서도 포르키스들이 나섰다. 딱딱한 껍질로 중무장한 포르키스들은 적군의 뾰족한 창날을 무시하고 달려들어 사각 방패를 쌓아서 만든 방어선을 후려쳤다.

쾅! 쾅! 쾅!

포르키스들이 커다란 집게발을 휘두를 때마다 적의 방패가 뒤흔들렸다. 솔샤르들의 거친 공격에 아르네 왕국 병사들의 몸뚱어리가 들썩거렸다. 아르네의 수비병들은 방패 뒤에 바짝 웅크린 채 서로의 몸을 꽉 끌어안고 버텼다.

그사이 아르네 왕국 솔샤르들이 등장했다.

덴스와 결합한 솔샤르들이 군나르 왕국 포르키스들을 향해 마물 화살을 날렸다. 포르키스들의 공격이 주춤했다.

그때였다.

"누가 감히 신인의 군대를 가로막는가?"

우렁찬 굉음과 함께 잡털 하나 없는 새하얀 백마가 나타났다. 일반 말보다 머리가 하나 더 큰 거대한 말은 군나르군 선발대를 가로질러 방패의 벽 바로 앞으로 돌격했다.

우두두두—

그 커다란 말 위에서 상처투성이의 거구 노인이 해머 4개를 풍차처럼 휘둘렀다. 그 해머 하나하나가 어지간한 마차의 수레바퀴보다 더 컸다.

노인의 정체는 북부 군단장 겸 토브욘 식민지의 총독인 온바.

전쟁 괴물이라 불리는 온바는 8개의 마물 팔로 4개의 대형 해머를 붕붕 돌리며 달려오더니 사각 방패를 쌓아서 만든 방어선을 그대로 날려 버렸다.

어마어마한 폭음과 함께 방패 30여 개가 날아갔다. 방패 뒤에 꽉 달라붙은 아르네 왕국 수비병 60여 명이 하늘 높이 솟구쳤다.

“크하하하하.”

단숨에 저지선을 부숴 버린 온바는 아르네 왕국 솔샤르들을 향해 거침없이 말을 몰았다.

콰직!

쌍발궁수라 불리는 덴스가 온바의 포악한 손에 붙잡혀 머리통이 그대로 으깨졌다. 아르네 왕국의 포르키스가 온바의 해머에 맞아 껍질이 와그작 깨졌다.

저지선 한 곳이 뚫리자 그다음은 볼 것도 없었다.

“와아아아아—”

군나르 왕국 북부군은 터진 둑으로 밀려드는 봇물처럼 단숨에 적진을 뚫고 들어와 아르네 왕국 수비병들을 도륙했다.

“안 돼.”

“막앗! 어떻게든 막으라고!”

아르네 병사들이 창으로 적을 위협하며 버텼다.

군나르 왕국 북부 군단 기마대가 그런 병사들의 머리를 말발굽으로 짓밟았다. 칼로 목을 베고, 그물로 상대의 상반신을 낚아채 질질 끌고 다녔다.

"으아악."

"살려…… 컥!"

사방에 짓이겨진 시체가 가득했다. 흙먼지 사이로 피가 후두둑 뿌려졌다. 피와 흙이 섞여 검붉은색을 자아내었다.

하늘엔 까마귀들이 모여들어 빙빙 선회했다.

아르네 왕국 북서쪽 국경을 지키던 수비대장이 끝까지 저항했으나 역부족이었다.

콰앙!

온바가 후려친 해머가 수비대장의 딱딱한 껍질을 으깼다. 이어서 풍차처럼 날아든 두 번째 해머가 껍질에 뚫린 구멍을 넓혔다. 세 번째 해머가 구멍 속 내장을 짓이겼으며, 마지막 네 번째 해머가 수비대장의 머리통을 박살 냈다.

푸확!

온바의 얼굴에 적장의 피와 뇌수가 튀었다.

"으흐흐."

온바는 얼굴에 묻은 피와 살점을 닦지도 않고 적장의 시체를 높이 치켜들었다.

"보아라. 이것이 바로 배교자의 말로다. 감히 신인의 재림을 부정하는 자, 이 온바의 손에 의해 이 꼴이 될 것이야. 으하하하하!"

“와아아아.”

“신인 만세.”

“신인이시여, 저희를 축복하소서.”

“신인이시여, 배교자들에게 신벌을 내리소서.”

온바를 따르는 북부군들은 한목소리로 하라간을 칭송했다.

Chapter 4

자정이 지나 기습적으로 이루어진 온바의 공격은 아르네 왕국 북서쪽 수비대 거점 여섯 곳을 내리 불태우며 겨우 멈췄다.

그리고 그 충격이 채 가시기도 전에 군나르 왕국 동부군과 중앙군이 아르네 왕국 서부로 밀고 들어왔다.

온바의 북부군이 기마대 위주의 송곳 같은 공격을 퍼부었다면, 군나르 동부군과 중앙군은 진형을 넓게 펼쳐서 쓰나미처럼 아르네 왕국을 덮쳤다.

이 공격의 총사령관은 동부 군단장 뮬러러.

융의 할아버지인 뮬러러는 손자와 생김새가 비슷했다. 대나무처럼 키가 크고 몸이 마른 체형에, 눈빛이 칼날처럼 날카로운 것이 특징이었다.

"작전명은 압살! 너희들 한 명 한 명은 신인의 칼이 되어 배교자들을 척결하라. 단 한 놈도 살려 두지 마라. 병사도, 민간인도, 갓난아이도, 부녀자도, 심지어 강아지 새끼 한 마리 남겨 두지 않는다."

뮬러러의 입에서 끔찍한 명령이 떨어졌다.

척, 척, 척, 척, 척, 척.

발걸음을 맞춰 진격하는 동부 군단은 아르네 왕국 서부 초소들을 먼저 쓸어버리고, 거점 수비대를 휩쓸고 지나갔으며, 민간인 마을까지 모두 작살냈다. 동부 군단이 훑고 지나간 자리엔 끔찍한 비명과 지독한 피비린내만 가득했다.

화르르륵!

뜨거운 화마가 붕괴한 마을을 집어삼켰다.

온바가 아르네 왕국 북서쪽 국경선을 뚫고 남하한 시각이 1월 1일 새벽 12시 10분경이었다. 이어서 새벽 3시 40분에는 아르네 왕국 북서부의 거점 수비대 여섯 곳을 모두 부쉈다. 그보다 조금 앞선 3시 28분에는 뮬러러가 아르네 왕국 서부 지대를 초토화시키며 진격했다.

깜깜한 한밤중에 전격적으로 이루어진 공격이었다.

군나르 왕국이 늑대라면 아르네 왕국은 사자였다. 그것도 그냥 사자가 아니라 초원 전체를 호령하는 커다란 수사자였다.

그런데 늑대가 감히 사자에게 달려들었다.

급보를 전해 들은 아르네 왕국 대신들은 처음에 이 황당한 이야기를 믿지 않았다.

"에이, 설마. 말도 안 돼."

"이거 국경 수비대장들이 술 처먹고 잘못된 보고를 올린 것 아냐?"

"야, 전령. 너 어디 소속이야. 멍청한 소리 하지 말고 당장 가서 다시 알아봐. 군나르 왕국 따위가 어떻게 감히 우리 아르네 왕국으로 쳐들어오겠어?"

"그렇지. 분명히 이건 오보야. 국경 수비대 녀석들이 새해 벽두부터 진탕 취해서 헛소리를 지껄이는 거라고."

아닌 밤중에 떨어진 비상소집령에 아르네 왕국 원로들은 손등으로 눈을 비비며 입궐했다. 그렇게 짜증이 잔뜩 난 상태에서 헛소리를 들으니 다들 부아가 치밀었다.

원로들의 호통에 전령이 진땀을 흘렸다.

"죄송합니다. 저는 국경에서 올라온 대로 보고할 뿐입니다."

"야! 너는 뇌가 없냐? 아무리 올라온 대로 보고해도 그렇지, 어떻게 이런 말도 안 되는 소식을 가지고 우리 대신들을 깨워?"

"새해 첫날부터 한번 발바닥에 땀 나게 굴러 봐야 정신 차리겠어?"

원로들이 토가 자락을 휘날리며 다가와 전령에게 삿대질을 했다.

"죄송합니다. 정말 죄송합니다."

당황한 전령이 연신 고개를 숙였다.

그때 또 다른 전령이 회의장에 달려 들어왔다.

"급보입니다. 급보."

"또 뭐냐?"

집정관 디포에우스가 눈을 찌푸렸다.

디포에우스는 아르네 왕국 원로들 가운데 으뜸이었다. 오드의 직계 혈족들을 제외하면 디포에우스의 뜻을 거스를 사람이 없었다.

후다닥 달려온 새 전령이 디포에우스의 위엄에 눌려 딸꾹질을 했다. 전령은 딸꾹거리는 입을 손으로 막으며 황급히 한쪽 무릎을 꿇었다.

"뭐냐니까?"

디포에우스가 전령을 향해 눈을 부라렸다.

전령이 겨우 입을 열었다.

“딸꾹. 큰일이 터졌습니다. 딸꾹, 딸꾹. 무도한 사막 놈들이 서쪽 국경선을 넘어 아국의 영토를 침공했다는 급보입니다. 딸꾹.”

“아 놔, 이건 또 뭔 개소리야? 조금 전에도 군나르 왕국이 침공했다며? 너희들 어디 소속이야? 누가 너희들 직속 상관이냐고?”

“딸꾹, 딸꾹. 네?”

겁이 난 전령의 눈이 지진을 만난 듯 흔들렸다.

그 모습에 디포에우스의 울화가 한층 증폭되었다.

“야! 일 똑바로 못 해?”

“네?”

“일을 이따위로 할 거냐고? 왜 동일한 보고를 반복해서 올리는 게야? 군나르 왕국이 침공했다. 군나르 왕국이 또 침공했다. 이 믿기 힘든 이야기를 보고 체계도 없이 마구잡이로 올릴래? 이따위 보고를 하려고 한밤중에 주요 원로들을 모두 소집한 게야? 대체 누가 이 녀석들의 직속상관이야?”

디포에우스가 진노한 눈빛으로 원로들을 훑어보았다.

“헉, 집정관님.”

정보 담당 원로의 얼굴이 핼쑥해졌다.

다른 원로들도 모두 성난 얼굴로 정보 담당 원로를 노려보았다.

그렇게 원로들의 분노가 한사람에 쏠려 있을 때, 처음 보고를 올린 전령이 조심스럽게 손을 들었다.

"저기, 죄송합니다만 중복 보고는 아닙니다."

"뭣이라?"

디포에우스가 고개를 홱 돌렸다.

정보 담당 원로가 전령을 향해 파닥파닥 손짓을 보냈다.

"여기가 어느 안전이라고 네가 끼어드나? 어서 입 다물지 못해?"

그래도 전령은 제 할 말을 했다.

"송구합니다만 중복 보고가 아니라고 말씀드렸습니다. 저는 북서부 국경선의 거점 수비대에서 올라오는 정보를 보고하는 담당이고, 저기 딸꾹질을 하는 제 동료는 서부 국경선의 거점 수비대 담당입니다. 서로 담당 구역이 다릅니다."

"뭐?"

디포에우스의 동공이 딱딱하게 굳었다. 디포에우스는 커다란 덩치를 움직여 눈 깜짝할 사이에 전령의 멱살을 잡았다.

날씬한 체형의 전령이 위로 쑥 딸려 올라갔다.

"켁켁."

전령이 허공에서 발을 버둥거렸다.

디포에우스가 전령을 다그쳤다.

"다시 말해 봐라. 조금 전에 뭐라고 했지?"

"켁켁. 저는 북서부 담당이고, 저 친구는 서부 담당이라고 말씀드렸습니다. 저희 보고 체계는 잘못되지 않았습니다. 케엑."

디포에우스가 전령을 훅 집어 던졌다.

전령이 바닥에 우당탕 뒹굴었다. 디포에우스는 전령에게 신경도 쓰지 않았다.

'이건 진짜다. 두 군데에서 동시에 잘못된 보고가 올라올 확률은 없어. 이 보고는 오류가 아니야.'

디포에우스의 덥수룩한 수염 사이로 우레성이 터졌다.

"진짜다. 진짜 전쟁이 터졌어."

디포에우스의 두 눈에서 불똥이 튀었다.

Chapter 5

전쟁 발발!

군나르 왕국의 전격 침공!

새해 벽두에 터진 급작스러운 소식에 온 북부가 발칵 뒤집혔다.

오전 7시가 되자 군나르 왕국은 성명서를 내고 이번 전쟁을 "신인의 존재를 부정하는 배교자들을 심판하기 위한 성스러운 전쟁, 즉 성전"으로 선포했다. 또한 신인의 재림을 기리기 위한 "재림력"을 세상 만방에 알렸다.

당연히 오드의 분노가 그 뒤를 따랐다.

군나르가 미쳤다.

군나르 왕국도 미쳐 돌아간다.

나 오드 아르네 솔샤르는 북부의 종주국인 아르네 왕국의 군주이자 신인의 피를 이어받은 적통으로서, 이 미치광이 배교자들을 결코 용서할 수 없도다. 지금부터 나와 아르네 왕국은 모든 힘을 동원하여 배교자들을 처단하고자 하니, 신인을 섬기는 신앙인들은 마땅히 이를 지지하여야 할 것이다. 만일 군나르 왕국의 미치광이 짓에 동조하는 자들이 있다면 나의 분노가 그들에게까지 미칠 것임을 똑똑히 기억하라. 그리고 군나르 왕국이 어떻게 잿더미로 변해 가는지 그 과정도 똑똑히 지켜보도록 하라.

1월 1일.

오드 아르네 솔샤르.

군나르 왕국이 성전을 선포하자마자 오드의 성명서가 발표되었다. 새해 첫날을 맞아 기분 좋게 기지개를 켜며 일어났던 북부인들이 눈이 휘둥그레져서 사태 파악에 나섰다.

헤닝 왕국도 당연히 난리가 났다.

콰앙!

하라간이 머무는 귀빈실의 문짝이 거칠게 열렸다. 오르곤이 마법 병단을 이끌고 귀빈실로 쳐들어왔다.

오르곤의 뒤에는 사비지와 마리네의 모습도 보였다. 하라간을 노려보는 마리네의 눈동자엔 불신과 노여움이 가득했다.

반면 오르곤 일행을 맞는 하라간의 표정은 여유로웠다. 다만 하라간의 친위대원들이 무기를 들고 만약의 사태에 대비했을 뿐이다.

오르곤이 입술을 비틀었다.

"하라간 님, 설명을 해 주셔야겠소."

"무슨 설명 말입니까?"

하라간은 차를 한 모금 들이켜며 물었다.

오르곤의 눈썹이 무섭게 꿈틀거렸다.

"무슨 설명이냐고? 그걸 몰라서 묻소? 군나르 왕국이 아르네 왕국에 전쟁을 선포한 것. 그 전쟁을 감히 성전이라고 이름 붙인 것. 그리고 이러한 일련의 일들이 공교롭게도 우리 헤닝 왕국과 혼담을 나누는 시기에 벌어진 점. 이에 대한 해명을 하시오. 만약 납득할 만한 해명을 하지 못하면."

"못하면?"

하라간이 오르곤의 눈을 마주 쳐다보았다.

오르곤이 주먹을 꽈악 말아 쥐었다.

"만약 해명하지 못한다면 나는 군나르 왕국이 우리 헤닝 왕국을 이용했다고 판단할 것이오. 아르네 왕국과 전쟁을 시작하면서 우리 헤닝 왕국을 그 전쟁에 함께 끌어들이기 위해 함정을 팠다고 판단할 것이란 말이오. 만약 내가 그렇게 판단한다면 그 여파는 하라간 님, 당신에게 우선 미치게 될 거요."

"내게? 나에게 어떤 여파가 미친다는 거지?"

하라간이 찻잔을 테이블에 내려놓고 의자에서 일어섰다.

아르곤보다 앞서 마리네가 버럭 소리쳤다.

"우리가 하라간 님을 체포할 수도 있어요. 우리 헤닝 왕국이 군나르 왕국과 한패가 아니라는 점을 증명하기 위해 하라간 님을 체포하여 아르네 왕국으로 넘길 수도 있다고요. 그러니까 똑바로 대답해야 할 거예요. 아르네 왕국과 전쟁을 벌이기 위해 이번 혼담을 전략적으로 이용한 건가요? 우리 헤닝 왕국을 전쟁의 수렁에 끌어들이려고?"

마리네의 표정은 얼음장처럼 차가웠다.

하라간이 피식 웃었다.

"끌어들이긴 무슨."

"뭐욧? 그렇게 웃을 일이 아니에요. 지금 군나르 왕국이 무슨 짓을 벌이는지 알고나 웃는 거예요? 저 아르네 왕국을 상대로 전쟁을 선포했다고요. 북부 최강 아르네 왕국을 상대로 말이죠."

마리네가 마구 쏘아붙였다.

"그만."

오르곤이 마리네의 손목을 붙잡았다. 그다음 하라간을 검지로 가리켰다.

"하라간 님. 이제 당신의 해명 좀 들어 봅시다."

하라간이 어깨를 으쓱했다.

"무슨 해명 말이오?"

"이번 혼담의 목적이 뭐요? 군나르 왕국에서 감히 우리 헤닝 왕국을 이용한 것이오? 전쟁터에 물귀신처럼 끌어들이기 위해서?"

하라간은 고개를 가로저었다.

"아니오. 혼담은 전쟁과 무관하오. 할아버님께서 나의 배필을 헤닝 왕국에서 얻으시겠다고 정하셨을 뿐, 굳이 헤닝 왕국을 전쟁에 끌어들일 생각은 없소. 뭐, 헤닝 왕국이 자발적으로 참전한다면 또 모를까."

"뭐라고?"

"저저!"

하라간의 한가한 답변과 나른한 표정에 헤닝 왕국의 마법사들이 분노했다. 마리네와 오르곤도 머리 꼭대기까지 화가 났다.

오르곤이 버럭 언성을 높였다.

"전쟁에 끌어들일 생각이 없다고? 그게 말이 되는 소리요? 아르네 왕국이 분명 우리 헤닝 왕국을 압박할 것이 뻔한데, 지금 말 다 했소? 그리고 뭐? 자발적 참전? 우리가 왜 자발적으로 참전해야 하오? 아니. 그 전에 어느 미친놈이 군나르 왕국의 편에 서서 이번 전쟁에 참전하겠소? 거꾸로 아르네 왕국의 편에서 참전하여 군나르 왕국을 공격한다면 모를까."

오르곤의 분노에도 불구하고 하라간의 표정은 여전히 권태로웠다.

"오르곤 님의 말이 틀렸소. 아르네 왕국은 헤닝 왕국을 압박할 여력이 없을 거요. 그럴 정신도 없이 와르르 무너질 테니까."

"뭐어?"

오르곤은 어이가 없었다.

마리네가 콧방귀를 뀌었다.

"거꾸로 된 거 아닌가요? 군나르 왕국이 정신없이 와르르 무너지겠죠. 아르네 왕국의 총공세 앞에서요."

"그건 지켜보면 알 테고. 아침부터 이렇게 우르르 몰려와서 따지는 목적이 뭐요? 파혼이라도 하겠다는 뜻이오?"

하라간의 입에서 '파혼'이 언급되었다.

Chapter 6

원래 하라간은 헤닝 왕국에 일말의 미안한 감정을 느꼈다. 따라서 극단적인 상황으로 대화를 몰고 갈 마음은 없었다.

하지만 어제 마리네와 오르곤이 나눈 대화를 엿들은 뒤부터 기분이 불쾌했다. 하라간이 먼저 파혼을 입에 담은 것은 바로 그 감정 때문이었다.

오르곤이 뭐라고 말하기도 전에 마리네가 선수를 쳤다.

"이건 파혼을 하고도 남을 일이죠. 나는 우리 헤닝 왕국을 불필요한 전쟁에 말려들게 하고 싶지 않아요. 전쟁을 피하기 위해서라면 파혼은 물론이고 이 자리에서 당신을 포박하여 아르네 왕국에 넘겨줄 수도 있다고요."

몇몇 마법사들이 마리네의 주장에 동조하여 고개를 주억거렸다.

"그렇지."

"왕녀님 말씀이 옳아."

하라간이 오르곤에게 시선을 주었다.

오르곤은 아까 전부터 계속 마음이 찜찜했다.

'큰일을 벌인 것치고 하라간의 태도가 너무 여유로워. 대체 무슨 자신감이지? 진짜로 군나르 왕국이 아르네 왕국을 꺾을 수 있다는 생각인가?'

이런 생각을 하느라 오르곤은 마리네처럼 화를 내지 못했다.

하라간이 오르곤에게 물었다.

"같은 생각이시오?"

"뭐가 말이오?"

"우리 군나르 왕국과 헤닝 왕국 사이에 오가던 혼담을 깨자는 거. 오르곤 님도 동생분의 뜻에 동의하시오?"

"그건……."

오르곤은 선뜻 대답하지 못했다.

객관적인 전력으로 봤을 때는 당연히 파혼을 선택하고 하라간을 포박해야 옳았다. 그다음 하라간을 오드에게 넘겨주어 그의 분노를 누그러뜨려야 했다

그런데 오르곤의 육감이 그런 결정을 막았다.

'뭔가 이상해. 하라간이 자신감이 너무 넘쳐서 이상하다고.

뭐지? 대체 무슨 자신감이지? 정말 숨겨 둔 한 방이 있나?'

오르곤이 답을 망설였다.

옆에서 마리네가 또 끼어들었다.

"당연히 오라버니도 동의하죠. 우리 헤닝 왕국이 그렇게 우습게 보여요? 전쟁의 수단으로 비열하게 우리를 이용하고도 어쩜 그렇게 뻔뻔하죠? 이번 혼담은 당연히 무효예요. 그리고 순순히 포박을 당하는 것이 좋을 거예요. 그렇지 않으면 좀 더 험한 꼴을 볼 수도 있다고요."

무력 시위라도 하듯이 마리네가 오브(Orb: 마법 지휘봉)을 꺼내 하라간에게 겨누었다.

"감히."

하라간의 친위대원들이 한 발 앞으로 나왔다.

"마리네!"

오르곤도 마리네를 홱 돌아보았다.

마리네가 곧바로 반발했다.

"오라버니, 제가 뭐 틀린 말을 했어요? 이미 아르네 왕국에서 우리에게 사신을 보냈다면서요? 헤닝 왕국이 배교자로 낙인찍히기 싫으면 당장 하라간을 추포하여 내놓으라고 한다면서요?"

"마리네."

오르곤이 마리네를 향해 언성을 높인 것과, 하라간이 입을 연 것이 거의 동시였다.

"알겠소. 이것이 헤닝 왕국의 뜻이라면 잘 알겠소. 이번 혼담은 없던 것으로 합시다."

하라간은 오른손을 수평으로 쓸어 상황을 정리했다.

오르곤의 얼굴이 딱딱하게 굳었다.

마리네의 입가에 통쾌한 웃음이 떠올랐다.

하라간이 말을 이었다.

"비록 혼담을 깨졌지만, 그동안 오르곤 님이 보여 준 호의는 내 기억하겠소. 그리고 헤닝 왕국이 아르네 왕국으로부터 정치적, 경제적 압박을 받을 일은 없을 거요. 그들은 그런 압박을 할 만한 여력이 되지 않아. 나의 재림을 부정하는 어리석은 배교자들은 신벌을 받느라 하늘이 무너지고 땅이 꺼지는 충격에 휩싸이게 될 것이오. 이미 멸망한 토브욘 왕국이 그랬듯이 말이지."

하라간의 말이 이상했다. 오르곤이 고개를 갸웃했다.

"나의 재림? 지금 나의 재림이라고 했소?"

오르곤의 질문을 하라간은 미소로 받았다.

여신처럼 아름답고 환상적인 미소에 사람들의 동공이 커질 즈음, 하라간과 친위대원들의 모습이 시야에서 팍 사라졌다.

공간 이동 포탈도 없이.

아무런 전조 증상도 없이 팍.

“뭐, 뭐야?”

사비지가 말을 더듬었다.

“어디로 갔어? 이자들이 지금 어디로 사라졌느냐고?”

마리네와 마법사들은 주변을 두리번거렸다.

오르곤의 뇌에는 연신 경고음이 울렸다.

‘아무래도 내가 뭔가를 놓친 것 같아. 뭔가 큰 실수를 한 것 같다고.’

오르곤의 얼굴이 딱딱하게 굳었다.

오전 7시 21분.

아르네 왕국 서쪽에 자리한 자누브 평원.

동부 군단장 뮬러러가 이끄는 대병력은 자누브 평원 한복판에서 잠시 진격을 멈춰야 했다. 아르네 왕국의 저지선을 맞닥뜨린 탓이었다.

“과연 아르네 왕국답구나. 불과 몇 시간 만에 저런 탄탄한 저지선을 만들어 내다니 말이야.”

나무로 엮은 기다란 목책을 바라보면서 뮬러러는 탄식을 흘렸다. 남북으로 길게 늘어진 목책은 그 길이가 무려 18 킬로미터에 달했다. 높이는 들쭉날쭉했지만 평균 2.5 미터는 족히 되었다.

목책 앞에는 기마대의 진격을 막기 위한 함정과 해자가 설치되었다. 목책 너머로 아르네군 병사들의 창날이 일렬로 늘어서서 번쩍거리는 모습이 보였다. 목책 안쪽 드문드문 설치된 나무 경계 목탑엔 아르네 왕국의 깃발이 펄럭였다. 아르네 왕국의 경계병들이 경계 목탑 위에서 눈을 희번덕거렸다.

동부군 부군단장이 멀리서 목책을 바라보며 말문을 열었다.

"원래부터 있던 목책 아닙니까? 아무리 보아도 급조된 저지선 같지는 않습니다."

뮬러러가 고개를 가로저었다.

"자누브 평원은 이미 정탐을 끝내지 않았더냐? 며칠 전에 확인할 때만 해도 이곳엔 저런 저지선이 없었어."

"없던 것을 급조해서 만들었단 말씀이십니까? 불과 몇 시간 만에요?"

부군단장이 혀를 내둘렀다.

뮬러러가 말고삐를 꽉 움켜쥐었다.

"그렇다. 이것이 바로 아르네 왕국의 저력이다. 그러니 우리는 목숨을 걸고 저지선을 돌파해야 할 것이야. 적들 본진이 본격적으로 합류하기 전에 뚫어 버려야 해."

"계산에 따르면, 적 본진이 자누브 평원에 도달하기까지는 10시간이 걸린다고 합니다. 아직 시간은 충분합니다."

뮬러러가 고개를 가로저었다.

"어리석은 소리. 적들의 저지선이 저 목책 하나라고 누가 장담하느냐? 저 목책 뒤에 2차, 3차 저지선이 우리를 가로막을 수도 있어. 그러니 서둘러라. 병력을 휘몰아쳐 단숨에 뚫어 버릴 것이다."

"넵. 군단장님."

부군단장이 황급히 뮬러러의 명을 받았다.

뮬러러의 동부 군단은 온바의 북부군처럼 야생의 사나움을 풍기지는 않았다. 대신 엄격한 훈련을 거친 정예병들다웠다. 그들은 지휘부의 명이 떨어지기 무섭게 무장을 정비하고 진격 태세에 돌입했다.

Chapter 7

군나르 왕국이 공격 자세를 갖추자 아르네 왕국도 곧바로 반응했다. 꽝꽝꽝, 경계 목탑에서 징이 울렸다. 질서 정연하게 달려 나온 궁수들이 목책 사이사이마다 배치되었다. 솔샤르들이 그 후방에 자리를 잡았다. 솔샤르들은 10명씩 하나로 뭉쳐서 십자 모양의 노덴스 3기를 구축했다. 길이 10 미터의 거무튀튀한 마물 화살들이 노덴스 위에 장착되어 45도 각도로 허공을 겨냥했다.

아르네 왕국 병사들은 특유의 사각 방패를 팔뚝에 착용하고 창으로 방패 표면을 두드렸다.

텅텅텅!

서로 합을 맞춰서 울리는 방패 소리가 아르네 병사들에게 사기를 불어넣었다. 아르네 왕국의 만인장이 단상에 올라 목청을 높였다.

“용맹스러운 사자들이여.”

“네엡.”

“한 시간만 버텨라. 단 한 시간만 버티면 된다.”

임시로 만든 저지선에 배치된 아르네 병력은 1만 명 남짓.

그에 비해 뮬러러의 동부 군단은 그 여덟 배가 넘었다. 그럼에도 불구하고 아르네 병사들은 패배를 떠올리지 않았다.

‘만인장님이 한 시간만 버티라고 했지.’

‘그렇다면 한 시간 뒤에는 아군 후방 병력이 도착할 거야.’

‘우리는 그때까지만 버티면 돼.’

병사들은 지휘부를 굳게 믿었다. 만인장이 한 시간이라고 말했으면 진짜로 한 시간인 것이다. 게다가 아르네 병사들은 철벽 수비에 대한 훈련이 잘되어 있어 자신감이 넘쳤다.

“흥! 고작 군나르 왕국 따위잖아.”

“대(大)아르네 왕국이 군나르 왕국에 패할 리 없지.”

목책 사이로 화살을 겨눈 궁수들이 이렇게 자신했다.

경계 목탑에서 적진을 노려보는 경계병들이 어금니를 악물었다.

투구를 눌러 쓴 지휘관들도 주먹을 꽉 움켜쥐었다.

"한 시간 뒤에 본진 병력이 도착하거든 두고 보자. 비록 지금은 우리가 쪽수에서 밀려서 목책 뒤에서 수비만 하고 있지만, 한 시간 뒤에는 목책을 열고 뛰쳐나가 네놈들의 더러운 목을 날려 주마."

"저놈들만 죽일 게 아냐. 감히 사자에게 덤벼든 군나르 왕국 놈들의 씨를 말려야 해."

지휘관들이 이런 이야기를 주고받을 때였다.

"와아아아아—"

군나르 진영 쪽에서 거센 함성이 터졌다. 뮬러러의 명이 떨어지자 80,000 대군이 해일처럼 밀려들었다.

"건방진 놈들."

"얼마든지 와라. 다 죽여 주마."

아르네 왕국 궁수들이 활시위를 힘껏 당겼다.

우두두두두.

동부군의 군마들이 평원을 무섭게 치달렸다. 솔샤르들로 구성된 선봉대가 공격에 앞장섰다. 뮬러러는 방어에 특화된 솔샤르들을 앞장세워 함정과 해자를 차례로 돌파하고 목책을 통째로 무너뜨릴 생각이었다.

그 생각에 호응이라도 하듯, 몇몇 솔샤르들이 말에서 뛰어내려 말보다 더 빨리 달리기 시작했다.

회색 피부에, 갑옷도 입지 않고 상의를 그대로 드러낸 자들이었다.

"오! 저 용맹한 선봉대는 누구인고?"

뮬러러가 호기심을 드러냈다.

부군단장이 고개를 갸웃했다. 눈에 익은 솔샤르들이 아니었기 때문이다.

그러다 부군단장이 무릎을 쳤다.

"아아. 생각났습니다. 친전 소속 솔샤르들입니다."

"친전? 하라간 님의 직속 부하들인가?"

뮬러러가 관심을 보였다. 하라간의 직속 부하들 가운데는 그의 손자인 융도 포함되어 있기 때문이다.

"그런 것으로 알고 있습니다. 하라간 님의 친위대원 가운데 한 명인 라티파가 지들을 선봉에 세워 달라고 부탁했습니다."

부군단장이 고개를 주억거렸다.

적진을 향해 빠르게 달려가는 회색 피부 솔샤르들을 보면서 부군단장도 김딘했다.

"그런데 정말 용감하군요. 아무리 솔샤르라고 해도 그렇지, 적진에 노덴스도 배치되어 있는데 저렇게 단독으로 선두에 서

다니 놀랍습니다. 융이 정말 좋은 동료를 둔 것 같습니다."

동부 군단의 부군단장은 사실 뮬러러의 맏아들이자 융의 아버지였다.

그렇게 부군단장이 칭찬하는 가운데 회색 피부 솔샤르들 가운데 셋이 그 자리에 우뚝 멈췄다. 대신 나머지 한 명이 더욱 빠른 속도로 달려가다 적진을 향해 높이 점프했다.

"갑자기 웬 단독 행동인가?"

뮬러러가 이맛살을 찌푸렸다.

"그러게 말입니다."

부군단장도 이해할 수 없다는 듯 고개를 갸웃했다. 용감한 것도 좋지만, 저렇게 단독 행동에 나서는 것은 군율에 위배되는 행동이었다.

게다가 이런 단독 행동은 위험하기 짝이 없었다.

아르네 왕국 궁수대장이 그 순간을 놓치지 않았다.

"쏴라."

명이 떨어짐과 동시에 화살 한 발이 무섭게 쏘아졌다.

'저놈은 분명 포르키스일 게다.'

아르네 왕국 궁수대장은 이렇게 판단했다. 선봉에 서서 적진에 돌격하는 솔샤르들은 대부분 껍질이 딱딱한 포르키스들이었다.

'일반 화살이라면 포르키스의 단단한 껍질을 뚫을 수 없

지. 하지만!'

궁수대장이 눈을 번쩍 빛냈다.

아르네 왕국 궁수들이 준비한 화살은 일반 화살이 아니었다. 뾰족한 화살촉 안에는 마법 공간이 구성되어 있었고, 그 공간은 다시 끈적끈적한 점액질로 가득했다.

화살촉이 포르키스의 껍질과 부딪쳐서 깨지면 끝.

조그만 화살촉 안에서 2층 건물 하나를 가득 채울 분량의 점액질이 튀어나와 포르키스를 꽉 붙잡아 버릴 것이다.

"너희 사막의 땅개 놈들은 적들이 몰려오면 허둥지둥거리다가 화살을 마구잡이로 쏘아 대겠지. 하지만 우리 아르네의 정예 궁수들은 다르다. 적병 한 명당 화살 한 발! 이거면 충분해."

궁수대장이 비릿하게 적을 비웃었다.

곧이어 그의 얼굴에서 웃음기가 싹 가셨다.

허공 3 미터 높이까지 점프한 적 솔샤르가 갑자기 확 바뀐 탓이었다. 잔뜩 헝클어진 머리카락에 회색 피부를 지닌 솔샤르가 여신처럼 아름다운 모습으로 변했다 싶더니, 이내 그 여신의 머리에서 거대한 뿔이 돋아나고 몸에 황갈색 비늘이 후두눅 일어나더니 부와아악 덩치가 커졌다.

Chapter 8

피융―

퍽!

아르네 왕국 궁수가 쏜 화살이 황갈색 비늘에 맞아서 터졌다. 화살촉 안에서 점액질이 터져 나와 상대를 뒤덮었다.

아니, 뒤덮었어야 옳았다.

그런데 불가능했다. 마물이 상상외로 덩치가 큰 탓이었다. 2층 건물을 가득 채울 분량의 점액질만으로는 이 마물의 발가락 하나만 겨우 적실 뿐.

그나마 그 발가락 하나도 제대로 억제하지 못했다. 전쟁터에 막 등장한 마물은 끈적끈적한 점액질을 가볍게 무시하고 발톱을 곤두세웠다. 그러곤 공간을 뛰어넘듯 화아악 목책으로 발을 뻗었다.

마물의 발톱은 하나가 아니었다. 8개의 발에 돋아난 발톱 40개가 목책을 구성하는 통나무 다발을 그대로 움켜잡았다.

콰득!

무시무시한 소리와 함께 목책이 흔들렸다.

후웅, 후웅, 후웅.

마물의 날갯짓에 멀쩡하던 평원에 돌풍이 일어났다. 목

책 전체가 우두둑 소리를 내면서 하늘로 뽑혀 올라갔다. 덕분에 목책 뒤에서 엄폐 중이던 아르네 왕국 궁수들의 민낯이 그대로 드러났다.

"저, 저, 저!"

궁수들은 입을 쩍 벌리고 하늘을 올려다보았다.

거대한 그림자가 궁수들의 몸을 뒤덮었다. 태양을 차단하여 짙은 그림자를 만들어 낸 마물은 너무도 거대하여 그 형태가 한눈에 파악되지 않았다.

하지만 느낌이 왔다.

북극 밤하늘의 오로라처럼 장대하게 펼쳐진 날개.

벌리스터의 마물 화살을 연상시키는 거대한 발톱.

사각 방패 4개를 합친 것보다 더 커다란 비늘들.

단단하게 박힌 목책을 단숨에 뽑아낸 마물의 정체는 다름 아닌 키르샤였다. 장장 18 킬로미터에 걸쳐서 구축된 목책의 일부가 힘없이 뽑혀서 허공 3미터 높이로 떠올랐다. 황갈색 키르샤는 발톱으로 꽉 붙잡은 이 통나무 목책 다발을 수평으로 휘둘렀다.

부우우웅—

콰앙! 콰콰콰쾅!

목책을 구성하는 통나무 하나하나는 그 굵기가 80 센티미터를 넘었다. 그런 굵은 통나무들 수백 개 수천 개가 한

꺼번에 휘둘러진 파괴력은 어마어마했다.

뻐억!

"크왁."

아르네 왕국 병사들이 통나무에 얻어맞아 허공으로 떠올랐다. 방패로 몸을 막아 봤자 소용없었다. 우그러진 방패 뒤에서 병사의 배가 터지고 갈비뼈가 으스러졌다.

병사들만 난리가 난 것이 아니었다. 통나무 목책에 얻어맞은 경계 목탑이 굉음과 함께 지상으로 쓰러졌다. 궁수들 뒤편에서 대기 중이던 솔샤르들도 통나무 목책에 얻어맞아 우당탕 나뒹굴었다.

"막앗!"

지휘관이 악을 썼다.

솔샤르들 가운데 방어에 특화된 포르키스들이 앞장섰다. 그들은 변신과 동시에 전면에서 날아오는 통나무들을 온몸으로 막았다.

가당치도 않은 시도였다. 포르키스 따위가 키르샤의 힘을 이기기란 불가능했다. 아르네 왕국 솔샤르들이 쓰나미처럼 날아온 통나무들과 부딪쳐 허공으로 부웅 날아올랐다. 마물 화살을 장전 중이던 노덴스 3기가 단숨에 박살 났다.

이 한 방에 아르네 수비 병력의 3분의 1이 날아갔다. 수 킬로미터나 되는 목책을 뽑아서 무기로 휘두른 키르샤의 공격은 정말 파괴적이었다.

단숨에 적 병력 3,000 명 이상을 쓸어버린 뒤, 키르샤가 날개를 활짝 펴고 지상에 착지했다.

쿠웅.

키르샤의 첫발에 땅이 울렸다.

쿵쿵쿵쿵쿵쿵쿵.

키르샤의 8개 발이 하나씩 대지에 내려설 때마다 연속으로 땅이 흔들렸다. 구름에 닿을 듯 솟구쳤던 키르샤의 머리가 지상으로 화악 내려왔다.

[꾸어어어어엉!]

후두두두둑

쩍 벌어진 키르샤의 아가리에서 녹색의 독액이 폭포수처럼 떨어졌다. 아르네 진영 한복판에 독의 웅덩이가 파였다. 그 웅덩이에서 뭉클뭉클 솟구친 독안개가 아르네 병사들을 그대로 휘감았다.

"헉! 키르샤다."

아르네 왕국의 만인장이 비명을 질렀다.

"아아아. 이럴 수가."

아르네 왕국 솔샤르들이 그 자리에 털썩 엉덩방아를 찧었다. 아르네 병사들이 혼이 빠져 아래턱을 떨구었다.

키르샤의 등장에 기겁한 것은 비단 아르네 진영만이 아니었다. 목책을 향해 전력으로 돌진하던 동부 군단 전원이 얼음이 되었다.

"신인이시다."

누군가가 울먹였다.

"오오오, 신인이시다."

"진짜였어. 진짜 신인께서 재림하셨어."

"으흐흑."

말로 전해 들은 것과 눈으로 직접 본 것은 큰 차이가 났다. 군나르 왕국 동부군 병사들의 감정이 고양되면서 눈이 빨갛게 충혈되었다.

병사들만이 아니었다. 뮬러러도 벌벌 떨리는 눈으로 신인의 본체(?)를 올려다보았다.

[꾸어어어엉!]

키르샤가 다시 한 번 강력한 뇌파를 뿜었다.

"아악."

뇌를 뒤흔드는 굉음에 아르네 왕국 병사들이 두 손으로 고막을 틀어막았다. 황갈색 비늘의 탁소 키르샤는 8개의 발을 순차적으로 놀려 아르네 병사들을 향해 돌격했다.

치이익! 치익!

탁소 키르샤의 아가리에서 떨어지는 녹색의 독액이 아르

네 병사들의 투구와 머리를 함께 녹였다.

탁소 키르샤의 발밑으로 빨려 들어가 짓뭉개진 아르네 병사들의 수가 헤아릴 수 없이 많았다. 덩치가 200 미터도 넘는 거대 생명체의 진격은 그 자체가 하나의 공포였다. 마치 앞에서 산이 통째로 밀려오는 기분이었다.

탁소 키르샤는 단순히 진격만 한 것이 아니었다. 중간중간 날개를 활짝 펼쳐 주변을 한 번씩 쓸었다.

날개에 몸이 긁힌 마물들이 온몸이 찢겨 죽어 나갔다. 딱딱한 껍질을 자랑하는 포르키스도 신체가 쩍쩍 갈라졌다. 몸이 날랜 덴스도 100 미터가 넘는 크기의 날개 영역을 벗어나지는 못했다. 그렇게 탁소 키르샤가 일직선으로 쭉 전진만 했을 뿐인데, 그 아래 죽어 나간 시체가 무수히 쌓였다.

탁소 키르샤와 결합한 하라간이 아르네 병사들의 뇌에 직접 뇌파를 뿌렸다.

[어리석은 배교자들이여, 들어라.]

"으헉!"

아르네 병사들이 화들짝 놀랐다.

[너희는 눈이 멀고 귀가 멀어 나의 존재를 부정하는구나. 그렇다면 나는 너희를 죽였다 다시 일으켜 세우리라.]

무시무시한 폭언과 함께 탁소 키르샤의 비늘 사이에서 포자가 뿌려졌다.

이 포자는 탁소 키르샤에게 속한 권능이 아니었다. 하라간 본인, 즉 마신의 오롯한 권능 가운데 하나였다. 봄에 민들레 홀씨가 세상을 뒤덮는 것처럼, 하늘거리는 포자가 시체들 위에 뽀얗게 내려앉았다.

그 포자들이 시체의 살 속으로 파고들어 뿌리를 내리고 뇌를 장악했다.

뿌드득.

뿌득, 뿌득.

죽은 시체가 마구 뒤틀렸다. 듣기 끔찍한 소리를 내며 온몸을 비틀던 시체들이 비척비척 일어섰다.

죽은 자들의 시체가 눈 깜짝할 사이에 괴뢰 민치로 변했다. 뾰족한 이빨에 동그란 눈, 회색 피부를 가진 민치 말이다.

Chapter 9

콰악!

민치들의 손가락에서 누런 손톱이 길게 자라났다.

"캬아아—"

민치들이 동시에 입을 벌리고 괴성을 토했다. 이 민치들은 두뇌가 없이 하라간의 의지에 따라서만 움직인다.

독안개가 가득한 평원에 민치가 무려 1,000 개체도 넘게 생겨났다. 그 괴뢰들이 누런 손톱을 곤두세우고 아르네 병사들에게 달려들었다.

죽은 동료의 시체가 되살아나 달려드는 공포는 말 그대로 악몽 그 자체였다. 민치들의 뒤에서 쿵쿵 다가오는 거대한 키르샤는 적들로 하여금 감히 대항할 엄두도 내지 못하게 만들었다.

"주, 주, 죽은 사람이 다시 일어났어."

"신인? 진짜 신인이시란 말인가?"

"아아아! 우리가 지금 누구와 싸우는 거야?"

아르네 병사들이 손으로 자신의 머리카락을 쥐어뜯었다.

그렇게 절망한 자들의 머리 위로 민치들의 손톱이 날아왔다. 칼로 수박을 베는 듯한 소음과 함께 아르네 병사들의 머리통이 찢겨져 나갔다.

수도 없이 죽어 가는 자들 가운데에는 아르네 수비군의 만인장도 끼어 있었다. 단 한 시간만 버티자던 아르네 저지선은 그렇게 하라간의 등장과 함께 허물어졌다.

적들의 일방적인 파멸과 함께 평원 전쟁은 마무리가 되었다. 뮬러러의 동부군은 맹독이 퍼진 지역을 크게 우회하여 하라간 앞에 다가왔다.

군단장인 뮬러러가 먼저 달려와 하라간 앞에 무릎을 꿇었다.

"하라간 님, 다음부터는 저희가 앞장서겠습니다. 저희 동부군에게 기회를 주십시오."

나체의 하라간이 말없이 뮬러러를 굽어보았다.

"하라간 님……."

침묵이 주는 위압감에 뮬러러가 부르르 몸서리를 쳤다.

융이 옷을 가져와 하라간의 어깨에 걸쳐 주었다.

뮬러러는 손자인 융의 얼굴조차 제대로 쳐다보지 못했다. 융은 뮬러러의 손자이기 이전에 신인께 직접 명령을 받는 친위 무사였다. 뮬러러는 손자가 자랑스러웠지만, 동시에 손자에게 경외감을 느꼈다.

하라간이 친위대원들을 둘러보았다.

융, 테티, 우세르.

3명 모두 하라간의 뜻에 따라 이곳 자누브 평원으로 이동해 왔다. 민치의 몸을 포탈처럼 이용하여 이동한 것이다. 그다음 하라간은 세 친위대원들을 후방에 남겨 두고 직접 전장에 나섰다.

이번에도 하라간이 군나르의 마물 탁소 키르샤를 빌렸다. 탁소 키르샤의 위풍당당한 모습을 보여 주는 것만으로도 아르네 왕국 병사들은 저항할 엄두를 내지 못했다. 하라간을 우러러보는 동부 군단 병사들의 눈에도 열띤 신앙심이 자리 잡았다.

하라간이 고개를 끄덕였다.

'피라미도 아니고, 아메바 정도도 되지 못하는 하찮은 키르샤가 이렇게 도움이 될 줄이야. 토브욘 정벌 전쟁에서도 느낀 사실이지만, 이번 전쟁에서도 탁소 카르샤의 존재를 잘 활용해야겠어.'

하라간은 이렇게 마음먹었다.

'응?'

잠깐 생각을 멈춘 하라간이 동쪽으로 시선을 돌렸다. 다른 사람들의 눈에는 보이지 않지만 하라간의 감각에는 또렷이 잡혔다. 8 킬로미터 저편, 평원 끝자락 산 밑에 형성되고 있는 푸르스름한 기운이 하라간을 미소 짓게 만들었다.

"공간 이동 포탈인가?"

저 멀리 산자락 아래 형성 중인 것은 분명 공간 이동 포탈이었다.

"저 정도 크기의 포탈이라면 대규모 병력 파병은 아니야. 오드가 일단 소수의 솔샤르들을 파견하나 보군."

하라간은 이렇게 소수가 등장하는 것을 더 선호했다.

"우리 군나르 왕국 80,000 대군을 상대로 소수만 파병했다는 것은, 다시 말해서 그 소수가 제법 쓸 만하다는 뜻 아니겠어? 그때 보았던 구루 정도면 입가심으로 좋겠는데."

작년 11월, 오드는 군나르 왕국으로 키르샤급의 솔샤르를 2명 보냈다. 거기에 더해서 수인족들의 군주 토레까지 꼬드겨서 군나르의 뒤통수를 노렸다.

그때 군나르를 공격했던 솔샤르 가운데 한 명이 바로 구루였다. 하라간은 쌍두사를 크게 증폭한 듯했던 구루의 마물을 떠올리며 분홍빛 입술을 핥았다.

하라간이 입맛을 다시는 가운데 포탈에서 사람들이 튀어나왔다.

남색 토가를 입은 사내가 5명.

금발 머리 미녀가 40명.

하라간은 8 킬로미터 저편의 등장인물들을 훤히 꿰뚫어 보았다.

"역시 구루와 비슷한 자들이 또 있었어. 후후후. 키르샤 다섯 마리면 충분할 줄 알았나 보지? 아니면 아르네 왕국에 남은 병력이 고작 저 다섯이란 말인가?"

하라간이 독백을 하는 가운데 5명의 사내와 40명의 여자들이 결합을 시작했다. 금발 머리의 미녀 8명이 사내 한 명의 등 뒤에 부채꼴 모양으로 둥실 떠올라 자리를 잡았다. 그 즉시 사내들이 양팔을 활짝 벌렸다.

좌좌좌악!

사내들의 등에서 쏘아져나간 투명한 관이 여인들의 팔뚝에 그대로 꽂혔다. 그 관을 통해 여인들의 피가 다섯 사내의 몸속으로 유입되었다.

“으읏.”

“하아아.”

피를 빼앗긴 여인들의 얼굴이 밀납처럼 창백해졌다. 사내들은 자신의 피를 여인들의 혈관 속에 강제로 밀어 넣어 한 바퀴 돌린 다음 다시 빼앗아 갔다. 그렇게 피가 교류되면서 여인들의 신체 에너지가 사내들의 마정석을 충전시켰다. 마정석 속에 심어 둔 키르샤급의 마물이 눈을 번쩍 떴다.

마침내 충전 완료!

다섯 사내의 몸이 거대하게 부풀었다.

하라간이 호기심으로 눈을 반짝였다.

“이번에도 쌍두사 다섯 마리인가?”

그 예상이 살짝 어긋났다. 이번엔 쌍두사형 마물만이 아니라 다른 형태의 마물들도 섞여서 등장했다.

다섯 사내들 가운데 가장 바깥쪽에 자리한 2명은 구루와 똑같은 쌍두사형 마물과 결합했다. 머리부터 꼬리까지 길이가 120 미터에 달하고, 남색 비늘을 절그럭거리는 거대한 쌍두사 말이다.

반면 나머지 3명은 제각기 다른 형태의 마물을 선보였다.

중앙에 위치한 마물은 물소를 닮아 보였다. 발바닥부터 어깨까지 높이가 80 미터에 이르고, 온몸이 시커먼 털로 뒤덮였으며, 머리에 돋아난 2개의 커다란 뿔이 시커먼 화염에 휩싸인 마물 물소 말이다.

꼽추처럼 불룩하게 솟구친 마물의 등에는 지름 2 미터 크기의 구멍 50개가 빼곡하게 뚫려 있었는데, 구멍 하나하나마다 마물 화살들이 장전되어 뾰족한 대가리를 내밀었다.

등에 화살 다발을 짊어지고 다니는 이 거대한 마물의 정체는 쥬빌덴스.

비록 형태는 드래곤과 달랐지만, 쥬빌덴스는 엄연히 심해저 1층에 서식하는 키르샤급 마물이었다.

Chapter 10

[크우우, 푸릉.]

쥬빌덴스가 하라간이 있는 곳을 향해 거칠게 콧김을 내뿜었다.

그에 동조라도 하듯, 쥬빌덴스 양옆의 마물들도 반응을 보였다.

쥬빌덴스 왼편의 마물은 노란색 비늘이 듬성듬성 박힌 키르샤였다. 머리부터 꼬리까지 길이는 100 미터 남짓에, 유니콘처럼 이마에 일직선의 뿔이 하나 달린 키르샤 말이다.

반면 오른쪽의 마물은 숫양의 뿔을 가진 초록색 키르샤였다.

둘 다 특별한 이능력을 가지지 못했다.

이능력이 없는 일반 키르샤들은 독에 특화된 탁소 키르샤나, 전기에 특화된 튠더 키르샤보다는 약하게 마련이었다.

"쥬빌덴스가 그나마 나아 보이는군. 나머지 일반 키르샤나 쌍두사들은 그보다 한 수 아래야."

그래 봤자 하라간에 비하면 아메바 수준도 되지 못하는 미천한 것들이었다. 그 미천한 것들끼리 강약을 따지는 것도 별 의미는 없었다.

하라간은 눈을 게슴츠레 떴다.

"어서 와라."

하라간이 빈 허공을 향해 손을 까딱거렸다.

친위대원들과 뮬러러가 고개를 갸웃했다.

하라간의 말을 알아듣기라도 한 것처럼 다섯 키르샤들이 하라간을 향해 무섭게 달려왔다.

[끼야아아악—]

쌍두사형 마물은 S자를 그리며 평원을 빠르게 가로질렀다.

[쿠우와와아.]

쥬빌덴스는 집채만 한 발굽으로 대지를 박차며 육탄 돌격했다.

[끼약.]

[꾸어엉.]

노란색과 초록색의 키르샤들은 날개를 펄럭이며 공간을 단축했다.

키르샤급 마물들에게 8 킬로미터라는 거리는 그리 멀지 않았다. 눈을 몇 번 깜빡이자 그들의 모습이 사람들의 시야에 잡혔다.

"헉!"

뮬러러가 두 눈을 부릅떴다.

"저게 대체 뭐야?"

친위대원들이 기함했다.

"으읏. 키르샤다."

"또 다른 키르샤야."

동부군 병사들이 동요했다.

그들의 머릿속에 하라간의 뇌파가 울려 퍼졌다.

[거짓된 신들이로다. 신이 되려고 발버둥 치되 결코 신이

될 수 없는 타락한 자들이로다. 저런 거짓 신을 만든 자들을 결코 용서할 수 없도다.]

뇌파를 퍼뜨리는 것과 동시에 하라간의 몸이 허공으로 떠올랐다. 하라간의 머리에서 뿔이 크게 자라고 온몸이 황갈색 비늘로 뒤덮였다.

키르샤라고 해서 다 같은 키르샤가 아니었다. 하라간이 군나르에게 빌려 온 탁소 키르샤는 크기가 200 미터가 넘었고 풍기는 위압감도 일반 키르샤와 격이 달랐다.

[꾸어어어엉!]

한 줄기 포효를 내지른 탁소 키르샤가 날개를 활짝 펴고 적에게 달려들었다.

"오오오!"

동부군 병사들은 입을 쩍 벌리고 이 신화 속의 한 장면 같은 전투를 바라보았다.

적과 맞부딪치는 짧은 시간 동안 하라간의 머릿속에는 여러 가지 방법이 떠올랐다. 다섯 적들을 민치의 몸으로 강제 이동시키면 키르샤와의 결합이 풀린다. 그렇게 결합을 해제한 다음 적들을 제압하는 것도 한 가지 방법이었다.

그냥 힘으로 적 키르샤들을 찢어 죽이는 것도 또 다른 방법이었다.

검으로 공간을 베어 내어 적들을 도려내도 되고, 시간을 멈춰 서 요리를 하는 것도 재미있을 것 같았다.

'그래도 검을 쓰는 것은 곤란하겠지?'

하라간은 슬쩍 하늘을 곁눈질했다.

이 순간에도 하라간의 대적자가 슬금슬금 접근 중인 것이 느껴졌다.

'그 녀석을 먹어 보려고 이 하찮은 것들을 상대로 귀찮은 짓을 하는 중인데, 괜히 밑천을 다 보여 줄 필요는 없지.'

하라간은 검을 포기했다.

이어서 민치를 사용하는 방법도 답안지에서 제외했다.

'그렇게 허무하게 적들을 처리하면 신인으로서 위엄이 살지 않아. 신인의 재림을 세상에 떨쳐 울리려면 역시 한 번쯤은 화려하게 치고받아 주어야 해.'

이렇게 판단한 하라간이 평원에 쿠웅 내려섰다. 탁소 키르샤가 대지를 8개의 발로 디디고 머리를 꼿꼿이 세웠다.

[끼야아앗.]

[끼욧.]

가장 먼저 달려든 것은 두 마리 쌍두사였다. 길이 120미터의 쌍두사들은 탁소 키르샤 바로 앞에서 양옆으로 쫙 갈라지며 하라간의 좌우를 동시에 공격했다. 그들의 쩍 벌어진 아가리에서 수 미터 크기의 독니가 번뜩였다.

거의 동시에 하늘로부터도 공격이 시작되었다. 초록색깔의 키르샤가 날개를 펄럭여서 허공에 몸을 고정하더니, 입을 쩍 벌리고 녹색 구체를 쏘아 냈다. 구름처럼 뭉친 구체의 주변에 녹색 전하가 번쩍번쩍 뛰놀았다.

쯔카카카캉!

구체는 무서운 속도로 회전하면서 탁소 키르샤를 덮쳤다.

노란색 키르샤도 가만히 있지 않았다. 녀석은 하늘에서 하라간의 뒤쪽으로 크게 선회하더니, 수십 미터 길이의 외뿔을 겨눴다.

쭈우웅— 번쩍!

이윽고 키르샤의 뿔이 노랗고 하얀 색으로 백열되었다. 그 뿔로부터 무시무시한 빛의 기둥이 뿜어져 나와 탁소 키르샤의 등판을 때렸다.

이게 끝이 아니었다. 네 마리 키르샤가 각자 다른 방식으로 탁소 키르샤의 눈을 어지럽히는 동안, 쥬빌덴스가 마무리 공격을 퍼부었다. 탁소 키르샤와 약간 거리를 두고 멈춰 선 쥬빌덴스는 꼽추 등을 더욱 크게 부풀렸다.

콰콰콰콰콰!

녀석의 등판에 장전된 마물 화살 50발이 일제히 불을 뿜었다.

어떤 화살은 일직선으로, 또 다른 화살은 기이한 궤적을 그리면서 날아왔다. 각기 다른 경로, 다른 속도로 날아온 마물 화살들이 탁소 키르샤의 몸체 바로 앞에서 무서운 폭발을 시작했다.

퍼퍼퍼펑!

탁소 키르샤의 온몸이 화염에 휩싸였다. 연달아 터지는 마물 화살의 폭발에 평원 전체가 지진을 만난 듯 뒤흔들렸다. 탁소 키르샤의 몸에 달라붙은 화염은 하늘 꼭대기까지 솟구쳤다.

그 위에 녹색 구체가 작열했다.

쯔카카캉!

탁소 키르샤의 황갈색 비늘에 부딪친 구체는 온 사방으로 녹색의 편린들을 뿜어내며 그대로 폭발했다. 동시에 작게 응축된 구체가 탁소 키르샤의 비늘을 녹이고 살 속으로 파고들려고 시도했다. 이 녹색의 구체는 적의 신체 내부로 파고들어 사방으로 플라즈마 편린들을 퍼뜨리는 파괴적인 공격을 퍼부었다.

탁소 키르샤의 좌우를 덮치던 쌍두사형 마물들도 가만히 있지 않았다. 두 쌍두사는 갑자기 고개를 콱 숙여 땅속으로 대가리를 처박았다. 그다음 탁소 키르샤의 발밑에서 갑자기 머리를 솟구치며 상대의 발목 부위를 물어뜯었다.

노란색 키르샤의 외뿔에서 발사되는 빛의 기둥은 수 미터 두께의 철판도 단숨에 녹여 버리는 가공할 에너지를 내포했다. 그 에너지가 탁소 키르샤의 등을 뚫고 척추를 녹여 버리려고 들었다.

쥬빌덴스의 폭발형 마물 화살도 결코 이런 공격에 뒤지지 않았다. 쥬빌덴스의 원거리 공격은 그 한 발 한 발이 노덴스의 마물 화살보다 10배는 더 강력했다. 이 폭발형 화살 50발이 퍼부어지면 어지간한 도시 하나쯤은 그대로 초토화시키고도 남았다.

이 모든 공격이 탁소 키르샤에게 집중되었다. 그야말로 끔찍한 화력이었다.

제4화

비운의 오드

Chapter 1

"악! 하라간 님."

"안 돼."

깜짝 놀란 친위대원들이 하라간을 향해 몸을 날렸다. 뮬러러도 화들짝 놀라 하라간에게 달려오려고 들었다.

"엇."

그런 친위대원들이 한 순간 걸음을 딱 멈췄다.

뮬러러도 돌로 변한 것처럼 우뚝 멈춰 섰다.

탁소 기르샤의 몸에서 솟구치던 화염이 어느새 씻은 듯이 사라졌기 때문이다.

[끼얏.]

[키야악.]

탁소 키르샤의 발목을 물었던 쌍두사형 마물들은 독니가 와그작 부서지면서 고통스럽게 몸을 뒤틀었다. 탁소 키르샤의 가슴으로 파고들던 녹색 구체도 피시식 소리를 내면서 비늘 위에서 소멸되었다. 탁소 키르샤의 척추를 녹여 버릴 듯 집광되었던 노란색 빛의 기둥도 어느새 에너지가 끊겼다.

너무나 당연한 말이지만 탁소 키르샤는 비늘 한 조각 상처 입지 않았다.

[어떻게 이런 일이…….]

[말도 안 돼.]

아르네 왕국의 다섯 키르샤가 기겁을 했다.

[가렵지도 않군.]

하라간이 가소롭다는 듯이 뇌까렸다. 적들의 공격을 무방비로 맞고서도 미동조차 하지 않았던 탁소 키르샤가 비로소 몸을 움직였다.

[꾸엉!]

200 미터 위 상공에서 어느새 지상으로 내려온 탁소 키르샤의 아가리가 왼쪽 쌍두사의 목덜미를 덥석 물어 하늘로 내던졌다.

120 미터 길이의 거대한 마물이 허공으로 부웅 떠오르는 모습이 참으로 비현실적이었다. 온몸을 용수철처럼 꼬며

허공으로 날아올랐던 쌍두사형 마물이 탁소 키르샤의 거대한 아가리에 처박혀 우두둑 바스러지는 모습 또한 이 세상에서 벌어지는 현상 같지 않았다.

단 한 입!

아가리를 쩍 벌렸다 다무는 동작 한 방에 쌍두사형 마물이 네 토막으로 분리되었다. 몸통과 분리된 2개의 머리통이 바닥에 툭 떨어졌다. 돌돌 말린 꼬리가 반대쪽으로 낙하했다. 쌍두사형 마물의 중간 토막 수십 미터는 단숨에 탁소 키르샤의 목구멍 속으로 흡입되었다.

탁소 키르샤가 발 하나를 들었다가 대지를 쿡 내리찍었다.

[끼약!]

탁소 키르샤의 오른쪽을 공격했던 또 다른 쌍두사형 마물이 온몸으로 비명을 질렀다. 발로 상대의 몸통을 짓누른 탁소 키르샤가 기다란 목을 꾸불텅 움직였다.

쩍 벌어진 탁소 키르샤의 아가리가 쌍두사형 마물의 머리통 2개를 동시에 덮쳐서 크게 한 입 베어 물었다.

탁소 키르샤가 머리를 쭈욱 뽑아 올리자 쌍두사형 마물의 몸통 속살이 그대로 딸려 올라왔다. 탁소 카르샤의 발에 짓밟힌 껍실은 그대로 밖에 남았다.

우두둑, 우적, 우적.

허공에서 끔찍한 소리가 울렸다.

탁소 키르샤가 다시 꾸불텅 목을 움직였다.

날개를 펄럭이며 공중에 몸을 띄우고 있던 초록색 키르샤가 꼼짝도 못 하고 탁소 키르샤에게 붙잡혔다. 탁소 키르샤는 상대의 목덜미를 물어 땅바닥에 거칠게 내팽개친 다음, 2개의 발로 적의 몸통을 붙잡고 머리부터 상체 절반까지를 한 입에 삼켰다.

우둑, 우그작.

뼈 으스러지는 소리와 핏물 터지는 소리가 뒤범벅이 되어 울렸다.

식마(食魔).

마물이 마물을 잡아먹는 이 원초적인 행위는 마해에서라면 너무나 당연한 일상이었다. 하지만 지상의 솔샤르들에게는 상상하기조차 힘든 공포였다.

[크어어…….]

쥬빌덴스가 몸이 얼어붙었다.

[쿠우우.]

노란색 키르샤가 바들바들 떨었다.

탁소 키르샤는 그 둘을 그냥 내버려 둔 채 땅바닥에 널린 살점들을 빠르게 삼켰다.

[꾸어엉.]

다시 고개를 치켜든 탁소 키르샤가 탁한 눈빛으로 쥬빌

덴스를 노려보았다.

콰콰콰콰콰!

놀란 쥬빌덴스가 50발의 폭발형 마물 화살을 난사했다. 그다음 몸뚱어리를 180도 돌려서 도망치려고 들었다.

뜻대로 되지 않았다. 쥬빌덴스의 발은 얼어붙은 듯 땅에서 단 한 걸음도 떨어지지 않았다.

탁소 키르샤의 몸에 작열한 50발의 마물 화살들은 연신 폭음을 일으키며 무섭게 폭발했다. 하지만 화염과 연기가 가셨을 때 다시 드러난 탁소 키르샤는 솜털에 얻어맞은 철벽처럼 끄떡도 없었다.

탁소 키르샤가 쿵쿵쿵 다가왔다.

[으으으.]

바짝 얼어붙은 쥬빌덴스는 털끝 하나 까딱하지 못했다.

쥬빌덴스의 어깨높이가 80 미터.

탁소 키르샤의 키가 200 미터.

가까이 다가온 탁소 키르샤는 자그마한 상대를 같잖은 듯이 굽어보았다.

[끼잉…….]

쥬빌덴스가 아기 고양이 소리를 냈다.

탁소 키르샤의 뜨거운 콧김이 쥬빌덴스의 머리통을 때렸다.

쥬빌덴스가 꼬리를 불알 사이로 말고 고개를 수그렸다.

탁소 키르샤가 아가리를 쩍 벌려 상대의 목덜미를 물었다. 쥬빌덴스는 그 무게를 견디지 못하고 앞다리를 꿇더니 이내 옆으로 드러누웠다.

왼쪽으로 한 번, 오른쪽으로 한 번.

탁소 키르샤가 상대의 목을 물고 좌우로 한 번 고개를 휘젓자 쥬빌덴스의 상반신 절반이 너덜너덜하게 끊겼다. 탁소 키르샤는 단숨에 쥬빌덴스의 몸통 절반을 뜯어 먹고, 이어서 내장까지 후루룩 흡입했다.

탁소 키르샤가 다시 고개를 들었을 때, 쥬빌덴스의 다리 부분이 탁소 키르샤의 이빨 사이로 삐져나와 바르르 전율했다.

꿀꺽.

쥬빌덴스를 한 입에 삼킨 탁소 키르샤가 마지막 하나 남은 키르샤를 바라보았다.

[우힉!]

그때까지도 허공에 딱 멈춰 있던 노란색 키르샤가 기겁을 했다. 노란색 키르샤는 미친 듯이 날개를 퍼덕여 높이 날아올랐다.

그렇게 도망치는 상대를 탁소 키르샤는 말간 눈으로 올려다보았다.

[맛있는 먹이를…….]

하라간이 조용히 뇌까렸다.

탁소 키르샤의 등 뒤에서 눈에 보이지 않는 투명한 것이 스르릉 일어났다. 사람의 눈으로 볼 수도 없는 이 투명한 존재는 눈 깜짝할 사이에 탁소 키르샤의 8배 크기로 부풀더니 먼 허공으로 도망 중이던 노란색 키르샤를 옆에서 덮쳤다.

[쿠웩?]

열심히 날갯짓을 하던 노란색 키르샤가 허공에서 몸이 'ㄱ' 자로 꺾였다. 그다음 부러진 척추 모양 그대로 몸이 절반으로 접혀 무언가의 아가리 속으로 구겨져 들어갔다.

[잘 먹겠습니다.]

하라간이 입맛을 살짝 다셨다.

하라간 본체에 돋아난 수천만, 수 억 개의 발 가운데 하나.

그 발에 붙어 있는 수백, 수천 개의 발가락 가운데 하나.

그 발가락 표면에 돋아난 수십억 개의 미세 돌기 가운데 하나.

그 조그맣고 눈에 보이지도 않는 하찮은 돌기의 1,000,000분의 1도 채 소환하지 않았다. 그런데 그 돌기의 1,000,000분의 1이 탁소 키르샤보다 8배는 더 거대했다.

하라간이 고작 그 정도 부피를 소환한 것만으로 주변 공기가 밀려나서 태풍이 불 듯 폭음이 터지고 난리가 났다.

"어이쿠."

"우와악."

"살려 줘. 누가 나 좀 붙잡아 줘."

군나르 왕국 동부군 병사들이 갑자기 밀려온 공기에 밀려 데굴데굴 굴렀다.

Chapter 2

가볍게 입가심(?)을 한 하라간이 다시 사람의 모습으로 돌아왔다.

후다닥 달려온 융이 하라간의 어깨에 옷을 걸쳐 주었다.

동부군 병사들은 감히 하라간을 올려다보지도 못했다. 군단장인 뮬러러조차 땅에 코를 처박고 벌벌벌 경련할 뿐이었다.

신인은 눈을 뜨고 우러러볼 수 있는 존재가 아니었다.

신인은 공포와 경외의 감정으로 무릎을 꿇고 엎드려야 할 대상이었다.

하라간이 뇌파를 개방했다.

[일찍이 할아버님께서 공포하셨다시피, 이 전쟁은 너희의 전쟁이 아니다. 나의 재림을 부정하는 무지한 배교자들에게 신벌을 내리기 위한 나의 행보일 뿐이다.]

[아아아…….]

'신벌' 이라는 단어에 사람들이 몸서리를 쳤다.

하라간이 말을 이었다.

[너희는 나를 따라다니며 너희가 목격한 이적들을 사람들에게 퍼뜨려라. 신벌이 얼마나 무서운 것인지 어리석은 자들에게 깨우쳐 주어라. 그것이 너희 임무다.]

[아아아아아아…….]

병사들은 제대로 대답도 하지 못했다. 그저 신음만 흘릴 뿐이었다.

곧이어 행군이 시작되었다.

동부군 병사들이 나무를 짜 맞추고 4개의 바퀴를 달았다. 공간 이동 포탈을 통해 공수해 온 황금색 천을 그 위에 둘러 황금빛 마차를 하나 뚝딱 만들었다. 마차 지붕엔 하라간을 상징하는 깃발을 꽂았다.

융과 테티, 우세르가 마부석에 앉았다.

"가자."

하라간이 마차에 착석하자 융이 채찍을 휘둘렀다.

"이랏!"

열여섯 마리 말이 마차를 끌었다.

뮬러러가 전군에 명을 내렸다.

"우리도 진격한다."

"넷, 군단장님."

군단장의 명에 따라 동부 군단 전체가 하라간을 쫓아 행군했다.

아르네 왕국의 미녀 40명은 축 늘어진 상태로 포로용 마차에 실렸다. 피와 에너지를 빼앗긴 탓에 여인들 모두 안색이 창백하고 손가락 하나 까딱할 힘이 남아 있지 않았다. 그녀들은 낡은 마차에 포개져 드러누워 멍하게 하늘만 쳐다보았다.

"급보입니다. 서부의 거점 수비대에서 올라온 급보입니다."

저지선이 뚫렸다는 소식은 곧 아르네 왕궁에 전달되었다. 전령이 난리법석을 피우며 회의장으로 뛰어들어왔다.

집정관 디포에우스가 거구의 몸을 날려 전령을 맞았다.

"어서 보고하라. 저지선이 제대로 동작했느냐?"

"헉헉. 아니옵니다. 저지선이 붕괴되었습니다. 군나르군이 이곳 수도를 향해 계속 동진 중이옵니다."

"뭣이?"

디포에우스의 얼굴이 험상궂게 일그러졌다.

"어찌 그럴 수가 있단 말이냐? 다들 훈련을 어떻게 했기에 사막의 땅개 놈들에게 뚫려?"

"패장은 어디 있느냐? 당장 놈의 목을 쳐라."

원로들이 집정관의 등 뒤에서 마구 목청을 높였다.

"그만."

디포에우스가 손바닥을 아래로 하고 손을 수평으로 쓸었다.

집정관의 한마디에 원로들이 입을 다물었다.

디포에우스가 다시 물었다.

"저지선을 구축했다는 보고가 불과 20분 전에 올라왔다. 그런데 20분 만에 뚫렸다고?"

전령이 고개를 주억거렸다.

"그렇사옵니다. 저지선 구축과 동시에 군나르군이 그 앞에 도착했다고 합니다. 그다음 전투가 시작되려는 찰나에 그만 키…… 키……."

전령이 무슨 말을 할 듯 말 듯 하다가 끝내 입술을 다물었다.

디포에우스가 다그쳤다.

"왜 보고를 하다 말아? 이놈, 어서 말하지 못할꼬?"

그 호통에 전령이 두 눈을 질끈 감았다.

"전투가 시작되려는 찰나에 하늘에서 키, 키르샤가 나타났다는 보고이옵니다."

원로들이 펄쩍 뛰었다.

"키르샤?"

"정녕 키르샤란 말이냐?"

"아아, 그 소문이 사실이란 말인가?"

일부 원로들은 손으로 이마를 짚었다. 다들 '군나르 왕국에 신인이 재림하셨다.' 라는 소문을 마음속에 담아 두고 있었기에 '키르샤' 라는 단어를 듣자마자 가슴이 덜컥했다.

반면 디포에우스는 침착했다.

'흥! 키르샤는 우리 아르네 왕국에도 널렸다. 당장 나만 해도 키르샤로 진화하지 않았던가. 군나르 영감탱이가 직접 전쟁에 나섰나 본데, 그래 봤자 잠시 날뛸 뿐이야. 위대하시고 또 위대하신 분께서 특수 부대를 보내서 곧 진압하실 게야.'

이렇게 판단한 디포에우스는 겁먹은 원로들부터 안심시켰다.

"자자. 다들 조용."

"하지만 집정관님, 키르샤가 등장했다고 합니다."

"이 일을 어쩌면 좋습니까?"

디포에우스가 짜증을 팍 냈다.

"아, 다들 조용하라니까."

원로들이 찔끔 놀라 자라목이 되었다.

디포에우스는 형형한 눈빛으로 원로들을 둘러보았다. 그 다음 굵은 저음으로 원로들을 다독였다.

"다들 침착하시오. 군나르 왕국의 요상은 술책에 놀아날 만큼 가벼워서야 어찌 우리 위대한 아르네 왕국의 원로원 멤버들이라 할 수 있겠소? 전령이 전한 키르샤는 진짜 신인의 재림이 아니오. 나 디포에우스가 장담하리다. 그 키르샤는 군나르 영감탱이의 노망난 술책에 지나지 않소이다. 곧 다른 전령이 180도 상반된 소식을 전해 올 터이니 나를 믿고 조금만 기다려 보쇼."

Chapter 3

디포에우스의 웅변이 효과를 발휘했다.

"역시 그렇겠지요?"

"군나르 왕국 따위에 신인께서 재림하실 리가 없지요?"

"저는 진작부터 그렇게 믿고 있었습니다."

"저도 그렇습니다. 그런데 집정관님의 말씀을 듣고 보니 한결 더 마음이 놓입니다. 허허허."

아르네 왕국 원로원의 멤버들은 겨우 한시름을 놓았다.

디포에우스의 말대로 얼마 지나지 않아 또 다른 전령이 달려왔다.

"급보입니다. 급보."

"껄껄껄. 내가 뭐라고 했소? 곧 다른 전령이 달려올 것이라 하지 않았소. 껄껄껄."

디포에우스가 호탕하게 웃었다.

"허허허, 역시 집정관님이십니다."

"저희는 집정관님을 믿고 있었습니다."

원로들이 함께 웃었다.

전령이 식은땀을 닦으며 원로들 앞에 무릎을 꿇었다.

디포에우스가 전령을 재촉했다.

"자, 말해 보거라. 그 가짜 키르샤가 어찌 되었더냐? 위대하시고 또 위대하신 분의 가호가 펼쳐지자마자 놈이 제압을 당했겠지?"

"저기……."

"어서 말해 보라니까."

"저기, 위대하시고 또 위대하신 분의 가호는 잘 모르겠습니다. 다만 가짜 키르샤들이 등장한 것은 사실입니다."

"그래. 내 말이 바로 그 말이다. 군나르의 키르샤는 가짜야. 신인의 재림을 사칭한 가짜라고. 껄껄껄."

디포에우스는 불룩한 배를 더욱 앞으로 내밀었다.

전령이 땀을 뻘뻘 흘리며 고개를 가로저었다.

"그게 아니옵고, 다른 가짜 키르샤들이 등장했사옵니다. 자누브 평원에 다섯 키르샤가 갑자기 등장하여 군나르 왕국의 황갈색 키르샤와 접전이 붙었사온데, 단숨에 다섯 키르샤가 제압당해 모두 뜯어 먹혔다 하옵니다."

"뭣?"

디포에우스의 동공이 크게 확대되었다.

"뜯어 먹혀?"

"키르샤가 키르샤를 먹는다고?"

"아닌데? 키르샤면 곧 신인이신데? 신인이 여섯 분이실 리 없으니 나머지 다섯은 가짜 키르샤일 텐지."

아르네 왕국 원로들이 당황했다.

키르샤에 대해서 제대로 알지 못해 혼란에 빠진 원로들과 달리, 디포에우스는 돌아가는 사태를 정확하게 파악했다.

'그 다섯 키르샤가 바로 아군이다. 위대하시고 또 위대하신 분께서 특수 부대를 보내신 것이 틀림없어. 그런데 키르샤들이 군나르 영감에게 뜯어 먹혔다고? 어떻게 그럴 수가 있지? 어떻게 그렇게 전력 차이가 날 수가 있지? 이 디포에우스도 특수 부대 2명을 당하지 못하는데, 어떻게? 설마 군나르 영감이 그렇게 강했단 말인가?'

군나르의 마물이 키르샤 다섯을 단숨에 해치울 정도라면, 이건 보통 일이 아니었다.

'위대하시고 또 위대하신 분께서 직접 나서셔야 한다. 그 분이 움직이지 않으시면 군나르 영감탱이를 막을 수 없어.'

키르샤가 얼마나 무서운 존재인지 디포에우스는 잘 알았다.

'세상에 키르샤를 막을 존재는 오직 키르샤뿐. 아무리 병력을 투입해 봤자 소용없어. 이건 밑 빠진 항아리에 물 붓기라고.'

디포에우스는 오드가 직접 출동해야 한다고 판단했다.

"나 좀 다녀오리다. 위대하시고 또 위대하신 분께 직접 알현을 청할 것이니 원로들은 이곳에서 계속 상황을 파악해 주시구려."

디포에우스가 허둥지둥 원로원을 떠났다.

"네, 집정관님."

"가서 잘 말씀드려 주십시오."

몇몇 원로들이 디포에우스를 배웅했다.

나머지 원로들은 그 자리에서 불안하게 서성거렸다. 답답한 공기가 원로원을 무겁게 짓눌렀다. 원로들 가운데 그 누구도 입을 열지 않았다.

오드는 새벽여신의 신전에서 디포에우스를 맞았다.

"위대하시고 또 위대하신 분이시여."

아르네 왕국의 실세인 디포에우스가 신전 밖 땅바닥에 무릎을 꿇고 이마를 땅에 대었다. 오드가 신전 위에서 그런 디포에우스를 굽어보았다.

"자누브 평원 때문에 왔느냐?"

오드가 물었다.

디포에우스가 고개를 주억거렸다.

"그러하옵니다. 미천한 저희 대신들이 불안해하고 있사옵니다. 얼마 지나지 않아 우리 아르네 왕국의 백성들도 불안한 소문에 마음이 흔들릴까 우려되옵니다."

디포에우스는 차마 직접적으로는 '군나르 왕국에 신인께서 재림하셨다는 소문이 돈다.'고 아뢰지 못했으나, 빙빙 돌려서 결국 그 뜻을 고했다.

"음."

오드가 어금니를 꾸욱 물었다.

'구루에 이어서 다섯이나 보냈는데 또 실패야. 군나르 녀석이 설마 키르샤의 탈을 벗었더란 말인가?'

상대가 키르샤가 아닌 막키르샤라면?

그렇다면 이런 압도적인 강함이 충분히 이해되었다. 토브욘 왕국을 불과 한 달 만에 정복한 것도 이해할 수 있었다.

오드가 쓴웃음을 지었다.

'허허허. 이거 믿기지가 않는군. 천하의 이 오드도 불과 150년 전에야 겨우 막키르샤가 되었거늘, 군나르 따위가 벌써 그 경지에 도달했어? 허허허.'

한 순간, 오드의 동공이 황금빛으로 물들었다.

'그렇다면 더더욱 살려 둘 수 없지. 감히 이 오드를 넘보는 자를 살려 둘 수는 없어.'

오드는 주먹을 지그시 말아 쥐었다.

상대가 막키르샤라면 군대를 보내는 것은 의미가 없었다. 100,000명의 대군을 보내도 막키르샤를 막기 불가능했다. 막키르샤는커녕 일반 키르샤도 막을 수 없었다.

그렇다고 키르샤를 보내는 것도 무의미했다.

지금 아르네 왕국엔 몇 명의 키르샤가 더 존재했다. 당장 눈앞의 디포에우스도 키르샤 가운데 한 명이었다.

'그래도 상대가 안 돼. 특수 부대가 전멸했다면 디포에우스도 마찬가지 꼴이 될 게야. 끌끌끌. 결국 이 오드가 손수 움직일 수밖에 없군. 끌끌끌끌끌.'

속으로 웃음을 삼키는 와중에도 오드의 눈은 점점 더 진한 황금빛으로 물들었다.

Chapter 4

오드의 등 뒤에서 페리쿨라, 즉 데스 로즈가 다가섰다.

[오드 님.]

데스 로즈는 어딘지 모르게 불안한 표정이었다.

오드가 데스 로즈의 어깨를 두드렸다.

[페리쿨라야, 왜 그런 표정을 짓는 것이냐? 설마 내가 군나르를 감당하지 못할 것 같더냐?]

[그럴 리 있겠사옵니까? 다만 제 기분이 착 가라앉았을 뿐이옵니다.]

데스 로즈가 고개를 가로저었다.

오드가 데스 로즈를 안심시켰다.

[너의 기분이 가라앉지 않도록 내가 연회라도 열어 주어야겠구나. 예서 조금만 기다리고 있거라. 내 금방 다녀오마.]

[직접 출전하시는 것이옵니까?]

[아무래도 그래야겠구나. 아이들에게 맡겨 두었다간 불필요한 피해만 입게 생겼어. 에잉! 다들 변변치 못해서 말이야.]

[부디 무탈하게 다녀오소서.]

데스 로즈가 오드를 향해 무릎을 살짝 굽혔다.

오드가 짐짓 역정을 내었다.

[무탈하게라니? 창피하니까 어디 가서 그런 소리 하지 말거라. 군나르와 같은 어린 것과 싸우러 가는데 무탈이라니? 허허허. 이 오드를 뭐로 보고.]

데스 로즈가 당황했다.

[아아, 그런 뜻이 아니옵니다. 제가 그만 입을 잘못 놀려 오드 님의 기휘를 범하였사옵니다. 저를 벌해 주소서.]

오드는 무릎을 꿇은 데스 로즈를 손수 잡아 일으켰다.

[허허허. 너를 꾸짖는 것이 아니니라. 내가 금방 다녀올 것이니 기다리고 있거라.]

그 말과 함께 오드의 몸이 휘황찬란한 빛으로 변했다. 그러곤 데스 로즈와 디포에우스가 지켜보는 가운데 그 황금색 빛 망울이 하늘로 솟구쳤다.

자누브 평원이 아침 햇살을 받아 환하게 달아올랐다. 군나르 왕국 동부군은 열과 오를 맞춰 질서 정연하게 평원을 가로질렀다.

황금빛 마차가 군대의 선두에서 행군을 이끌었다.

"잠깐."

하라간이 마차 밖으로 손을 내밀었다.

융이 즉각 말을 멈췄다.

"워워워. 무슨 일이 있으시옵니까?"

"잠깐 멈춰 봐."

하라간이 마차 밖으로 나왔다.

친위대원들이 즉각 마부석에서 내려서 하라간의 발밑에

한쪽 무릎을 꿇었다. 동부 군단 전체가 행군을 멈췄다.

하라간은 동쪽 하늘을 물끄러미 바라보았다.

저 멀리 황금빛 광채가 날아오는 모습이 보였다.

하라간이 활짝 웃었다.

"이거 일이 싱겁게 끝나겠군."

"네?"

융이 되물었다.

하라간은 미소 띤 얼굴로 고개를 가로저었다.

"아니다. 너희는 잠시 이곳에서 기다리고 있어."

말을 마치는 것과 동시에 하라간의 몸이 앞으로 쭉 쏘아져 나갔다.

하라간의 명은 절대적.

융과 테티, 우세르는 무기를 뽑아 들고 그 자리에 대기했다. 뮬러리가 의아한 눈빛으로 하라간을 바라보았다.

이윽고 그들의 눈에 엄청난 광경이 펼쳐졌다.

먼 하늘에서 날아온 황금빛 빛 망울은 점점 크게 확대되더니 이내 온 하늘을 뒤덮을 정도로 증폭되었다.

태양을 가린 탓에 제대로 보이지는 않았지만, 빛 망굴 속에서 어마어마한 크기의 날개가 활짝 펼쳐시는 것 같았다. 크기가 제대로 가늠되지도 않는 그 날개는 무려 세 쌍, 즉 6개는 되어 보였다. 빛 망울 속에서 머리도 불쑥 솟구쳤다.

놀랍게도 황금빛 비늘로 덮인 머리는 3개나 되었다. 그 각각의 목둘레에 6개씩 돋아난 뿔이 황금빛으로 번쩍거렸다.

꼬리는 2개.

양 갈래로 갈라진 꼬리의 끝에는 전갈의 독침처럼 생긴 빨간색 뿔이 길게 돋아난 형태였다.

사람들의 눈에는 이 황금빛 키르샤의 모습이 정확하게 보이지 않았다. 거리가 멀어서 황금빛 키르샤의 크기도 파악할 수 없었다.

하지만 하라간의 눈에는 보였다.

머리부터 꼬리까지 길이가 얼추 25 킬로미터.

'잉그리드와 레이나의 딱 중간 정도군.'

막키르샤로 갓 진화한 잉그리드는 3 킬로미터 정도의 아담한(?) 크기를 자랑했다. 다즈키르샤에 첫발을 내디딘 레이나는 60 킬로미터가 살짝 넘었다.

오드는 둘의 중간인 25 킬로미터에 위치했다.

하라간이 탁소 키르샤를 불러왔다.

[꾸어엉.]

탁소 키르샤가 기쁨의 노래를 불렀다. 하라간에게 한번 불려 갈 때마다 탁소 키르샤는 우쑥우쑥 성장했다. 게다가 조금 전에는 맛있는 먹이를 포식하면서 한층 더 강해진 느낌이 들었다. 탁소 키르샤는 이번에도 기대에 가득 차서 하라간의 부름에 응했다.

그다음 급격히 얼어붙었다.

[꾸엉?]

탁소 키르샤가 당황하는 것이 느껴졌다. 거대한 황금빛 막키르샤 앞에서 탁소 키르샤가 불안하게 몸을 떨었다.

하라간 코웃음을 쳤다.

[쪽팔리게 굴지 말고 가만히 있어.]

[꾸엉.]

그 한마디에 탁소 키르샤의 떨림이 멈췄다.

탁소 키르샤는 그제야 현실을 직시했다. 저 무지막지해 보이는 황금빛 막키르샤도 하라간의 마정석 속에 웅크리고 있는 투명한 마수와는 견줄 바가 못 되었다. 탁소 키르샤가 얼핏 짐작하기로, 투명 마수의 크기는 이곳 자누브 평원 전체를 다 뒤덮고도 훨씬 더 넘쳤다.

'저 황금빛 막키르샤보다 1,000배? 못해도 그 정도는 더 클 거야.'

이렇게 판단한 탁소 키르샤는 배짱 좋게 황금빛 막키르샤를 맞이했다.

황금빛 막키르사, 즉 오드가 노여워했다.

[요 건방진 군나르 녀석. 대가리에 피도 마르지 않은 어린놈이 감히 누구의 앞을 가로막는 게야?]

오드는 군나르를 어린놈이라고 얕보았다. 상대가 하라간이라고 여기지도 않았다. 저 앞에 버티고 있는 탁소 키르샤는 군나르의 마물이 분명했다. 오드는 그렇게 확신했다.

[키르샤가 되었다고 세상 다 가진 것 같았나? 흥! 내가 오늘 네 녀석에게 하늘 밖에 또 다른 하늘이 있음을 알려 줄 것이니라.]

오드는 키르샤를 우습게 여겼다. 그는 키르샤를 뛰어넘은 존재, 막키르샤. 그것도 일반 막키르샤가 아니라 마해에서도 보기 드문 금속 속성의 메탈룸 막키르샤였다. 메탈룸 일족은 비록 튠더 키르샤와 같이 전투에 특화된 종족은 아니지만, 마법 이능력이 뛰어나기로 유명했다. 그만큼 자존심도 강했다.

쩌저정!

오드의 분노가 일어나기 무섭게 그의 목둘레에 돋아난 18개의 뿔이 벼락처럼 발사되었다. 동시에 막키르샤 특유의 환경 치환 권능도 발휘되었다.

쩌적, 쩌저저적.

오드의 전방 수십 킬로미터 상공이 마해 깊은 곳의 금속 세상으로 치환되었다. 멀쩡하던 허공으로부터 금속 가시가 연속해서 돋아나 탁소 키르샤를 찔렀다. 또한 허공에서 가시들끼리 철창처럼 서로 엮여서 탁소 키르샤를 꼼짝 못 하게 가두었다.

그렇게 탁소 키르샤의 몸이 속박된 상태에서 18개의 거대한 뿔이 날아들었다.

콰르르, 콰르르르—

빙글빙글 회전하면서 날아오는 황금빛 뿔 하나하나의 크기가 무려 700 미터에 달했다. 이 정도 크기의 뿔 하나만 맞아도 200 미터 크기의 탁소 키르샤는 그대로 분해되어 버릴 것 같았다.

Chapter 5

[꾸익.]

실제로 탁소 키르샤는 감히 막키르샤와 대적할 엄두를 내지 못하고 바짝 얼었다.

[훗.]

하라간이 피식 비웃었다.

그 차가운 웃음 한 방에 오드의 권능이 깨졌다. 하늘 한 복판에 돋아나서 하라간, 아니 탁소 키르샤를 포박했던 금속 가시들이 망치에 얻어맞은 고드름처럼 와장창 부서졌다. 하라간을 향해 무섭게 달려들던 황금빛 뿔들도 그대로 박살 났다.

하라간, 아니 탁소 키르샤가 빈 허공을 움켜쥐고 발톱을 꽉 우그러뜨리는 시늉을 했다.

그러자 놀라운 일이 발생했다. 저 멀리서 날아오던 메탈룸 막키르샤의 크기가 와그작 줄어든 것이다. 장장 25 킬로미터나 되던 막키르샤가 125분의 1 크기로 축소되었다. 이 정도면 탁소 키르샤와 엇비슷한 덩치였다.

[뭐, 뭐야?]

오드가 당황했다. 오드는 지금 자신의 몸이 줄어든 것인지, 아니면 탁소 키르샤가 어마어마하게 커진 것인지 분간하지 못했다.

하라간이 그런 오드에게 달려들었다.

날개를 활짝 편 황갈색 키르샤가 머리 셋 달린 황금빛 키르샤를 덮치는 모습이 실로 장관이었다.

군나르 왕국 동부 군단의 병사들은 하늘 위에서 벌어지는 키르샤 간의 전투를 올려다보며 고개를 주억거렸다.

"그럼 그렇지. 아까는 거리 감각이 잘못되어 이상하게 봤나 봐."

"자네도 그런가? 나도 헛것을 본 모양이야. 하긴, 키르샤가 그렇게 클 리 없지."

"그나저나 저 거짓 키르샤도 참으로 크구먼. 신인과 거의 엇비슷해."

"그래 봤자 신인의 상대는 되지 못할 거야. 거짓 신이니까."

병사들이 지켜보는 가운데 탁소 키르샤가 메탈룸 막키르샤의 머리 3개 가운데 하나를 물고 커다란 날개로 상대를 감쌌다.

[크억?]

머리 하나를 물린 메탈룸 막키르샤가 나머지 2개의 머리를 거칠게 휘저었다. 양 갈래 꼬리를 곤두세워 탁소 키르샤의 몸통을 찌르기도 했다.

사람들 눈에는 보이지 않았지만, 탁소 키르샤의 비늘 위에 서리가 한 겹 싸악 내렸다. 메탈룸 막키르샤의 공격은 그 얇은 서리를 뚫지 못하고 힘없이 튕겨 나갔다.

아니다. 뒤로 튕겨 나가는 정도를 넘어서 꼬리 끝이 꽝꽝 얼어붙었다가 푸스슥 부서졌다.

[커억, 어떻게 이런 일이.]

오드가 당황했다.

그사이 탁소 키르샤가 메탈룸 막키르샤의 머리통 하나를 우그작 씹었다. 탁소 키르샤의 턱 힘이 어찌나 강하던지 메탈룸 막키르샤의 두개골이 그대로 부서졌다. 두개골 속에서 허연 뇌수가 으깨져 사방으로 튀었다.

[쿠왁, 크아아악.]

오드가 고통에 몸부림쳤다. 생명이 3분의 1로 줄어든 느낌이 아주 더러웠다.

'안 돼. 도망쳐야 해.'

오드는 이 지옥에서 벗어나기 위해 황급히 날개를 퍼덕였다.

하지만 탁소 키르샤로부터 벗어나는 데 실패했다. 황갈색 날개로 상대를 꽉 붙잡은 탁소 키르샤는 거대한 아가리를 벌려 적의 머리통 하나를 더 물어뜯었다.

[이게 감히.]

오드의 탈룸 키르샤도 아가리를 쩌억 벌려 탁소 키르샤의 목덜미를 마주 물었다.

사라락, 까강!

이번에도 탁소 키르샤의 황갈색 비늘 위에 서리가 한 겹 내렸다. 탈룸 키르샤의 황금 이빨이 그 서리와 부딪쳐 유리잔처럼 부서졌다.

[크악.]

오드가 또다시 비명을 질렀다.

벌써 머리를 2개나 뜯어먹은 탁소 키르샤가 아가리를 쩍 벌려 마지막 남은 적의 머리를 물었다.

메탈룸 막키르샤가 그 공격을 견디지 못하고 지상으로 추락했다. 탁소 키르샤도 적을 꽉 붙들고 함께 추락했다.

쿠우와왕!

거대한 키르샤 두 마리가 하나로 뒤엉켜 추락하는 충격이 보통 큰 것이 아니었다. 대지가 고통에 신음했다. 자누브 평원 한복판이 움푹 꺼졌다.

깊게 팬 웅덩이 속에서 메탈룸 막키르샤가 발버둥을 쳤다.

하지만 탁소 키르샤의 아가리에 한번 들어간 머리통은 빠져나올 생각을 하지 않았다. 오히려 차가운 한기가 온몸을 엄습해서 메탈룸 막키르샤는 꼼짝도 할 수 없었다.

오드가 결국 최후의 수단을 발휘했다.

메탈룸 막키르샤가 갑자기 황금빛 빛 덩어리로 변하는가 싶더니, 그대로 탁소 키르샤의 품을 벗어나려고 들었다.

[흥, 어딜 도망가려고?]

하라간이 곧바로 상대를 붙잡았다. 탁소 키르샤가 발톱으로 허공을 움켜쥐는 시늉을 하자 주변 마나 필드가 엉망으로 뒤엉켰다.

[커헉!]

결국 메탈룸 막키르샤는 피를 한 모금 토하고 다시 본래 모습으로 돌아왔다. 빛으로 변해 도망치려던 시도가 실패한 것이다.

탁소 키르샤가 그런 상대의 머리통을 다시 물었다.

콰드득.

탁소 키르샤의 아가리 안에서 두개골 으스러지는 소리가 났다. 호두 껍질이 으스러지는 소리 같기도 했다.

[안 돼. 제발 살려 줘.]

오드가 비명을 질렀다.

빠드득, 뿌드드득.

머리부터 적에게 씹어 먹히는 충격과 공포는 이만저만이 크지 않았다. 오드는 아예 패닉 상태가 되었다.

[살려 줘. 제발. 제발. 군나르, 제발. 크흑.]

오드는 체면도 잊고 싹싹 빌었다.

하라간이 피식 웃었다.

[감히 살려 달라고 빌어? 할아버님을 죽이려고 시도할 때는 언제고, 그따위 말을 내뱉어? 요 건방진 피라미 새끼.]

[뭣? 너, 군나르가 아니냐? 어엇?]

이것이 오드가 이 세상에서 마지막으로 남긴 말이었다.

콰직!

그 말을 끝으로 메탈룸 막키르샤의 세 번째 두개골이 탁소 키르샤의 아가리 속에서 완전히 바스러졌다.

와그작, 와그작, 와그작.

탁소 키르샤는 메탈룸 막키르샤의 머리 3개를 연달아 집어삼킨 다음, 몸뚱어리까지 게걸스럽게 먹어 치우기 시작했다. 탁소 키르샤가 상반신부터 먹어 내려오는 동안, 투명

한 마수가 아가리를 쩍 벌리고 메탈룸 막키르샤의 꼬리부터 하체, 몸통까지 삼켜 올라왔다.

[히끅!]

투명한 촉수와 접촉하자 탁소 키르샤가 진저리를 쳤다. 투명한 촉수의 끝 부분이 탁소 키르샤의 얼굴을 후루룩 핥고 지나갔다.

[끅끅끅.]

탁소 키르샤는 그대로 얼음이 되었다.

[그만해. 애가 놀라잖아.]

하라간이 저지하자 투명 마수의 발가락 끝 미세한 돌기 끝 부분이 다시 하라간의 몸속으로 회수되었다.

[캬으으으. 푸르르.]

탁소 키르샤는 그제야 정신을 차렸다.

Chapter 6

[이쯤 되었으면 진화가 될 만도 한데?]

하라간이 탁소 키르샤의 몸뚱어리를 사반히 관조했다. 군나르의 탁소 키르샤는 오늘 동급의 키르샤 다섯 마리를 연달아 먹어 치웠다. 거기에 더해서 한 등급 위의 막키르샤까지 일부 흡수했다. 이 정도면 진화를 하기에 충분하고도 넘쳤다.

과연 하라간의 예상이 맞았다. 탁소 키르샤의 몸에서 변화가 시작되었다.

우둑, 뿌득.

탁소 키르샤의 몸 곳곳에서 연달아 소음이 울려 댔다.

우두두둑, 뿌드드드득.

키르샤의 커다란 몸뚱어리 전체가 부풀었다가 다시 수축하기를 반복했다. 그러면서 뼈가 뒤틀렸다가 다시 자라나고, 비늘이 크게 뻥튀기가 되고, 피부가 쭉쭉 늘어났다. 목옆이 근질근질해진다 싶더니 그곳에서 두 번째 머리가 돋아나 아가리를 쩍 벌렸다.

[쿠롸롸롸롸!]

새로 돋아난 머리가 기분 좋게 포효했다.

머리가 2개로 늘어난 이후로 비늘 색깔도 변화했다. 원래 탁소 키르샤가 지니고 있던 황갈색 비늘이 메탈룸 막키르샤의 그것처럼 찬란한 황금빛을 띤 것이다. 물론 몸 전체의 비늘이 다 변한 것은 아니어서, 배 주변의 비늘들은 여전히 탁한 황갈색이었다.

이러한 변화가 생긴 이유는 속성 전환 때문이었다. 독 속성의 탁소 키르샤가 메탈룸 키르샤를 잡아먹으면서 금속 속성을 많이 획득하였다. 탁소 키르샤답게 여전히 독에 대한 권능을 가지고 있으되, 그보다는 금속 속성이 훨씬 더 풍부해졌다.

탁소 키르샤의 등에는 날개가 한 쌍이 더 돋아났다. 덕분에 총 4개의 날개가 퍼덕거렸다. 날개의 색깔도 황금빛으로 번쩍거렸다.

8개였던 다리는 28개로 늘었다.

탁소 키르샤의 이마에 솟구친 뿔도 2개씩 더 증가했다. 머리 하나당 뿔 4개씩, 총 8개가 왕관처럼 자리했다.

게다가 덩치는 무려 10배나 부풀어서 머리부터 꼬리까지 길이가 무려 2 킬로미터를 넘어섰다. 오드의 마물 메탈룸 막키르샤에 비하면 12배가량 작지만, 탁소 키르샤의 본래 몸길이보다는 10배 커졌다.

드디어 막키르샤로 진화 성공!

[쿠롸롸!]

[쿠롸롸롸!]

단숨에 벽을 뛰어넘은 막키르샤가 2개의 머리를 높이 들고 기쁨의 포효를 내질렀다.

"으어어."

그 엄청난 위용에 병사들이 털썩털썩 주저앉았다. 병사들 가운데 일부는 바지에 오줌까지 지렸다.

닷새 뒤인 1월 6일.

"신인께서 노여움을 드러내셨다."

"감히 신인의 재림을 부정하는 아르네 왕국의 배교자들에게 신벌을 내리신다고 하셨다."

입에서 전해지는 말(言)이 네 발 달린 말(馬)보다 더 빨랐다. 군나르군이 진격하는 속도보다 더 빨리 소문이 퍼져 나갔다.

"서부의 거점 수비대가 모두 무너졌대."

"북서부도 전멸했다던데."

이런 소문도 뒤를 따랐다.

집정관 디포에우스가 필사적으로 사태 수습에 나섰다.

"병력을 모아라. 동부와 남부의 병력을 차출해서 서부와 북부에 투입하라고. 원로들은 도대체 뭘하는 게요? 사병이라도 끌어모으지 않고."

디포에우스가 입에서 불벼락을 토했다.

원로들이 쩔쩔맸다.

"집정관님 고정하십시오."

"저희도 사병을 모으고 있습니다. 남부와 동부뿐 아니라 중부군도 소집해 놓았습니다."

"그나저나 위대하시고 또 위대하신 분께서는 뭐라고 하십니까? 일단 저희가 적들을 막기는 할 것인데, 그분께서도 전쟁터에 나서실 것입니까?"

원로들 가운데 일부가 오드에 대해 물었다.

디포에우스는 입술만 꽉 깨물었다.

'이상하다. 위대하시고 또 위대하신 분께서 나서셨는데? 그분뿐 아니라 특수 부대도 동원된 것 같은데? 그런데 왜 군나르군의 진격 속도가 줄어들지 않지?'

디포에우스는 속으로 이런 의문을 품었다. 하지만 겉으로 내색할 수는 없었다.

'설마 아니겠지. 에이. 그분이 어떤 분이신데. 사막의 군주가 직접 움직였다고 해도 그분의 상대가 되지는 못해. 암, 그렇고말고.'

이렇게 생각하면서도 디포에우스의 머리 한구석에는 불길한 예감이 자꾸 들었다.

디포에우스가 원로들을 다그쳤다.

"만인장이 몇 명이나 집결했소?"

"중앙군 만인장 12명이 모두 모였습니다."

"남부군과 동부군에서도 병력을 차출 중입니다."

만인장 한 사람이 병력 10,000명을 지휘한다. 12명의 만인장이면 120,000 대군이다.

디포에우스가 곧바로 출전 명령을 내렸다.

"바루니우스 원로께서 12명의 만인장들을 이끌고 나서 주시오."

바루니우스는 원로들 가운데 전투 경험이 가장 많은 인물이었다. 만인장들로부터 존경을 받는 노장이라 그가 나선다면 군의 사기가 올라갈 것이 확실했다.

백발에 사각 턱을 지닌 원로가 손바닥으로 토가를 툭툭 쳐서 먼지를 털었다. 그다음 디포에우스를 향해 고개를 살짝 숙였다.

"이 바루니우스, 우리 아르네 왕국을 향해 늙은 목숨을 걸어 보겠소."

디포에우스가 다가와 바루니우스의 손을 꼭 붙잡았다.

"고맙소. 바루니우스."

"고맙다니, 별말씀을 다 하시오."

짧게 인사를 마친 바루니우스가 토가를 펄럭이며 원로원을 나섰다.

"일단 중앙군을 출전시켜 시간을 벌었으니, 그다음 일들을 챙겨야겠지. 전령은 당장 가서 홀리 생츄어리(Holy Sanctuary: 성전)의 법주들에게 고해라. 이 디포에우스가 방문하겠노라고 말이다."

"넵."

원로원 직속 전령이 한쪽 무릎을 꿇고 명을 받들었다.

제5화

노장 바루니우스

Chapter 1

디포에우스는 홀리 생츄어리의 태도가 내심 못마땅했다. 하여 부리부리한 눈으로 홀리 생츄어리가 있는 방향을 노려보았다.

"크흐흠. 귀 털만 길게 자란 법주들은 대체 무얼 한 게야? 사막 놈들이 쳐들어오는 것도 예지하지 못하고 대체 뭘 한 게냐고."

"맞습니다."

"그동안 우리 아르네 왕국이 홀리 생츄어리에 바친 공물이 얼마인데, 이런 큰일도 예지하지 못하다니. 정말 쓸모가 없습니다. 에잉!"

"혹시 법주들이 딴마음을 먹은 것 아닙니까? 군나르 왕국으로부터 뭔가를 받은 것 아닌가 싶습니다."

원로들이 앞다투어 홀리 생츄어리를 비난했다.

그러자 오히려 디포에우스가 눈을 찌푸렸다. 원로원이 홀리 생츄어리와 완전히 등을 돌리는 것은 아르네 왕국에 그리 좋은 일이 아니기 때문이다. 디포에우스는 처음과 태도를 바꿔 원로들을 다독였다.

"험험. 그래도 우리가 너무 막나가지는 맙시다. 내가 한 번 법주들을 만나서 옳고 그름을 따져 볼 터이니, 원로들께서는 우선 참고 계시오. 그리고 중앙군의 뒤를 받칠 수 있도록 남부군과 동부군도 끌어모아 주시구려."

"알겠습니다."

"집정관님께서 홀리 생츄어리에 다녀오시는 동안 저희가 사병들도 모두 모아 놓겠습니다. 험험."

원로들도 집정관의 의중을 눈치채고는 한발 물러섰다.

그때였다. 전령 한 명이 땀을 삘삘 흘리며 원로원으로 들어왔다.

디포에우스가 용건을 물었다.

"또 무슨 일이냐? 뭔 일이 또 터졌어?"

이제 디포에우스는 전령을 볼 때마다 가슴이 벌렁거렸다.

집정관 앞에 황급히 무릎을 꿇은 전령이 창백한 표정으로 아뢰었다.

"전쟁입니다. 전쟁."

디포에우스가 버럭 짜증을 냈다.

"아 놔, 이놈은 또 뭐야? 전쟁이 난 것을 누가 몰라? 새벽부터 전쟁 보고를 듣고 중앙군까지 편성한 마당에 뒤늦게 넌 또 뭐냐?"

화가 난 디포에우스가 발로 전령을 걷어찼다.

뒤로 벌렁 넘어졌던 전령이 오뚝이처럼 다시 일어나며 외쳤다.

"동부 국경선이 침탈당했습니다. 조금 전 룬드 왕국이 우리 아르네 왕국에 전쟁을 선포하며 국경선을 넘었단 말씀입니다."

"뭐어라?"

디포에우스의 눈이 휘둥그레졌다.

"엇? 룬드 왕국이?"

원로들이 입을 쩍 벌렸다.

전령이 쥐어짜듯 외쳤다.

"룬드 왕국이 이렇게 선포했습니다. 감히 신인의 재림을 부정하는 배교자들을 토벌하기 위해 우리 룬드 왕국이 참전하겠다. 이렇게 말입니다."

"허걱."

"이것들이 미쳤나?"

"이거 룬드가 노망이 난 게야?"

룬드 왕국의 참전 소식에 원로들이 당황했다. 그러는 가운데 또 다른 전령이 원로원으로 뛰어 들어왔다.

"집정관님, 큰일 났습니다."

"넌 또 뭐냐? 제발 큰일 좀 그만 나자."

디포에우스가 양손으로 무릎을 내리쳤다.

전령이 목청을 높였다.

"전쟁이 발발했습니다. 큰일이 났단 말씀입니다."

"그래서, 이번엔 또 어딘데?"

디포에우스가 머리카락을 벅벅 긁었다.

원로원에 막 달려 들어온 전령이 디포에우스에게 고했다.

"집정관님, 남부의 거점 수비대가 불타고 있다는 소식입니다. 토레 왕국의 수인족들이 국경선을 넘어 쳐들어왔습니다."

"컥."

"으으으, 토레 왕국까지."

원로들의 안색이 하얗게 질렸다.

디포에우스는 뒷목을 붙잡았다.

"으으으. 이것들이 아주 작정을 했구나. 으어어억!"

새해 첫날에 시작된 군나르 왕국의 공세는 거침이 없었다. 그날 오전 중으로 자누브 평원 입구가 뚫렸고, 이어서 평원의 주요 도시들이 화마에 휩싸였다.

북부에서 쳐들어온 온바의 군단도 산맥을 끼고 남하해 아르네 왕국 수도 북쪽 800 킬로미터 지점까지 압박했다.

이것만으로도 큰 충격인데, 뒤이은 사건들이 연달아 터졌다.

룬드 왕국 철기사단의 참전.

토레 왕국 수인족들의 참전.

이상 두 가지 비보가 동시에 아르네 왕국 원로원을 강타했다. 수도로 병력을 끌어 올리던 아르네 왕국 지방군이 두 왕국의 침공에 속절없이 뒷덜미가 잡혔다.

이건 아르네 왕국 국경 수비대가 약해서 벌어진 일이 아니었다. 원로원의 명에 의해 주요 정예병들이 차출당한 터라 아르네 왕국 국경 수비대는 룬드 왕국과 토레 왕국을 제대로 막지 못했다.

북부 최강이던 아르네 왕국이 동시다발적으로 흔들리기 시작했다.

디포에우스가 명령을 번복했다.

"취소! 취소! 동부의 병력은 다시 동부로 보내라. 그들로 하여금 룬드 왕국을 막으라고 해. 그리고 남부군도 다시 원대 복귀다. 토레 왕국의 짐승들을 막으려면 별수 없어."

"하면 서쪽은 어떻게 합니까? 이미 도시 두 곳이 무너졌다고 합니다."

원로들이 발을 동동 굴렀다.

디포에우스가 악을 썼다.

"바루니우스는? 중앙군 120,000명을 지휘하는 바루니우스 원로는 어디서 무얼 하는 게야?"

"바루니우스 원로가 이끄는 중앙군이 수도 서쪽 500 킬로미터 지점에 진을 쳤습니다. 바루니우스 원로는 그곳에서 군나르군 본진을 막을 생각인 듯합니다."

"그럼 북쪽은? 북부에서도 800 킬로미터 지점까지 적들이 쳐들어왔다며? 그럼 병력을 둘로 나눠야 하는 것 아냐?"

"바루니우스 원로는 힘을 집결해 서부부터 먼저 진화하겠다고 합니다."

바루니우스와 친한 동료 원로가 대신 대답했다.

수도 북부에 포도밭을 소유한 원로가 버럭 소리를 질렀다.

"그럼 북부는 누가 막아?"

"자네가 가서 막으면 되지. 사병들을 모아서 막아 봐."

"사병이 어디 있어? 수도의 사병들까지 몽땅 긁어모아서 바루니우스에게 보내 줬다며? 그 수가 무려 70,000명이 넘는다고."

"그렇다고 서부로 출발한 사병들을 다시 북부로 돌리자고? 그렇게 우왕좌왕하다가 적들에게 농락당하면 누가 책임질 게야?"

"그럼 북부의 도시들은? 북부의 영지들은? 그들을 다 버리자고? 그러고도 자네가 올바른 정치인이라고 할 수 있어? 엉?"

원로들이 서로 삿대질을 하며 싸웠다. 처음에 두 원로가 싸우다가, 이어서 서부 출신 원로와 북부 출신 원로들로 패가 갈렸다.

"그만. 그만. 다들 그만하시오."

참다못한 디포에우스가 버럭 고함을 쳤다.

원로원이 쥐 죽은 듯이 조용해졌다.

마침내 디포에우스가 결단을 내렸다.

"나 디포에우스가 상황을 정리하겠소. 수도로 올라오던 남부군을 되돌려 토레 왕국의 짐승들을 막읍시다. 수도로 징집한 동부군도 원래 자리로 돌려보내 배신자 룬드 왕국을 막읍시다. 그다음 바루니우스 원로가 190,000 대군을 이끌고 나섰으니 서부의 군나르 왕국을 진압할 수 있겠지. 그럼 북부의 침략자들만 남는 것 아뇨?"

"그렇습니다, 집정관님."

"내가 전쟁터에 나서겠소. 일부 남은 사병들을 쥐어짜고, 거기에 수도의 방어 병력을 더한 다음, 내가 진두지휘하여 북부의 적들을 박멸하겠소. 그럼 되지 않겠소?"

디포에우스의 목소리가 울분으로 가득했다.

"험험험."

"뭐, 저희들이야 집정관님께서 나서 주신다면야 안심입니다."

수도 북쪽에 뿌리를 둔 원로들이 민망한 듯 얼굴을 붉혔다. 그러면서도 그들은 디포에우스를 만류하지 않았다. 집정관을 전쟁터로 내모는 것이 내심 미안하기는 했지만, 그보다는 자신들의 영토가 불타 버릴까 걱정한 탓이었다.

Chapter 2

룬드 왕국과 토레 왕국의 참전 소식은 아르네 왕국에게만 충격을 준 것이 아니었다. 하라간이 떠난 이후로 전쟁 소식에 눈과 귀를 집중하던 헤닝 왕국도 깜짝 놀랐다.

“뭣이라? 룬드 왕국이 참전을 선포했어? 게다가 토레가 이끄는 수인족까지?”

오르곤이 자리를 박차고 일어섰다.

사비지의 얼굴도 딱딱하게 굳었다.

오르곤은 오른손으로 자신의 머리를 붙잡고 다시 의자에 앉았다.

“끄으으음.”

고개를 푹 숙인 오르곤의 자세에서 고뇌가 느껴졌다.

마리네가 불안한 얼굴로 오르곤을 바라보았다.

‘내가 실수를 한 걸까? 내 기분에 취해서 우리 헤닝 왕국을 위태롭게 만든 것은 아닐까?’

마리네는 함부로 하라간을 자극한 것을 후회했다.

오르곤이 한참 만에 고개를 들고 사비지에게 물었다.

“사비지, 어떻게 하는 것이 좋겠나?”

사비지는 선뜻 대답하지 못했다.

오르곤이 다시 물었다.

“아무 말이나 괜찮으니까 자네 생각을 말해 봐. 우리가 어떻게 하는 것이 좋겠어?”

“우리에게는 일단 세 가지 선택지가 있습니다.”

“말해 보게.”

오르곤이 손가락을 까딱거렸다.

사비지는 침을 한번 삼키고는 진지하게 입을 열었다.

"첫째, 군나르 왕국을 도와서 아르네 왕국을 치는 것입니다. 만약 군나르 왕국이 승전할 경우 우리의 몫을 주장할 수 있겠지요."

오르곤이 다시 물었다.

"군나르 왕국이 승리할 가능성은?"

사비지가 고개를 가로저었다.

"희박합니다. 군나르 왕국이 어떻게 룬드 왕국과 토레 왕국을 끌어들였는지 모르겠지만, 쉽지 않은 싸움입니다. 물론 당장은 3대 1의 싸움이니 군나르 왕국 연합이 유리해 보이겠지만, 결국 오드 님이 참전하시면 전세가 역전될 겁니다."

오르곤이 다시 물었다.

"그럼 두 번째 선택지는?"

"아르네 왕국의 편을 들어 군나르 왕국으로 쳐들어가는 것입니다. 아니면 아르네 왕국으로 지원병을 파견할 수도 있고요."

"그때의 득실은?"

"우선 마리네 님의 파혼은 확실합니다. 그리고 만에 하나 이번 전쟁에서 군나르 왕국이 승리했을 때 우리가 위험해질 수도 있고요. 대신 아르네 왕국이 승리할 경우 큰 보상을 받을 수도 있습니다. 저는 이쪽 확률이 더 높다고 생각합니다."

듣고 있던 대신들이 모두 고개를 끄덕였다. 모두들 아르네 왕국이 승리할 가능성을 더 높게 보았다.

오르곤만 달랐다.

'느낌이 이상해. 아무래도 군나르 왕국에 뭔가 있는 것 같아.'

결국 오르곤이 세 번째를 선택지를 물었다.

"세 번째는 무엇인가?"

사비지는 잠시 숨을 멈췄다가 대답했다.

"아무것도 하지 않는 것입니다."

"뭐?"

"지금 이대로 중립을 지키는 것이 세 번째 선택지입니다."

"만약 군나르 왕국이 이기면?"

"그때는 전쟁이 갑작스러워 미처 조치를 취하지 못했다. 미안하다, 라고 답변해야겠지요. 그래도 저들이 납득하지 못하면 결국 마리네 왕녀께서 파혼을 당하실 테지만 그 이상 나쁜 일은 벌어지지 않을 겁니다."

"으음."

오르곤이 손으로 머리를 감쌌다.

사비지가 빠르게 말을 이었다.

"물론 장기적으로는 손해를 볼 겁니다. 승리한 자들로부터 제대로 대접도 못 받고 전리품도 전혀 없을 테니까요. 대신 아르네 왕국이 승리했을 경우에도 피해를 최소화할 수 있습니다. 아르네 왕국으로부터 대접을 받거나 전리품을 나눠 가질 수는 없겠지만, 그럭저럭 버틸 만은 할 겁니다."

"으음. 어떻게 보면 가장 안전하면서도 비겁한 방법이 되겠군."

오르곤이 눈을 살짝 찌푸렸다.

마리네 왕녀와 대신들도 세 번째 선택지를 마음에 들어 하지 않았다.

사비지의 생각은 달랐다.

"정녕 그렇게 생각하십니까? 저는 이 세 번째를 가장 용감한 선택이라고 생각했습니다."

"왜 그런…… 아!"

고개를 갸웃하던 오르곤이 갑자기 무릎을 쳤다.

"만약 양쪽의 전력이 비슷하여 승패가 갈리지 않는다면? 그럼 섣부르게 참전하지 않고 때를 기다리던 우리 헤닝 왕국에 기회가 오겠구먼."

"그렇습니다. 잘만 하면 그때를 노려 북부 전체를 도모할 수도 있겠지요. 우리 헤닝 왕국이 말입니다."

"와아, 사비지 자네는 천재야. 천재."

오르곤이 벌떡 일어나 사비지를 껴안았다.

"어이쿠, 오르곤 님. 이게 무슨 짓입니까? 저는 그런 취향이 아닙니다."

사비지가 이렇게 너스레를 떨었다.

"으하하. 으하하하. 내가 뽀뽀나 한번 해 줄까?"

오르곤은 일부러 사비지를 놀리듯 입술을 내밀었다.

사비지가 질색을 하며 오르곤의 얼굴을 밀쳤다.

"하하하하."

사이좋은 두 사람을 바라보면서 헤닝 왕국 대신들이 소리 내어 웃었다. 마리네도 손으로 입을 가리고 키득거렸다.

오직 오르곤만 웃지 않았다. 겉으로는 웃는 척했지만 그의 마음은 터질 것처럼 불안했다.

Chapter 3

1월 7일.

"헤닝 왕국은 지금 뭘 하고 있지?"

바루니우스의 대군을 앞에 두고 하라간이 질문을 던졌다.

거울처럼 생긴 소형 포탈 너머에서 라티파가 고개를 가로저었다.

"아무런 움직임이 없습니다."

"하루가 지났는데 아직도?"

"네. 미동도 하지 않습니다. 다만 왕국 내부에서 병력은 조용히 모으는 눈치입니다."

"참전은 하지 않고 병력만 모은다? 흥! 오르곤이 같잖은 수작을 하는군."

하라간이 코웃음을 쳤다.

그렇지 않아도 하라간은 헤닝 왕국에 대한 감정이 그리 좋지 않았다. 마리네 왕녀의 얼굴에서 배덕녀 실비아를 겹쳐 본 탓이었다. 그런데 헤닝 왕국이 얍삽한 박쥐 짓을 한다고 느끼자 심사가 뒤틀렸다.

"이번 성전을 마친 다음, 그곳도 손을 봐야겠어."

하라간이 낮게 으르렁거렸다.

"마리네 왕녀와의 혼담은 어찌하시고요?"

라티파가 조심스레 여쭸다.

하라간의 표정은 여전히 싸늘했다.

"당연히 파혼이지. 이미 내 입으로 파혼 이야기도 꺼낸 상황이야. 일이 이렇게 되었으니 할아버님께서도 이해해 주실 거다."

하라간의 말에 라티파의 표정이 묘하게 변했다. 라티파는 지금 머리가 복잡했다.

'이걸 좋아해야 하나, 아니면 싫어해야 하나? 하라간 님께서 마리네 왕녀를 배필로 맞이하시는 것이 썩 내키지는 않는다만, 그래도 빨리 세 번째 왕세자빈 자리가 차면 좋겠는데. 그래야 후궁을 들일 것 아냐.'

라티파는 왕세자빈 자리를 노리지 않았다. 그녀가 바라는 것은 하라간의 은총을 받는 후궁이었다.

"무슨 생각을 그렇게 해?"

하라간이 불쑥 물었다.

라티파가 홍당무가 된 얼굴로 도리질을 했다.

"아니. 아무것도 아닙니다. 죄송합니다, 하라간 님. 그나저나 이제 동부군이 아르네 왕국 주력 부대와 맞닥뜨린 상황 아닙니까? 마력함을 출전시킬까요?"

군나르 왕국은 토브욘 왕국을 정벌하면서 마력함을 다수 손에 넣었다. 마력함을 운용할 마법사들도 여럿 확보했다.

라티파는 새로 신설된 마력함 부대를 국경선 근처에 배치해 놓았다. 여차하면 출전시키기 위함이었다.

하라간이 고개를 가로저었다.

"필요 없어."

"하오면 하라간 님께서 직접 나서실 요량이신지요?"

"적어도 이번 전투까지는. 적들의 규모가 동부 군단의 세 배가 넘더라고. 그렇게 많은 이들이 지켜보는 가운데 똑똑히 확인을 시켜 주어야지. 신인이 이 땅에 재림했는지, 아닌지."

아직 사람들에게 알려지지는 않았지만, 오드는 이미 이 세상 사람이 아니었다. 이런 상태에서 하라간이 막키르샤를 선보인다면 그것으로 끝. 군주를 잃은 적들은 허둥지둥거리다가 안에서부터 무너질 것이었다.

하라간이 뒷짐을 지고 일어섰다.

"어찌 보면 토브욘 왕국에서와 비슷한 상황이야. 일이 이렇게 전개되는 것이 피를 가장 적게 흘리는 방법이지."

"알겠사옵니다. 모든 일은 하라간 님의 뜻대로 이루어질 것이옵니다."

라티파가 소형 포탈 너머에서 공손히 머리를 숙였다.

살아생전 오드는 신하들 가운데 디포에우스와 바루니우스를 가장 아꼈다. 후계자인 필로프에게도 "앞으로 네가 왕국을 다스릴 때 디포에우스와 바루니우스를 곁에 두고 그들과 상의하라."라고 조언했을 정도였다.

그런 바루니우스의 별명이 '전쟁터의 현자'.

바루니우스는 무식하게 돌격만 외치는 지휘관이 아니었

다. 그는 넓은 시야로 전쟁터 전반을 살피며 아군에게 피해가 가장 적은 방향으로 전쟁을 이끌어 갔다. 덕분에 바루니우스의 군대는 늘 최소한의 피로 승리를 얻었다.

"바루니우스 님이 총사령관이시라 안심이야."

"이번 전쟁도 우리가 승리할 거야. 바루니우스 님이 계시잖아."

아르네 왕국의 병사들이 이렇게 소곤거렸다. 그들은 바루니우스의 휘하에서 싸우는 것을 큰 행운으로 여겼다.

게다가 병력도 어마어마하게 많았다.

중앙군 120,000명.

귀족과 원로들의 사병을 긁어모아 추가된 병력이 70,000명.

190,000명이 넘는 대규모 군대가 아르네 왕국 수도 서편 요충지에 진영을 설치하고 적을 맞을 준비를 했다.

서쪽의 지형지물이 한눈에 내려다보이는 얕은 언덕 위에서 바루니우스는 긴 생각에 잠겼다.

'우리는 좋은 지형을 선점했으며, 병사들의 사기도 높고, 후방에서 병참 보급도 수월하다. 이만하면 승리의 요건은 모두 갖춘 셈이다.'

마침 날씨도 청명했다.

전세가 불리할 때는 궂은 날씨에 기대어 돌발 변수를 일으키는 즉흥 전략이 좋지만, 지금처럼 전세가 유리할 때는 지휘관의 시야가 넓게 확보되는 맑은 날씨가 더 좋았다.

'하늘도 우리를 돕는 게야.'

바루니우스는 하늘을 한번 올려다보고는 눈을 지그시 감았다.

'그런데 왜 이렇게 마음이 불안하단 말인가.'

바루니우스의 뇌리에 아들의 울부짖는 소리가 울렸다.

바루니우스의 아들은 일찍이 홀리 생츄어리에 투신하여 가문을 떠났다. 그곳에서 바루니우스의 아들은 사람의 이름을 버리고 법주를 섬기는 집행자가 되었다.

그 아들이 며칠 전 새벽 연락도 없이 바루니우스를 찾아왔다. 군나르 왕국의 침공이 시작된 바로 그 시점이었다.

"아버지, 그리고 어머니."

회색 로브로 얼굴을 반쯤 가린 아들이 바루니우스와 그의 아내에게 이마를 손바닥으로 가리고 인사했다.

"우읍, 흐흐흑."

바루니우스의 아내는 바싹 마른 아들을 보며 울음을 터뜨렸다.

아들이 어머니의 등을 토닥이며 바루니우스에게 눈짓을 했다. 바루니우스는 시녀를 시켜서 병약한 아내를 침실로 보내고 아들과 단둘이 이야기를 나누었다.

아들이 바루니우스에게 전한 당부는 딱 두 가지였다.

"군나르 왕국과 곧 전쟁이 벌어질 거예요. 이미 전쟁이 시작되었을 수도 있고요. 아버지, 이번 전쟁에 나서지 마세요."

"아비는 군인이다. 군인은 명이 떨어지면 전쟁터에 나갈 수밖에 없어. 그건 그렇고, 밑도 끝도 없이 갑자기 무슨 전쟁이냐? 아닌 밤중에 집에 와서 이게 무슨 날벼락 같은 소리야?"

바루니우스는 아들의 첫 번째 당부를 완강히 거절했다.

아들은 잠시 입술을 씹다가 조심스레 속사정을 설명했다.

"그래도 부탁드립니다. 전쟁에 참여하지 마세요. 무의미한 전쟁일 수 있습니다."

"그게 무슨 뜻이냐? 설마 소문이 사실이란 말이냐?"

바루니우스의 눈동자가 파르르 떨렸다.

아들은 곤혹스럽게 고개를 끄덕였다.

"가능성이 커요. 아직 법주님들도 의견이 엇갈리고 확실하지는 않지만, 홀리 생츄어리에서는 군나르 왕국에 신인께서 재림하셨다고 보고 있어요. 아버지, 감히 신인을 향해 창을 겨누실 생각은 아니시죠?"

"으으음."

바루니우스는 말을 잇지 못했다. 그저 목구멍에서 신음만 흘릴 뿐이었다.

아들이 슬픈 눈으로 바루니우스를 바라보았다.

"아버지. 아무래도 제 당부를 듣지 않으실 것 같군요."

"으음."

바루니우스가 한 번 더 신음했다.

아들이 바루니우스의 손을 잡았다.

"그렇다면 두 번째 당부는 꼭 들어주세요."

"무엇이냐?"

"전쟁터에 나가시려거든, 가솔들을 모두 새벽여신의 신전으로 보내신 다음 가세요. 특히 어머니를 꼭 그곳에 모시도록 하세요."

아들의 두 번째 당부는 이해하기 어려웠다. 바루니우스가 반문했다.

"새벽여신의 신전? 그런 곳은 찾기도 힘든데?"

"왕궁 안에 한 곳이 있어요. 출전하시기 전에 어머니와 동생들을 그곳에 꼭 보내세요. 꼭이요. 부탁드려요."

아들은 이 말을 끝으로 서둘러 바루니우스의 집을 떠났다.

Chapter 4

전쟁을 코앞에 둔 상황에서 바루니우스는 며칠 전 새벽 아들과 나눴던 대화를 되새김질했다.

'결국 나는 아들의 당부를 어기고 전쟁터에 나오게 되었구나. 그나마 두 번째 당부라도 실천했으니 다행인가?'

지금 바루니우스의 직계 가족들은 원로원 가족의 자격으로 왕궁에 입궐한 상태였다. 총사령관의 자리를 맡아 출전하기 전 바루니우스는 아내에게 "새벽여신의 신전에 가서 꼭 붙어 있으시오."라고 단단히 당부했다.

먼 서쪽 하늘을 바라보던 바루니우스가 다시 생각에 잠겼다.

'그나저나 아들이 한 말이 사실일까? 정녕 군나르 왕국에 신인께서 재림하셨단 말인가? 그럼 우리 아르네 왕국은 어떻게 되는 게지? 감히 신인께 대적한 우리 아르네 왕국은?'

바루니우스의 생각이 이어졌다.

'다 좋다 이거야. 신인께서는 우리 아르네 왕국을 왜 공격하시는 것일까? 우리는 신인의 피를 이어받은 후손들인데 왜? 우리가 무슨 불경을 저질렀단 말인가?'

한번 생각을 시작하자 생각에 생각이 꼬리에 꼬리를 물고 계속되었다. 결국 바루니우스는 다음과 같은 결론을 내렸다.

'군나르군과 싸우기 전에 우선 내가 직접 나서서 확인부터 하자. 우리의 적이 신인인지 아닌지 그것부터 확인해야 해. 그리고 만약 신인의 재림이 확실하다면 우리 군은 싸우지 않는다. 190,000명이나 되는 병사들은 신인께 대적한 배교자로 만들 수는 없어. 오직 나 하나만 배교자가 되어 신벌을 받으면 그만이야. 하지만 만약 상대가 신인이 아니라면? 그럼 이 바루니우스의 손으로 신인을 사칭한 죄를 물을 것이야.'

노장 바루니우스가 어금니를 꽉 물었다.

그러는 사이 해가 하늘 꼭대기를 지나 서쪽으로 살짝 기울었다. 오후의 태양이 이글이글 타올랐다.

뿌우우—

선두에 배치한 정찰병들이 뿔피리를 불었다.

"적이 나타났습니다."

"적입니다."

부관들이 손을 빙빙 휘둘러 적의 등장을 알렸다.

"만인장들을 모두 모아라. 내가 전할 말이 있다."

바루니우스는 길가의 풀잎을 하나 따서 입에 물었다. 그러곤 풀잎을 질겅질겅 씹으며 지휘관 소집령을 내렸다.

바루니우스의 명을 받은 만인장, 즉 지휘관들은 처음에 강하게 반발했다.

"말도 안 됩니다. 총사령관님, 그런 황망한 말씀을 거두어 주십시오."

"그렇습니다. 총사령권님이 단독으로 먼저 나서서 싸우시겠다니요? 그리고 그 싸움을 보고 무언가 이상한 점을 느끼거든 저항하지 말고 곧바로 적에게 투항하라니요. 이게 무슨 뜻이십니까?"

부하들이 이렇게 반발하는 것도 당연했다. 바루니우스는 잠시 입을 닫고 생각을 정리했다. 그다음 어제 새벽에 있었던 일을 솔직하게 털어놓았다.

"헙."

"홀리 생츄어리가 진짜로 그렇게 판단했단 말씀입니까? 신인께서 군나르 왕국에 재림하셨다고요?"

"어떻게 그럴 수가 있습니까? 그리고 그 소문이 사실이라면 위대하시고 또 위대하신 분께서는 왜 신인과 대적하는 것입니까?"

충성심과 신앙심 사이에서 지휘관들은 혼란스러워했다.

충성심이 좀 더 강한 지휘관들은 바루니우스의 의도를 의심했다.

"총사령관님, 제가 총사령관님을 존경하지만 이건 아닙니다. 전쟁을 치르기도 전에 저희에게 이런 유언비어를 말씀하시는 의도가 의심스럽습니다. 만약 이 이야기가 병사들에게 퍼져 보십시오. 그런 아군의 사기가 어떻게 되겠습니까? 이런 가정을 하기는 싫지만, 혹시 총사령관님께서 적의 첩자가 아닌지 의심스러울 정도입니다."

신앙심이 좀 더 강한 지휘관들은 반대 의견을 내놓았다.

"아닙니다. 제 생각은 다릅니다. 저는 지금이라도 총사령관님께서 옳은 판단을 하셨다고 봅니다. 만약에 상대가 신인이시라면 어찌할 겁니까? 감히 신인에게 검을 겨누고 창을 휘두를 생각입니까? 그건 배교입니다. 배교. 나는 아르네 왕국에 검을 꽂을 수는 있어도 신인께 검을 겨눌 수는 없습니다. 190,000 병사들을 배교자로 만들지 마십시오."

"뭐야? 그런 말을 하는 당신은 역적이야. 역적."

"당신이야말로 배교자야. 배교자에게는 신벌이 내린다고."

지휘관들이 언성을 높였다.

"그만!"

바루니우스가 중간에 끼어들었다.

바루니우스는 지휘관 한 명 한 명의 눈을 마주치며 또박또박 말했다.

"모두 그만하게. 난 190,000명의 무고한 병사들을 배교자로 만들고 싶지 않네."

"역시 총사령관님은 참된 신앙인이십니다."

"그렇다고 190,000명의 무고한 병사들을 역적으로 만들고 싶지도 않아. 그래서 내가 먼저 나서겠다는 게야. 내가 단독으로 적의 수장에게 싸움을 청하겠네. 자네들이 그 싸움을 보게 된다면, 지금 내가 무슨 말을 하는지 이해하게 될 게야. 그다음 자네들이 판단하게. 우리 앞에 다가오는 이가 진짜 신인이신지, 아니면 가짜인지."

바루니우스의 각진 얼굴이 신념으로 가득했다.

지휘관들은 바루니우스의 기백에 압도되어 아무 소리도 할 수 없었다.

군나르 왕국 동부 군단은 바루니우스의 대군을 눈으로 보고도 행군 속도를 줄이지 않았다. 하라간이 탄 황금 마차가 계속 전진하기 때문이었다.

파도처럼 척척 밀려드는 군나르군을 보면서 바루니우스는 침을 꿀꺽 삼켰다. 지금까지 바루니우스는 수많은 전쟁터를 겪어 보았지만, 지금 밀려오는 저 군나르군은 어딘지 모르게 느낌이 달랐다.

'우리 진영을 보고도 단 1초도 망설이지 않았어. 이것이 무엇을 의미하는 것일까?'

이렇게 막무가내고 맹목적인 돌진은 오직 두 가지 경우에만 가능했다.

첫째, 적병 전원이 죽기를 각오했을 때.

둘째, 종교적 신념으로 가득 차서 이것이 옳은 일이라고 확신할 때.

'아무래도 오늘 내가 죽겠구나.'

바루니우스가 방패를 양팔에 착용했다. 방패의 가죽끈을 팔뚝에 꽉 묶고 붕붕 휘둘러보았다. 무기를 장착하자 마음이 착 가라앉았다.

'내가 죽어서 190,000명의 아군 병사들을 살릴 수 있다면, 그것으로 족하다. 마침 아들이 지혜로워 제 어미와 동생들의 살길을 알려 주었으니 그 또한 축복된 일이로다.'

바루니우스가 턱을 휙 돌려 적진을 가리켰다.

"이랴."

전령이 말을 달려 앞으로 튀어 나갔다. 전령의 손에는 바루니우스가 작성한 편지가 들려 있었다.

Chapter 5

군나르군 vs 아르네군.

두 진영 중간 지점에서 양측의 전령이 만났다. 아르네군의 전령은 총사령관 바루니우스의 편지를 상대에게 전달했다. 군나르군의 전령이 다시 그 편지를 테티에게 올렸다.

"하라간 님, 적장이 편지를 보냈습니다."

테티가 마차 안을 향해 조심스레 아뢰었다.

"어디 보자."

하라간의 뽀얀 손이 마차 밖으로 나왔다.

테티는 무릎을 꿇고 두 손으로 편지를 올렸다. 편지를 읽는 동안 마차 안이 잠시 조용했다. 이윽고 황금빛 차광막이 젖혀지고, 그 안에서 하라간이 모습을 드러냈다.

"하라간 님."

우세르가 후다닥 내려 마차 아래에 몸을 웅크렸다. 하라간이 우세르의 등을 밟고 대지에 내려섰다.

하라간이 모습을 보이자 군나르군 병사들이 침을 꿀꺽 삼켰다. 하라간은 나풀거리는 옷을 한번 여민 다음, 아르네군을 향해 발걸음을 옮겼다.

"저희가 뫼시겠나이다."

융과 테티, 우세르가 하라간의 뒤를 따랐다.

하라간이 손바닥을 내밀었다.

"아니. 너희들은 잠시 여기 있거라."

"넷."

셋이 한목소리로 대답했다.

뮬러러도 병사들을 멈추고 대기 명령을 내렸다. 파도처

럼 밀려오던 군나르군이 우뚝 멈춰 섰다.

그 사이를 뚫고 하라간이 천천히 걸어 나왔다. 하라간의 발걸음은 느린 듯하면서도 신속했다. 사람들이 눈을 몇 번 깜빡였다 뜨자 어느새 하라간이 양측 진영 중간 지대에 도착해 있었다.

"저 여자가 누구야?"

"여자가 아니야. 저자가 바로 하라간이라고. 사막의 군주 군나르의 후계자 하라간."

"소문 속의 그 하라간? 그럼 저자가 신인이시란 말이야?"

아르네 왕국 병사들이 이렇게 수군거렸다.

바루니우스가 앞에 나서자 그 수군거림이 딱 멈췄다.

바루니우스는 머리에 쓴 투구를 벗었다. 총사령관을 상징하는 지휘봉도 풀밭에 내팽개쳤다. 허리춤의 검도 뽑아서 길에 버렸다. 언덕을 내려가면서 갑옷도 모두 내팽개쳤다. 이제 바루니우스에게는 양팔에 착용한 둥근 방패 2개만 남았다. 지름 1.5 미터의 대형 방패는 바루니우스의 신체 대부분을 가릴 정도로 컸다.

하라간과 바루니우스가 양군 중간 지점에서 만났다.

하라간의 키는 175 센티미터.

바루니우스는 179 센티미터.

하라간이 바루니우스를 슬쩍 올려다보는 구도였다.

흉터가 가득한 노장 바루니우스의 얼굴엔 그동안 살아온 세월의 흔적이 역력했다. 전사로서의 기백도 흘러넘쳤다. 하라간이 분홍 입술을 열었다.

"죽이기엔 아깝군."

하라간은 바루니우스가 마음에 들었다. 아니, 마음에 든 정도를 넘어서 하라간은 바루니우스의 얼굴에서 스승 카일의 얼굴을 발견했다. '정치에 물들지 않고, 오직 장수로서 역량을 다 바친 사람의 얼굴은 결국 나이가 들면서 서로 비슷해지는 모양이구나.' 라고 하라간은 생각했다.

바루니우스가 하라간에게 존칭을 썼다.

"당신이 만약 신인의 재림이라면 오늘 나는 죽을 것이오. 하지만 만약 소문이 거짓이라면 당신이 내 손에 죽게 될 거외다."

"내가 만약 그대를 살려 둔다면?"

하라간이 물었다.

바루니우스가 씁쓸히 웃었다.

"그게 되겠소? 당신이 신인이라면, 이렇게 많은 사람들이 지켜보는 가운데 신인을 부정하며 신인께 감히 결투를 청하는 배교자를 용서하겠소? 신인은 인정에 얽매이지 않소이다. 따르는 자에게는 축복을. 거부하는 자에게는 죽음을. 이것이 신인의 본질이외다."

말을 내뱉는 것과 동시에 바루니우스의 몸이 변화를 시작했다.

두 팔이 크게 팽창하면서 방패 2개가 산산이 박살 났다. 몸도 부와악 증폭되면서 거의 5 미터까지 솟구쳤다.

반면 바루니우스의 다리는 짧게 줄어들었다. 덕분에 바루니우스는 다리가 없이 상반신만 존재하는 거인의 모습으로 변했다.

바루니우스의 거대한 팔뚝엔 보랏빛으로 일렁거리는 플라즈마 원반이 형성되었다. 지름이 7 미터나 되는 이 원반은 마치 팔뚝에 착용한 방패처럼 보였다.

바루니우스의 온몸도 보랏빛으로 물들었는데, 그 몸 전체에 기괴한 모양의 고대 문자들이 문신처럼 돋아났다.

그게 끝이 아니었다. 5 미터 크기의 거인으로 변한 바루니우스의 등 뒤에선 보라색 끈 여섯 다발이 돋아나 그 끝을 하라간에게 겨누었다. 뱅글뱅글 나선형으로 꼬인 끈의 길이는 얼핏 보기에도 1 킬로미터는 넘어 보였다.

"저게 대체 어떤 종류지?"

뮬러러가 부사령관에게 속삭였다.

부사령관이 고개를 가로저었다.

"모르겠습니다. 저도 처음 보는 마물입니다. 마해 도감에는 분명 없습니다."

난생처음 보는 마물의 모습에 군나르군이 술렁거렸다.

아르네 왕국 병사들도 바루니우스의 마물을 처음 본 터라 다들 어리둥절했다. 다만 아르네 왕국 지휘관 몇 명이 신음했다.

“으윽. 총사령관님께서 벌써 저렇게 성장하셨단 말인가?”

“저 정도면 해구 3층 레벨을 넘어선 것 같아.”

해구 3층 레벨을 넘어섰다면 키르샤다. 비록 일반적인 키르샤와 모양도 다르고 크기도 작지만, 바루니우스 또한 키르샤였다.

하라간이 고개를 살짝 비틀어 바루니우스의 마물을 감상했다.

우우우웅— 우우우웅—

바루니우스의 양팔에 매달린 플라즈마 원반이 위협적으로 진동했다. 바루니우스의 등에 돋아난 6개의 끈, 아니 6개의 촉수가 쉭쉭 소리를 냈다.

바루니우스가 하라간에게 뇌파를 보냈다.

[하라간 님, 각오하셔야 할 겁니다. 이 바루니우스, 이미 오래전에 해구 3층 레벨을 뛰어넘어 키르샤가 되었습니다. 만약 하라간 님이 신인의 재림이 아니시라면, 오늘 이 자리에서 죽을 겁니다.]

그 말이 끝나기 무섭게 바루니우스의 촉수들이 용수철처럼 쏘아졌다.

하라간이 즉시 대응했다.

이건 바루니우스와 하라간의 싸움이 아니었다. 하라간이 신인인지 아닌지, 이것을 온 천하에 보이는 중요한 자리였다.

투명 마수로 단숨에 적을 잡아먹는 것은 곤란했다. 최대한 화려하게, 북부의 신앙인들이 울면서 굴복할 수 있도록 최대한 성스럽게, 그러면서도 최대한 공포스럽게 신인의 위용을 내보여야 했다.

어찌 보면 바루니우스가 하라간에게 무대를 마련해 준 셈이었다.

Chapter 6

좌락! 좌라락!

보랏빛의 촉수 여섯 다발이 사방에서 하라간을 찔러 왔다.

하라간이 군나르의 마물을 불러들였다. 그 즉시 신체 변화가 시작되었다.

부와악—

하라간의 목 옆에서 머리가 하나 새로 돋아난다 싶더니, 2개의 머리가 하늘로 솟구쳤다. 하라간의 등이 쩌억 쪼개지더니, 그 속에서 넉 장의 황금빛 날개가 활짝 펼쳐졌다. 하라간의 사지는 28개의 발로 변해 지상을 쿵쿵 내리찍었다. 하라간의 온몸엔 황금빛 비늘이 돋아났다. 오직 배 부위만 황갈색이고, 나머지는 온통 금빛으로 번쩍거리는 비늘들이었다. 하라간의 이마엔 길이 60 미터의 어마어마한 뿔이 4개가 돋아나 왕관처럼 자리를 잡았다. 2개의 머리에 각각 4개씩 뿔이 돋아 총 8개였다.

메탈룸과 탁소, 즉 금속과 독의 속성을 골고루 갖춘 막키르샤의 등장이다.

고오오오오—

막키르샤는 등장과 동시에 무섭게 커졌다.

따다다당!

바루니우스가 전력을 다해 쏘아 낸 보라색 촉수가 막키르샤의 황금 비늘에 맞아 허무하게 튕겨 나갔다.

바루니우스가 입을 쩍 벌리고 바라보는 와중에도 막키르샤는 점점 더 크게 부풀었다. 100 미터, 200 미터, 300 미터를 지나 마침내 1,000 미터, 2,000 미터까지.

이쯤 되자 사람의 눈으로는 막키르샤의 크기를 가늠하는

것이 불가능했다.

"우왁, 깜짝이야."

"뭐가 저렇게 커?"

양측 병사들이 화들짝 놀랐다.

그나마 하라간의 변신을 한 번 본 적이 있는 군나르군 병사들은 비명만 지르는 정도였지만, 아르네 왕국 병사들은 기함을 하다못해 뒤로 벌렁 나자빠졌다.

아르네군 지휘관들 가운데 몇 명은 키르샤를 직접 본 경험이 있는 자들이었다. 오드의 특수 부대를 직접 목격한 것이다.

그런 경험자들도 하라간의 변신을 보고는 기겁했다.

"헉. 저게 키르샤라고?"

"아니야. 키르샤는 저렇게 크지 않아."

"그렇다면 저자가, 아니 저분이 정말 신인이시란 말인가?"

아르네 왕국 지휘관들이 크게 동요했다.

까마득한 상공, 구름 위까지 솟구쳤던 막키르샤의 머리 2개가 지상으로 동시에 낙하했다.

[크롸롸롸롸!]

[크으롸롸!]

2개의 머리가 거의 동시에 포효를 내질렀다.

"크왁!"

막키르샤의 뇌파에 노출된 아르네 왕국 병사들이 코로 피를 쏟으며 고꾸라졌다.

[으으으.]

바루니우스도 무의식중에 뒷걸음질 쳤다.

하라간이 6개의 번쩍거리는 눈으로 바루니우스를 노려보았다.

[네가 나에게 신인임을 증명하라고 하였느냐? 내가 왜 너에게 그런 증명을 해야 하지?]

[그건!]

생각지도 못한 질문에 바루니우스가 말문이 막혔다.

하라간이 상대를 몰아붙였다.

[너희가 나를 어떻게 평가하든 상관없다. 나를 신인이라 우러러보더라도 내가 너희를 굳이 돌볼 이유가 없고, 나를 가짜라고 평가하더라도 나는 신경 쓰지 않는다.]

[으으읏.]

[나는 나! 나는 오롯한 마해의 주인! 마해를 지배하는 신! 누가 감히 나를 평가하겠단 말인가?]

[으으으읏.]

[너 따위가 감히?]

[으으으으으읏.]

[아니면 아르네 왕국 따위가 감히?]

[으으으으으으으읏.]

쿠웅, 쿠웅, 쿠웅, 쿠웅, 쿠웅.

막키르샤가 거침없이 다가섰다. 심해저 2층 레벨의 마물이 한 걸음 한 걸음 발걸음을 내디딜 때마다 언덕이 들썩이고 사람들의 몸이 흔들렸다.

촤악!

하라간이 의지를 일으키자 멀쩡하던 허공에서 금속 가시가 마구 돋았다. 지름 1 미터에 길이가 수십 미터에 달하는 금속 가시는, 키르샤의 입장에서 보면 가시지만 사람들의 입장에서는 금속 기둥으로 여겨졌다.

그런 금속 기둥들이 수없이 생겨나 바루니우스의 마물을 찔렀다.

파츠츠츠츠!

외부로부터 공격을 받자 바루니우스의 플라즈마 원반이 발동했다. 보라색 전기가 사방으로 튀면서 금속 기둥들을 녹였다.

그래도 금속 기둥은 계속 생성되었다. 빈 허공에서 쭉쭉 돋아나는 기둥들이 바루니우스를 쉴 새 없이 공략했다.

[크윽, 큭, 큭, 크윽.]

바루니우스는 점점 뒤로 밀려나다가 결국 아르네 본진 바로 앞까지 후퇴했다.

그 앞으로 거대한 막키르샤가 쿵쿵 다가왔다.

"으흐흡."

"아아아, 신인이시여."

아르네 병사들이 저도 모르게 무릎을 꿇었다.

콰앙!

하늘 높이 들렸던 막키르샤의 발톱이 바루니우스를 향해 날아들었다.

발바닥의 크기만 무려 300 미터.

이 어마어마한 공격이 바루니우스의 마물을 단숨에 짓뭉개고 대지를 움푹 꺼트렸다. 선두에 배치된 아르네 병사 일부가 공격의 여파에 휘말려 피떡이 되었다.

[크악.]

깊숙이 파묻힌 땅속에서 바루니우스가 비명을 질렀다. 보라색 플라즈마가 땅을 뚫고 사방으로 휘몰아쳤다. 6개의 촉수가 목숨을 구걸하기 위해 마구 요동쳤다.

하라간이 상대를 윽박질렀다.

[건방진 놈. 네가 감히 나를 평가한다 하였느냐? 내가 신인지 아닌지, 내가 마해의 진정한 지배자인지 아닌지, 평가를 해? 너 따위가 감히?]

하늘로 번쩍 들린 막키르샤의 발이 다시 한 번 바루니우스를 내리찍었다. 그 발톱 끝의 궤적을 따라 황금빛 광채가 영롱하게 쫓아왔다.

쿠아앙!

크게 내리찍은 한 방에 대지가 화산이 폭발하듯 솟구쳤다. 흙 속에 매장되었던 모든 종류의 광맥이 우르르 들고일어나 거대한 금속 가시를 만들었다.

촤라락! 촤라라라락—!

뾰족하게 돋아난 금속 가시 다발이 하라간이 서 있는 곳부터 시작하여 수 킬로미터 저편 자부느 평원 동쪽의 대도시 킨토스 성벽까지 일직선으로 솟구쳤다.

그 직선상에 존재하던 모든 사람들은 그대로 몸이 찢겨 어육이 되었다. 아르네 왕국의 병사가, 솔샤르가, 부관이, 말이, 마차가 모두 찢겼다. 그 어느 것 하나 제· 형태를 유지하지 못했다.

[크헉. 커커컥.]

깊은 웅덩이 속에서 피투성이가 된 바루니우스의 마물이 딸려 올라왔다. 막키르샤의 발에 꽉 붙잡혀 허공으로 딸려 온 바루니우스는 부들거리는 눈으로 이 엄청난 폐허의 현장을 바라보았다.

폭 30 미터.

길이 수 킬로미터.

그 영역이 온통 금속 가시로 가득했다. 금속 가시 사이사이엔 병사들의 찢겨진 살점과 팔다리가 널려 있었다. 이 광경이야말로 지옥의 재현이었다.

[으어어어.]

바루니우스가 울부짖었다.

하라간이 더욱 우렁차게 뇌파를 떨쳤다.

[바루니우스라고 하였더냐? 네가 감히 신을 입에 담았느냐? 고작 교리서 몇 권 보았다고 너희가 신을 아느냐? 신이 인정에 얽매이지 않는다고? 오냐. 네 말대로 신은 무감정하고 무자비하다. 그 무자비함의 끝이 어디인지 네가 보고 싶다면, 좋다. 내가 보여 주마.]

[으어어, 으어어어어.]

막키르샤의 발톱 사이에 끼어서 바루니우스가 짐승처럼 흐느꼈다.

제6화

옛 시대의 퍼즐

Chapter 1

대륙을 동서로 가로지르는 부쿤 대산맥 깊은 곳.

드르럭. 드르럭.

일반인들에게 전혀 알려지지 않은 이 깊숙한 세상의 틈새에서 묘한 소리가 새어 나왔다. 습한 동굴 속에서 흘러나오는 소리는 간격이 일정하여 마치 토속적인 주문을 읊는 것처럼 느껴졌다.

이 동굴은 벨커스의 안식처.

무려 800년 전의 선지자인 벨커스는 육체가 붕괴된 채 영혼만 남아 이 동굴에 머물렀다. 그 상태에서 벨커스의 영혼은 남부의 영웅들을 모아 "8인의 은둔 수호자"를 결성하고 북부의 솔샤르들에 맞서 남부 연합을 지켜 왔다.

드르럭, 드르럭, 드르럭.

지금 동굴 가장 깊숙한 곳에서 규칙적인 소리를 만들어 내는 장본인이 바로 벨커스였다. 선지자 벨커스는 놀라운 마법 능력으로 물안개를 뭉쳐서 육체를 구성했고, 다시 그 육체를 부려 동굴 벽면의 네모난 퍼즐 조각들을 움직였다. 소리는 바로 이 퍼즐 조각이 움직일 때마다 울려 퍼졌다.

가로 1 센티미터, 세로 1 센티미터의 퍼즐 조각.

물안개로 몸이 이루어진 벨커스가 동굴 벽면에 매달린 정사각형의 돌판을 이리저리 움직여 퍼즐을 맞추는 장면은 참으로 신비로웠다.

벨커스는 정말 열과 성을 다해 퍼즐을 맞췄다. 돌판이 이리저리 움직이면서 그 돌판 위에 양각된 그림들의 배치가 바뀌었다.

한동안 퍼즐을 맞추던 벨커스는 스르륵 뒤로 물러섰다.

멀리서 보자 전체 조각이 눈에 들어왔다.

구름이 둥실 떠 있는 하늘 위에 태양이 이글거리는 듯한 그림이었다. 혹은 태양이 아니라 그 어떤 고차원적인 생명체가 수백 개, 혹은 수천 개 빛의 다발을 펼쳤고, 그 빛의 다발들이 꾸불꾸불 움직이는 듯 보이기도 했다.

구름 위에는 날개가 달린 천사들이 태양을 우러르며 찬

양했다.

구름 아래 지상엔 다양한 직업의 인간들이 세밀하게 묘사되었다. 인간들 가운데는 왕관을 쓴 자도 있었고, 목수도 있었으며, 기사와 마법사도 보였다.

인간 세상 아래쪽엔 파도가 치는 바다가 묘사되었다. 조각 속 바다는 사람들이 알고 있는 실제 바다는 아닌 것 같았다. 바닷속 물고기들이 일반 물고기가 아니었다. 온갖 마물들이 바닷속에서 헤엄을 치며 점점 더 아래로 내려갔다.

그렇게 도착한 가장 깊은 바다 밑바닥에는 거미의 다리처럼 잔털이 부숭부숭 난 괴생명체가 조각되어 있었다. 그 괴생명체의 크기는 조각 가장 위쪽 태양처럼 보이는 생명체와 크기가 거의 엇비슷했다.

벨커스는 자신이 맞춘 퍼즐을 멀리서 바라본 다음 두 손으로 머리를 감싸 쥐었다.

[분명히 맞다. 벌써 800년째 흐트러뜨렸다가 다시 맞추기를 수만 번. 내가 맞춘 퍼즐이 분명 맞아. 천계 가장 꼭대기에 천신이 머무시고, 그 아래 천계의 사도들이 구름 위에 있지. 중간에 인간계가 있고, 인간계 아래 밑바닥에 저주받은 마해가 있다. 그리고 그 마해 가장 깊은 바닥에 마신이 있어. 내가 맞춘 조각이 분명 맞아.]

여기까지 독백한 뒤, 벨커스는 벽면에 달려들어 퍼즐 조각들을 와락 흐트러뜨렸다.

[그런데 왜 문이 열리지 않는단 말인가? 도대체 왜? 무엇이 부족해서?]

벨커스가 절규했다.

이 퍼즐 조각은 태고부터 이 동굴에 존재하는 신물이었다. 그리고 이 조각을 맞춰야 비로소 태고의 비밀이 세상에 드러난다고 했다.

[우리 차원에서는 대가 끊긴 문지기들. 차원의 문을 수호한다는 옛 선지자들의 지혜를 얻고자 800년간 노력했건만, 오늘도 실패다. 도대체 무엇이 문제인가? 내가 맞춘 퍼즐이 무엇이 부족한 것인가? 아아아!]

벨커스가 크게 탄식했다.

오래전.

그러니까 지금으로부터 800년도 더 이전, 세상엔 2명의 뛰어난 현자가 있어 사람들의 찬사를 한 몸에 받았다.

남부의 벨커스.

북부의 욘.

두 현자는 좋은 친구이자 라이벌이었다. 그들은 세상의 오만가지 현상들을 놓고 토론하고, 또 논쟁하며 삶을 즐겼다.

그러다 이 동굴 안에서 옛 시대의 지혜를 발견하게 되었다.

지금은 맥이 완전히 끊긴 문지기들의 지혜.

그 문지기들이 은밀하게 남긴 유적을 발견한 두 현자는 각자 다른 방식으로 고대의 지식에 접근했다.

우선 욘은 고대의 유적을 통해 두 가지를 얻었다.

첫째, 마해를 여는 방법.

둘째, 마정석을 이용하여 마해의 마물과 연결하는 비법.

그 결과 최초의 솔샤르, 북부의 모든 사람들이 신인이라 추앙하는 욘 아르네 솔샤르가 세상에 탄생했다.

한편 벨커스는 욘과 다른 길을 걸었다. 욘이 마해를 연구하던 시각, 벨커스는 천계와 접촉할 방법을 찾아내었다.

하지만 벨커스는 천계를 인간계로 끌어들이지 않았다. 그저 천계와 통신만 주고받으면서 문지기들이 남긴 숙제를 푸는 데 골몰했다.

그 숙제가 바로 지금 벨커스의 눈앞에 있는 조각 퍼즐이었다.

[이 퍼즐을 풀어야 문지기의 지혜를 되살릴 수 있어. 이 퍼즐을 맞춰야 차원의 문을 수호하는 고대의 종족을 이어받을 수 있다고. 그런데 퍼즐이 풀리지 않아. 분명 이 그림이 맞는데 문이 열리지 않는다고. 아아아. 너무나 오래전의 유적이라 혹시 문이 망가진 것은 아닐까? 아아아, 모르겠다.]

벨커스가 그 자리에 주저앉아 손으로 얼굴을 감쌌다.

[지금 이 시각에도 인간 세상은 점점 위협을 받고 있다. 욘, 그 어리석은 친구가 마해의 마물들을 인간계로 끌어들이면서 모든 업보가 시작되었어. 누군가는 그 마물들을 물리쳐서 인간 종족을 지켜야 해.]

바닥에 주저앉았던 벨커스가 다시 일어섰다. 그러곤 독백을 이었다.

[그래서 내가 나섰다. 나는 인간 종족을 지키기 위해 은둔의 수호자들을 결성했고, 결국 천계까지 끌어들였어. 그런데도 아직 갈 길이 멀어. 마물들을 물리치고 인간 종족을 구원하기까지는 갈 길이 멀다고.]

벨커스의 독백이 옳았다. 지금 이 시각에도 마해의 거대 마물들이 점점 더 많이 인간 세상으로 기어 올라오는 중이었다. 그에 맞서서 천계의 전사들과 신장, 심지어 여왕까지 인간 세상에 강림했다. 이제 천계와 마해의 전쟁, 그걸 뛰어넘어 천신과 마신의 전쟁이 코앞에 닥쳤다.

바로 이 점이 벨커스를 조급하게 만들었다.

[시간이 없구나. 옛 시대의 퍼즐은 아직 풀지 못하였는데, 천계와 마계의 대전쟁이 눈앞에 다가왔어. 나에게는 더 이상 퍼즐에 몰두할 시간이 없어.]

벨커스가 은둔의 수호자들을 결성한 이유가 바로 이것이었다. 수호자들에게 인간 종족을 지키는 일을 맡기고 벨커스는 퍼즐을 풀고자 했다. 그런데 수호자들의 우두머리인 골드 라이온이 미덥지 못했다.

[골드 라이온, 그 아이만 좀 더 잘해 주었더라면 내가 시간을 벌 수 있었을 것인데. 세상을 구할 영웅으로 선택한 아이가 마음의 균형을 잃어버렸어. 지난번에 울면서 나를 찾아왔을 때도 그 아이의 머릿속 균형이 흐트러져 있었어. 그러니까 애써 모집한 남부의 영웅들이 모두 죽어 버렸겠지.]

벨커스가 고개를 설레설레 저었다.

[이제 어쩔 수 없다. 옛 시대의 퍼즐을 푸는 것은 나중으로 미루자. 우선은 천계와 마해의 전쟁을 대비해야 해. 두 세계의 전투에 휘말려 인간 종족이 멸망하지 않도록 내가 보호를 해야 한다.]

현자 벨커스가 마침내 결단을 내렸다.

[이 동굴을 떠나자. 옛 시대의 지혜가 남아 있는 이 신비로운 동굴 안에서 나는 거의 영원한 시간을 살 수 있다. 하지만 이 동굴을 떠나면 내 영혼이 점점 빛이 바래다가 결국 소멸할 게야. 그 사실을 알면서도 나는 이 동굴을 떠날 수밖에 없구나. 내 남은 수명을 희생해서라도 나는 인간 종족을 돌봐야 해. 그것이 나의 소명이다.]

벨커스는 벽화처럼 양각된 퍼즐 조각을 아쉬운 눈길로 바라보았다. 그다음 주먹을 꾹 쥐고 등을 돌렸다.

[부디 전쟁이 끝난 뒤에도 내 수명이 조금은 남아 있기를. 그리하여 이 동굴에 돌아와서 옛 시대의 수수께끼를 풀 시간이 내게 주어지기를, 나는 간절히 소망한다.]

벨커스가 남긴 마지막 소망이 동굴 안에서 물안개처럼 흩어졌다. 어디에선가 불어온 쓸쓸한 바람이 동굴 벽을 훑고 지나갔다.

Chapter 2

막키르샤가 발을 번쩍 들었다가 대지를 내리찍었다.

콰아아앙!

지축이 한 번 더 뒤틀렸다. 흙이 사방으로 튀어 올랐다.

추라라라라락—

땅거죽 속에서 뾰족한 금속 기둥들이 무수히 솟구쳤다. 바루니우스의 군대 바로 앞에서 시작하여 대도시 킨토스까지 일직선으로 생성된 금속 기둥들은, 그 직선로 안에 존재하는 모든 생명체와 물체들을 찢어 버렸다.

"끄아악."

"살려 줘."

금속의 길을 방해한 아르네 병사들이 뾰족한 기둥에 몸

이 관통당했다. 팔다리가 마구 찢겨 나가 비명을 질렀다.

하라간은 바루니우스를 꽉 붙잡은 채 한 번 더 발을 들었다.

콰아앙!

세 번째 금속의 길이 열렸다. 이 한 방에 1,000명 단위의 아르네 병사들의 목숨을 빼앗겼다. 거대한 마물 막키르샤 앞에 노출된 아르네 병사들은 도망칠 생각도 하지 못하고 벌벌 떨기만 했다. 아르네 왕국 지휘관들도 모두 몸이 얼어 꼼짝도 하지 못했다.

하라간의 뇌파가 그들의 머릿속에서 쩌렁쩌렁 울렸다.

[너희가 나를 평가하겠느냐? 내가 신인의 재림인지 아닌지 평가한다고 하였느냐?]

[으으으.]

[나는 이 시대의 평가를 받지 않겠다. 신벌로 인해 멸족한 너희들의 땅 위에서 후대의 인간들이 나를 평가할 것이다.]

콰광!

엄청난 충격이 아르네 병사들의 뇌를 강타했다.

800년 전 신인이 처음 이 땅에 오실 때도 이와 비슷한 일들이 벌어졌다. 욘 아르네 솔샤르의 무력과 이능력을 애써 부정하던 자들은 모두 멸족을 당했고, 후대의 사람들이 그를 신인으로 떠받들었다.

교리서에서 읽은 내용이 아르네 왕국 병사들의 머릿속에 떠올랐다.

"우흐흑, 신인이시여."

병사 한 명이 그 자리에 엎드렸다.

이것이 기폭제가 되었다.

"흐흐흑, 신인이시여. 제발 용서하소서."

"제발 이 어리석은 인간들을 용서하소서. 흐흐흐흑. 저희가 어리석었나이다."

"저희가 눈이 멀어 신인의 재림을 보고도 알아보지 못했나이다."

아르네 병사들이 거대한 막키르샤 앞에 엎드려 싹싹 빌었다. 신앙심이 철저한 몇몇 병사들은 제 손으로 자신의 눈을 찔렀다.

퍼억!

눈알이 터졌다. 병사들이 절규했다.

"신인을 알아보지 못한 제 눈알을 뽑아서 신께 바칩니다. 진노로 저희를 벌하시되, 부디 저희의 어리석은 영혼만은 내치지 마시고 받아 주소서."

사람이 맨정신으로 제 눈알을 뽑기란 불가능했다. 하지만 골수까지 신앙에 빠진 아르네 병사들은 그 엄청난 일을 해내었다.

손으로 눈알을 뽑아서 바치는 동료들을 보면서, 아르네 병사들의 마음이 더욱 크게 흔들렸다. 일부 병사들은 자국의 왕족과 대신들을 원망했다.

"저희 아르네 왕국의 지도부가 신인을 알아보지 못하였나이다. 신인께서 세우신 이 왕국이 신인을 알아보지 못하였다면 이것은 더 이상 왕국도 아니옵니다. 부디 이 왕국을 신인의 손으로 거두시고, 멸망한 곳에서 다시 신인의 왕국을 세우소서. 흐흐흐흑."

지휘관들 가운데 일부도 그 자리에서 무릎을 꿇고 눈물을 흘렸다.

전투가 벌어지기 전, 총사령관 바루니우스는 이렇게 명했다.

"내가 적장에게 싸움을 걸 것이다. 각 지휘관들은 그 싸움의 결과를 보고 각자 판단하여 행동하라."

지휘관들은 지금이 바루니우스의 명을 따라야 할 때라는 사실을 본능적으로 알아차렸다.

"이잇."

지휘관, 즉 만인장 가운데 한 명이 지휘봉을 두 손으로 번쩍 들었다가 자신의 허벅지에 내리찍었다. 원로원으로부터 하사받은 지휘봉이 뚝 부러졌다. 지휘관은 부러진 지휘봉을 병사들 앞에 내밀었다.

"나는 평생 이 지휘봉을 명예로 여겼다. 하지만 지금은 후회한다. 신인의 재림을 알아보지 못한 원로들은 어리석다. 나는 원로원의 권위보다 신앙을 더 중요하게 생각한다. 저분은 신인이시다. 분명 신인이시다. 나는 이 시간부로 아르네 왕국을 떠나 신인을 따를 것이다. 병사들은 각자의 양심에 따라 알아서 행동하라."

"우오오오오!"

만인장의 직속 부하들이 일제히 함성을 질렀다. 그들은 눈물을 펑펑 흘리며 무기를 내팽개치고 갑옷을 벗어 던졌다. 그러곤 무방비 상태로 막키르샤 앞으로 다가와 그대로 엎드렸다.

"신인이시여, 저의 모든 것이시여. 부디 이 어리석은 배교자를 다시 받아 주소서."

"으흐흑, 흐흐흐흑. 저를 불쌍히 여겨 다시 받아 주소서."

이것이 두 번째 기폭제가 되었다. 조금 전까지만 해도 신인의 존재를 강하게 부정하던 지휘관들도 모두 만인장을 상징하는 지휘봉을 꺾고 무장을 해제했다. 그들의 부하들이 상관의 영향을 받아 무기를 버리고 뜨겁게 울었다.

"흐흑, 신인께서는 저희의 어버이십니다. 저희 어리석은 자들이 어버이를 알아보지 못하였으니 저희를 벌해 주소서. 흐흐흑."

아르네 군단 맨 앞줄에서 시작된 신앙 고백은 빠르게 뒤로 확산되었다.

급기야 190,000명에 달하는 대병력이 하라간 앞에 엎드려 후회의 눈물을 쏟았다.

도미노처럼 엎드리는 대군을 굽어보면서 하라간이 고개를 하늘로 들었다. 막키르샤가 2개의 머리를 구름 위로 높이 들고 포효했다.

[크롸롸롸롸.]

[크롸, 크롸롸롸.]

황금빛 날개를 활짝 펴고 포효하는 막키르샤의 모습이 몇 킬로미터 밖 킨토스 성벽 위에서도 훤히 보였다. 성벽 위의 수비병들이 벌벌 떨다가 하나씩 둘씩 투구를 벗고 그 자리에 엎드렸다.

"드디어 오셨구나."

"이 땅을 떠나셨던 분께서 800년 만에 돌아오신 게야."

"진정 감사한 일이로다. 살아생전에 신인을 뵌 것만으로도 나는 여한이 없어. 끄윽, 끅끅끅."

수비병들까지 무릎을 꿇자 더 이상 하라간 앞에 서 있는 사람이 없었다. 다들 그 자리에 엎드려 흐느껴 울었다.

Chapter 3

인구 250만 명의 대도시 킨토스는 아르네 왕국 서부의 핵심 도시 가운데 하나였다. 그 중요한 대도시가 하라간의 손에 함락당했다.

아니, 엄밀하게 말해서 함락당하지 않았다. 킨토스의 백성들은 스스로 성문을 열고 하라간을 맞아들였다.

킨토스 앞에 배수진을 치고 군나르군과 대치했던 바루니우스의 군대도 아르네 왕국을 버리고 하라간의 편에 섰다.

"안 돼. 킨토스가 넘어가면 그다음은 바로 수도다. 킨토스와 수도 사이엔 마땅히 방어선을 칠 만한 곳이 없어. 길이 뻥 뚫려 있다고."

"길이 문제가 아니야. 병력이 없어. 병력이. 바루니우스 원로에게 사병들까지 싹싹 긁어 준 탓에 적들을 막을 병사들이 없다고."

아르네 왕국 원로들이 비명을 질렀다.

"이럴 때 집정관께선 어딜 가신 게야? 빨리 돌아오셔서 대책을 세워야지."

"그분? 얼마 전에 북으로 출전하셨잖아."

"지금 북쪽이 문제야? 킨토스가 뚫렸으면 그다음은 곧바로 수도라고."

“이럴 때가 아니야. 우리끼리라도 위대하시고 또 위대하신 분을 찾아가야 해. 알현을 청해야 한다고.”

“그보다 집정관님을 다시 수도로 모시는 것이 먼저 아닌가?”

최근 800년 이래 아르네 왕국의 수도가 위협을 받기는 처음이었다. 난생처음 겪는 사태에 원로들이 우왕좌왕했다.

결국 원로들은 두 가지 방법을 병행하기로 결정했다. 우선 그들은 전령을 급파해 집정관에게 킨토스 함락 소식을 전했다. 또한 글을 지어 서명을 한 뒤, 단체로 새벽여신의 신전을 방문했다.

원로들은 감히 신전 앞으로 들어오지 못하고 먼발치에서 무릎을 꿇었다. 원로들 가운데 대표가 착 깔린 목소리로 오드에게 고했다.

“위대하시고 또 위대하신 분이시여, 저희 원로들이 작금의 사태에 대한 뜻을 모아 왔사오니 부디 영광스러운 존체를 뵈올 수 있도록 허락해 주소서.”

“부디 저희의 뜻을 받아 주소서.”

원로들이 합창하듯 아뢰었다.

신전 안에서 아무런 대꾸가 없었다.

대표가 다시 한 번 목청을 가다듬었다.

"위대하시고 또 위대하신 분이시여, 지금 신인을 사칭하는 무리가 킨토스 시를 점거하고 수도로 진격하는 다급한 상황이옵니다. 부디 저희에게 존체를 알현할 기회를 주소서."

"부디 저희의 뜻을 받아 주소서."

원로들이 다시 한 번 목소리를 맞췄다.

오드는 여전히 나타나지 않았다.

대신 새벽여신의 여신관인 페리쿨라가 모습을 드러내었다.

"원로님들, 죄송하나 지금 위대하시고 또 위대하신 분께서는 이곳에 계시지 않습니다. 애타게 찾으신다고 해도 답이 없으실 것입니다."

"아니, 그분께서 어디를 가셨단 말이오?"

"여신관께서는 그분께 연락을 취할 방법이 있지 않소? 정말 상황이 급해서 그러오. 제발 위대하시고 또 위대하신 분께 지금의 긴급한 전세를 전해 주시구려."

페리쿨라, 즉 데스 로즈가 고개를 가로저었다.

"안타깝지만 저도 그분에 닿을 방법이 없답니다. 6일 전에 갑자기 자리를 비우신 이후로 한 번도 소식을 듣지 못하였습니다."

"허어, 6일 전이면 전쟁이 발발한 바로 그 시점이 아닌가."

"대체 어떤 중요한 일이 있으셨기에 자리를 비우셨단 말인가?"

원로들이 발을 동동 굴렀다. 그러다 결국 힘없이 등을 돌렸다.

"혹시라도 위대하시고 또 위대하신 분께 연락이 오면 우리에게 좀 알려 주게."

"꼭 부탁함세."

원로들은 데스 로즈에게 이렇게 부탁하고 자리를 떠났다.

데스 로즈도 속이 타기는 마찬가지였다.

'대체 이게 어찌 된 일이지? 오드 님이 분노하셔서 군나르군을 직접 벌하러 가신 줄 알았는데, 군나르군은 전혀 타격을 받지 않았고 오히려 오드 님만 소식이 끊겼어. 중간에 다른 중요한 일이 있으셨던 것인가?'

데스 로즈는 오드가 얼마나 강한지 잘 알았다. 그래서 오드가 패배했으리라고는 상상하지 못했다.

'북부의 힘을 이용하여 내 아들 카일의 복수를 해야 하는데, 왜 이렇게 일이 꼬인단 말인가? 하아아.'

데스 로즈의 한숨이 새벽여신의 신전 바닥에 무겁게 깔렸다.

룬드 왕국의 진격 속도는 생각보다 빠르지 않았다. 하라간이 잉그리드의 참전을 막은 탓이었다.

잉그리드는 막키르샤.

그 무시무시한 모습이 사람들 눈에 드러난다면, 하라간이 신인 행세를 하는 데 지장을 줄 것이 분명했다.

덕분에 룬드 왕국의 군대는 잉그리드 대신 시노브와 아이다가 이끌었다.

"우리 룬드의 병력이 손상되면 곤란해."

이렇게 판단한 시노브는 아주 적극적인 공격은 하지 않았다.

그렇다고 소극적으로 머뭇거리지도 않았다.

"너무 소극적으로 참전했다가 위대하시고 또 위대하신 분께서 분노하신다면 그 뒷감당이 더 어렵지."

시노브는 '적극'과 '소극' 사이에서 줄타기를 하는 심정으로 군대를 운용했다. 덕분에 전진 속도는 느렸지만 아르네 왕국 동부의 주요 거점들을 차곡차곡 점령해 나갔다.

룬드 왕국에 비해 토레 왕국의 태도는 아주 적극적이었다.

부상이 아직 회복되지 않아 토레가 직접 전투에 뛰어들지는 않았다. 대신 토레의 명을 받은 수인족 솔샤르들이 죽음을 두려워하지 않고 공성전에 뛰어들고 아르네 군대에

심각한 타격을 주었다.

토레도 가끔씩 후방에서 원거리 공격을 퍼부어 부하들을 도왔다.

바우웅—

토레의 손끝에서 피어오른 붉은 광채가 번뜩일 때마다 아르네 왕국의 성벽에 구멍이 뚫렸다. 주요 솔샤르들이 죽어 나갔다.

그 정도 개입만으로도 수인족의 사기가 크게 올라갔다.

덕분에 남쪽에서 밀고 올라온 토레 왕국의 수인족들은 1월 7일을 맞아 아르네 왕국 수도 남쪽 1,000 킬로미터 지점까지 도착했다.

[이제 장애물이 몇 개 남지 않았구나. 용맹한 나의 부하들이여, 목숨을 다해 신인의 명을 받들라.]

토레가 부하들을 독려했다.

토레의 궁전에서 하라간의 본체—사실은 본체가 아니지만—를 목격한 수인족들은 신앙심에 불타 용맹하게 적을 공격했다.

그들은 전쟁터에서 죽으면 신인께서 그 영혼을 거두실 것이라 믿었다.

Chapter 4

1월 8일.

집정관 디포에우스가 결국 회군을 선택했다. 군나르 왕국 동부 군단이 아르네 왕국 수도를 향해 무서운 속도로 진격 중이기 때문이었다. 디포에우스는 결국 북쪽을 포기하고 서쪽부터 막기로 했다.

"우선은 발등에 떨어진 불부터 진화할 수밖에 없겠지. 후우우."

회군을 하는 디포에우스의 표정은 좋지 않았다. 마침 겨울비까지 추적추적 내려서 회군하는 병사들의 기분을 처지게 만들었다.

디포에우스의 군대가 수도에 도착할 즈음, 하라간은 적의 심장부 서쪽 160 킬로미터 지점까지 공격의 고삐를 조였다.

이틀 뒤인 1월 10일.

하라간의 군대가 수도 50 킬로미터 앞까지 다가왔다.

여기까지 오는 동안 저항은 별로 없었다. 하라간에게 맞서던 성채 두서너 곳이 시범 케이스로 걸려서 짓뭉개진 것이 전부였다. 대부분의 성들은 성문을 활짝 열고 하라간을 맞았다. 아르네 왕국 백성들 가운데는 군나르군에 맞서 싸우려는 자들보다 항복하기를 바라는 자들이 훨씬 더 많은 상황이었다.

이러한 민심의 변화는 오롯이 막키르샤 덕분이었다. 상상을 초월하는 크기의 막키르샤를 보고도 멀쩡히 서 있을 수 있는 사람은 없었다. 다들 공포에 질려서, 혹은 환희에 젖어서 무릎을 꿇고 하라간의 신도가 되기를 자청했다. 그들은 하라간을 신인의 재림으로 떠받들었으며, 감히 신인께 창칼을 겨눈 자국의 원로들을 원망했다.

하라간이 대도시 킨토스를 떠나 아르네 왕국 수도에 도착할 때까지 아르네 왕국의 소규모 성들이 그렇게 스스로 빗장을 열었다.

자연히 신인의 재림에 대한 소문도 점점 더 확산되었다. 이제 아르네 왕국 수도에서도 이 소문을 믿는 자들의 비율이 50 퍼센트를 넘어섰다.

"홀리 생츄어리에서 침묵하는 이유가 뭐겠어? 다 이유가 있는 게지."

"내 말이 그 말이야. 최근에 킨토스에 상행을 다녀온 내 사촌이 직접 보았다잖아. 신인의 어마어마한 위엄을 직접 목격했다고 하더라고."

"그래? 신인께서 어떤 모습이신데? 교리서에 묘사된 그런 모습이시라던가?"

"교리서와 흡사하기는 한데, 말로는 표현할 수 없고 그야말로 어마어마하다고 하더라고. 그분을 보는 순간 그냥 느낌이 팍 온대."

"어떤 느낌?"

"이분이 신인이시구나! 이 땅에 신인이 재림하시면 바로 이런 모습이시겠구나. 그런 느낌말이야. 내 사촌도 처음엔 신인의 재림을 믿지 않았거든. 그런데 킨토스 성에서 그분의 존체를 뵌 순간 눈에서 왈칵 눈물이 쏟아지더래. 그냥 마음속 저 깊숙한 곳부터 와르르 허물어지고 새로 태어나는 기분이라고 하더라고."

"참말이야?"

아르네 왕국 저잣거리 곳곳에서 이런 이야기들이 들렸다.

소문은 전염병보다 더 무서웠다. 급기야 원로들 사이에서도 소문에 귀를 기울이는 자들이 나타나기 시작했다.

"유언비어를 막아라. 헛된 소문을 퍼트리는 자들은 모두 엄벌에 처할 것이다."

디포에우스가 집정관의 권력을 동원해 흔들리는 민심을 바로잡고자 애썼다.

잘되지 않았다. 하룻밤을 자고 나면 소문이 더욱 커졌다. 이제는 여든 살이 넘은 노인이나 어린아이들도 군나르 왕국에 재림하신 신인에 대해 떠들었다.

1월 12일.

빠른 속도로 수도에 접근하던 하라간은 요 이틀간 행군 속도를 늦췄다. 천천히 압박하듯 군대를 몰아가면서 아르네 왕국의 마지막 숨통을 조여들었다. 이제 하라간은 수도 성벽이 눈에 보일 정도까지 접근했다.

온바가 이끄는 북부군도 얼추 수도 인근에 도착했다. 온바는 기동력을 최대한 발휘하여 적의 수도로 돌진했다.

토레가 이끄는 수인족 소식도 가까이서 들렸다.

"내일이면 온바가 도착하고, 모레면 토레가 오겠군."

멀리 황금빛으로 번쩍이는 아르네 수도 성벽을 바라보면서 하라간은 이렇게 중얼거렸다.

덕분에 시노브만 마음이 급해졌다.

"젠장! 다들 왜 이렇게 빨라? 이러다 우리 룬드 왕국만 시간을 맞추지 못하는 것 아냐? 그럼 위대하시고 또 위대하신 분께서 용암성에서 뛰쳐나와 나를 죽이려고 하실 텐데. 아이고. 난 죽었다."

옆에서 아이다가 핀잔을 주었다.

"그러게 내가 서두르자고 했잖아. 난 몰라. 큰언니가 다 책임져."

"어이구. 어이구."

머리를 벅벅 긁은 시노브는 그때부터 미친 듯이 기사들

을 재촉했다. 마법 아이템도 아끼지 않고 마구 퍼부었다. 중간에 전리품도 챙기지 않았다. 시노브와 아이다는 직접 별동대를 편성한 다음 무작정 수도를 향해 말을 달렸다.

"어떻게든 눈도장이라도 찍어야 해. 아버님께 눈도장을 찍어야 내가 살 수 있다고. 젠장."

꼬리에 불이 붙은 황소처럼 돌진한 덕분에 시노브와 아이다는 겨우 날짜를 맞출 수 있었다.

사흘 뒤인 1월 15일.

마침내 군나르 왕국 연합군이 아르네 수도 동서남북을 모두 틀어막았다.

서쪽에 하라간과 뮬러러.

북쪽에 온바.

남쪽에 토레.

동쪽에 시노브와 아이다.

군나르 연합군에 둘러싸인 수도는 쥐 죽은 듯이 조용했다.

그렇다고 인적이 끊긴 것은 아니었다. 오히려 수많은 인파가 서쪽 성벽으로 몰려들었다. 아르네 왕국 백성들은 직접 그들의 눈으로 하라간, 아니 신인을 보기를 원했다. 심지어 홀리 생츄어리의 법주들과 재판관들, 그리고 집행자들도 하라간을 보기 위해 성벽에 올라왔다.

군나르 왕국 동부 군단이 척척 행군하여 성벽 앞 2 킬로미터 지점에서 멈춰 섰다. 아르네 백성들이 침을 꿀꺽 삼켰다.

군나르 병사들이 좌우로 쫙 갈라졌다. 그 안에서 열여섯 마리 말이 끄는 황금 마차가 천천히 튀어나왔다.

"저 안에 계신가?"

"진짜 신인이시겠지?"

성벽 위의 백성들이 이렇게 수군거렸다.

그걸 보면서도 아르네 왕국 수비병들은 제지하지 않았다. 수비병들도 이미 왕국에 대한 충성심보다는 신앙을 선택했다.

황금 마차의 문이 열렸다.

하라간이 발을 내디뎠다.

"오오!"

"드디어!"

성벽 위의 백성들이 술렁거렸다.

대부분의 백성들은 하체에 로인클로스를 두르고 황금빛 숄을 어깨에 걸친 하라간의 모습을 제대로 보지 못했다. 거리가 멀어서였다.

하지만 무력이 뛰어난 솔샤르들은 하라간의 얼굴 표정까지 똑똑히 보았다.

"소문대로야. 정말 아름다우시구나."

"마치 여신 같은 모습이셔."

"혹시 진짜 여자 아니야? 어떻게 저 얼굴이 남자야?"

이건 칭찬이 아니었다. 여신 같다는 말도 칭찬이 아니었다. 강한 것을 선호하는 북부인들의 특성상, 남자에게 여자 같다는 말은 모욕이었다.

그들의 방정맞은 입이 곧 다물려졌다.

후오옹!

하라간의 온몸으로부터 찬란한 황금빛이 폭발한다 싶더니, 성벽 앞에 어마어마한 크기의 막키르샤가 그대로 현신했다.

고오오오오!

머리부터 꼬리까지 길이가 2.5 킬로미터에 달하는 거대한 막키르샤는 구름을 뚫고 그 위로 2개의 머리를 치켜들었다. 그러곤 성벽을 향해 급속도로 머리를 낙하하며 크게 뇌파를 터뜨렸다.

"아악!"

아르네 왕국 솔샤르들이 손으로 귀를 틀어막고 주저앉았다. 성벽에 모인 백성들이 기겁을 하며 엉덩방아를 찧었다.

8명의 윱트, 즉 법주들도 벌벌 떨다 무릎을 꿇었다.

한눈에 다 보이지도 않을 것 같은 어마어마한 몸체.

햇빛을 받아 찬란하게 빛나는 두 쌍의 날개.

대지를 꽉 움켜쥔 수많은 발톱들.

'소문, 그 이상이다.'

'목격자들이 입에서 침을 튀면서 했던 말들이 사실이었어. 보는 순간 알겠어. 이분이 신인이시다. 내 아버지가, 내 할아버지가, 할아버지의 또 할아버지가, 우리 선조들이 무려 800년간 기다려 온 그분이셔. 우우우욱.'

감격한 백성들이 손으로 입을 틀어막았다. 그들의 손가락 사이에서 신음과 같은 오열이 터졌다.

Chapter 5

"오오오, 신인이시여!"

허리가 굽은 노인이 주름이 잔뜩 잡힌 손을 크게 벌렸다. 노인의 오른팔과 왼팔 사이에 막키르샤가 들어왔다. 노인은 막키르샤를 끌어안는 듯한 포즈를 취했다. 무릎을 꿇은 노인의 뺨에서 하염없이 눈물이 흘렀다.

"오오오, 신인이시여."

서쪽 성벽에 모인 수만 명의 아르네 백성들이 노인과 함께 무릎을 꿇고, 노인과 함께 눈물을 흘리며 신인을 불렀다.

성문을 지키는 수문장이 떨리는 목소리로 외쳤다.

"뭣들 하느냐? 어서 성문을 열어라. 활짝 열어라. 신인께서 우리에게 오셨다. 800년 만에 오셨단 말이다. 우우우욱. 끅끅끅."

끝내 수문장은 울음을 터뜨렸다.

아르네 수비병 16명이 한꺼번에 달려들어 도르래를 돌렸다. 주변에 운집해 있던 백성들이 함께 도르래에 달라붙어 힘을 보탰다.

쿠르릉 소리와 함께 성문이 위로 들렸다.

"신인이시여."

홀리 생츄어리의 법주 8명이 엉엉 울면서 기어 왔다. 백성들이 법주들에게 길을 비켜 주었다. 법주들은 성문 앞에 두 줄로 엎드려 하라간을 영접할 준비를 했다. 이마에 눈 문신을 그린 집행자들이 법주들 뒤에 엎드렸다. 홀리 생츄어리의 재판관들도 모두 같은 자세를 취했다.

쿵, 쿵, 쿵, 쿵.

성벽을 허물어뜨릴 듯 다가온 막키르샤가 성벽 앞에서 팍 사라졌다. 영롱한 빛 속에서 하라간이 튀어나와 성문 안으로 들어왔다.

하라간의 등 뒤에서 휘황찬란한 후광이 일었다. 그 빛이 맨발에 나체인 하라간의 몸을 적당히 가려 주었다.

"우와아아아아—!"

아르네 왕국 백성들이 성벽이 흔들릴 정도로 크게 환호했다.

머리가 하늘에 닿을 듯한 거대한 막키르샤라면 단숨에 성벽을 허물어뜨리고 아르네 왕국의 깃발을 짓밟아 버릴 수도 있었다.

그런데 하라간은 그렇게 하지 않았다. 사람의 모습으로 돌아와 성문을 통과했다. 이것은 신인이 아르네 백성들을 버리지 않고 포용하겠다는 의미로 받아들여졌다. 앞치마를 두른 50대의 아낙네가 두 손으로 성벽을 붙잡고 흐느껴 울었다.

"감사합니다. 감사합니다. 신인은 우리 북부인들의 부모이신데, 부모도 알아보지 못한 저희 패륜아들을 다시 자식으로 인정하고 보듬어 주시다니요. 정말 감사합니다. 정말 감사합니다. 흐흐흑."

아낙네의 말이 곧 아르네 백성들의 마음이었다. 그들은 펑펑 울며 하라간에게 용서해 달라고 빌었다.

수도의 성쪽 성문을 통과해 큰길을 따라 걸으며 하라간 주변을 둘러보지 않았다. 길 양옆에 엎드려 하라간을 향해 간절히 손을 뻗는 백성들에게 눈길 한번 주지 않았다.

융과 테티가 달려와 하라간의 하체에 로인클로스를 두르고 어깨에 숄을 얹어 주었다. 우세르가 가죽 신발을 앞에

놓자 하라간이 걸으면서 신발을 신었다. 손도 대지 않았는데 가죽 신발의 끈이 저절로 움직여 하라간의 발에 딱 맞게 사이즈를 조절했다.

하라간이 등 뒤의 친위대원들을 향해 피식 웃었다.

"한 번 소환을 할 때마다 옷과 신발이 찢어지니 참 귀찮군. 너희들도 매번 내 의복 수발을 드느라 귀찮겠어?"

"아니옵니다. 저희의 광영이옵니다."

"제발 그런 말씀 마시옵소서."

친위대원들이 펄쩍 뛰었다.

하라간이 검지를 들었다.

"아직 한 번 더 남았어. 왕궁 앞에서 한 번 더 내 모습을 보여야 할 거야."

"네, 하라간 님."

"의복을 준비하겠나이다."

친위대원들의 뒤를 이어 황금 마차가 등장했다. 부군단장인 융의 아버지가 직접 마차를 몰았다. 다시 그 뒤를 이어 뮬러러를 비롯한 군나르 왕국 동부 군단이 행진했다.

아르네 왕국 수도에 적국의 군대가 행진을 하고 있건만, 아무도 이를 제지하지 않았다.

"이건 마치 군나르 왕국 수도해서 승전 기념식 행진을 하는 것 같구먼."

뮬러러가 혀를 내둘렀다. 처음 참전을 할 때만 해도 뮬러러는 피가 튀는 전투를 거듭하리라 예상했다.

그 예상이 어긋나서 한편으로는 아쉽기도 했지만, 다른 한편으로는 가슴이 뿌듯했다.

"내 평생 다시없을 진귀한 경험이로다. 나 뮬러러가 평생을 전쟁터에서 보냈다만, 이제야 성전이 무엇인지 깨닫는구나."

하라간이 선포한 성전, 즉 성스러운 전쟁은 피로 점철된 전투가 아니었다. 뮬러러는 이제 그 의미를 조금 알 것 같았다.

하라간이 길을 걸었다. 마차도 타지 않고 한 걸음 한 걸음 옮겼다. 동부 군단 병사들이 하라간의 뒤를 따라 적의 수도 한복판을 횡단했다. 아르네 왕국 백성들은 길 양옆에서 하라간과 함께 걸으며 계속 울었다.

길을 걸으면 걸을수록 백성들의 수가 점점 더 불어났다. 이 가운데는 아르네 왕국 병사들도 다수 섞였다.

마침내 하라간이 오드의 왕궁 앞에 도착했을 때, 그의 뒤에는 수를 헤아릴 수 없는 어마어마한 인파가 따르는 중이었다.

"으으으음."

구름처럼 몰려오는 백성들을 보면서 디포에우스는 깊은 신음을 흘렸다.

왕궁의 문은 이미 활짝 열린 상태였다.

오늘 아침까지만 해도 원로원에는 성문을 닫고 끝까지 농성한다는 주장이 조금 앞섰다. 하지만 더는 아니었다. 하라간이 수도 성벽 앞에서 막키르샤의 모습을 보여 준 이후부터 원로들의 중론이 확 바뀌었다. 디포에우스가 아무리 집정관이라지만 다수 원로들의 의견을 무시할 수는 없었다.

원로들이 디포에우스를 빙 둘러쌌다.

"집정관도 왕궁 탑에서 직접 목격하시지 않으셨소?"

"설마 거리가 멀어 제대로 보지 못했다고 우기실 리는 없겠지요? 신인의 재림이 확실하십니다. 이제 그만 고집을 부리세요."

"위대하시고 또 위대하신 분은 아직까지 소식이 없으십니다. 이것이 무얼 의미하는 것이겠습니까?"

"우리 아르네 왕국의 만백성을 모두 배교자로 만들 셈은 아니겠지요?"

원로들은 한목소리로 디포에우스를 압박했다.

디포에우스도 그 말에 반박하지 않았다. 조금 전 궁전 탑에 올라가서 그가 목격한 장면은 충격 그 자체였다. 디포에우스 본인도 이미 키르샤지만, 그가 목격한 막키르샤는 그야말로 차원이 다른 존재였다.

디포에우스는 조금 전의 막키르샤가 오드의 메탈룸 막키르샤와 비슷하게 생겼다는 사실을 꿈에도 알지 못했다. 디포에우스뿐 아니라 원로들도 전혀 몰랐다. 오드가 본인의 본체를 신하들에게 공개한 적이 없었기 때문이다.

Chapter 6

때마침 원로 한 명이 묘한 주장을 했다.

"험험. 내가 조금 전 신인의 진체를 알현하면서 깨닫게 된 사실인데, 신인께서 우리 아르네 왕국을 무척 사랑하시는 것은 분명한 것 같소이다."

"그게 무슨 소리요?"

원로들이 눈을 동그랗게 떴다.

"여러 원로들도 신인의 진체를 보셨지 않소. 그 찬란한 황금빛 비늘. 그 위풍당당한 황금빛 날개. 우리 아르네 왕국의 깃발에 무엇이 그려져 있소? 바로 황금빛 키르샤가 아니오. 북부의 아홉 왕국 가운데 황금 키르샤를 상징으로 삼는 왕국은 우리가 유일하다오."

"아!"

"그렇구나."

갑작스러운 깨달음에 원로들이 탄성을 질렀다.

처음 화두를 꺼낸 원로가 신이 나서 말을 이었다.

"그런데 신인의 능력이시라면 얼마든지 비늘 색깔을 바꿀 수도 있으셨을 것 아니오? 이를테면 군나르 왕국을 상징하는 황갈색을 선택할 수도 있으셨을 터인데, 오늘 우리 앞에 보여 주신 것은 황금 비늘과 황금 날개였다오."

"아아!"

"그건 신인께서 아직도 우리를 적자로 인정하시는 것 아니겠소? 여러분, 내 말이 틀렸소?"

"아니오. 아니오. 그럴듯하오."

"당신 천재요, 천재."

원로들이 엄지를 치켜세웠다.

가만히 듣고 보니 신인께서 아르네 왕국에 우호적인 것 같았다. 신인의 존재를 부정하며 발악하는 배교자들에게는 철퇴를 내리셨지만, 따지고 보면 아르네 왕국의 잘못에 비해 그렇게 많은 피가 흐르지는 않았다.

원로들의 대화를 듣자 디포에우스의 마음도 확 기울었다.

'그래. 신인께서는 아직 우리 아르네 왕국을 사랑하셔. 우리가 맞을 짓을 했으니까 회초리를 드신 것일 뿐. 그렇다면 한시라도 빨리 잘못을 빌어야 해. 신인의 적자를 자청하

면서도 신인의 존재를 알아보지 못하였던 점을 빨리 뉘우쳐야 한다고.'

마음이 다급해진 디포에우스가 버럭 소리를 쳤다.

"그걸 아시는 분들이 예서 무엇을 하고 계신 게요? 어서 왕궁 밖으로 나가 신인을 영접해야지. 신인께 우리의 죄를 빌어야지. 크허험."

이 한마디와 함께 디포에우스의 거구가 가장 먼저 움직였다.

"이런, 집정관."

"같이 갑시다. 아, 같이 가요."

놀라서 눈을 껌뻑이던 원로들이 황급히 그 뒤를 따랐다.

하라간은 발걸음 한번 멈추지 않고 아르네 왕궁 입구를 그대로 지나쳤다.

"어리석은 저희가 신인께 죄를 청하나이다."

"부디 어리석은 저희를 용서하소서."

아르네 왕국의 집정관과 원로들이 왕궁 입구에서부터 엎드려 하라간을 맞았다. 하라간은 용서한다는 말도, 벌하겠다는 말도 하지 않았다. 그저 무관심하게 원로들 사이를 지나쳐 왕궁 안으로 들어갔다.

아르네 왕궁의 대략적인 지형은 라티파를 통해 들어서

이미 숙지하고 있었다. 하라간은 아르네 왕국의 크고 작인 일들이 결정되는 원로원으로 단번에 발길을 향했다.

원로들이 또다시 오해했다.

“역시 신인께서는 800년 전 이곳에 세워진 원로원의 위치를 기억하고 계셨구나.”

“신인이 분명하셔. 내가 진작부터 저분이 신인이시라고 주장했잖아.”

“자네가 언제?”

“아, 내가 그랬다니까? 기억 안 나?”

원로들은 모기처럼 앵앵거리는 목소리로 이렇게 툭탁거렸다. 그러면서 하라간의 꽁무니를 우르르 좇았다.

하라간이 친위대원들에게 속삭였다.

“아무래도 이자들의 행동이 눈이 익군. 우리 왕궁의 환관들과 똑 닮았어.”

“풉! 아, 죄송합니다.”

갑자기 웃음을 터뜨린 우세르가 용서를 빌었다.

하라간은 희미한 미소만 지었다. 그다음 발걸음을 재촉했다.

하라간의 뒤를 친위대원들이 따랐다. 뮬러러를 포함한 동부 군단의 수뇌부 100여 명이 다시 그 뒤를 좇았다.

동부 군단의 병사들 대부분은 왕궁 밖에 대기했다. 차마 원로원 안까지 대규모 병력이 쫓아 들어올 수는 없었던 까닭이다.

아르네 왕국의 원로들과 홀리 생츄어리의 법주들도 하라간의 곁에서 떨어지지 않고 악착같이 따라붙었다.

하라간은 천천히 걷는 것 같은데 의외로 몸이 빨랐다. 다들 하라간을 쫓아오느라 땀이 범벅이 되었다.

마침내 하라간이 원로원에 도착했다.

배흘림 양식의 돌기둥 사이로 분수가 곳곳에 설치되어 있고, 그 앞에 토론용 테이블와 의자들이 자유롭게 배치된 이 장소가 바로 아르네 왕국의 심장부인 원로원이었다. 아르네 왕국의 크고 작은 일들은 바로 이곳에서 논의되었다. 그다음 집정관이 원로들의 뜻을 모아 군주인 오드에게 보고하고, 오드의 명을 다시 받아 오는 것이 아르네 왕국의 정치 체제였다.

얼핏 보면 북부의 다른 왕국들과 비슷한 정치제도인 것 같지만, 사실은 좀 달랐다. 다른 왕국은 군주가 직접 대전 회의를 주관하며 정치에 직접적으로 개입하곤 했다.

반면 아르네 왕국의 군주는 원로들과 직접 회의하지 않았다. 원로들끼리 자유롭게 난상토론을 하도록 놓아두고, 그들의 결정을 최대한 존중하며, 중요한 사안들 몇 개에만 의견을 내곤 했다.

그렇게 보면 원로원이 아르네 왕국의 핵심 결정기구인 셈이었다.

그 중요한 원로원에 오늘 외부인의 발길이 닿았다. 하라간은 원로원 중앙에 준비된 대리석 의자에 대뜸 앉았다.

처처척.

친위대원들이 하라간의 등 뒤에 자리를 잡았다.

뮬러러와 그 부하들이 하라간 앞에 5열 종대로 모여 한쪽 무릎을 꿇었다.

8명의 법주들과 재판관들은 그 양옆에 엎드려 하염없이 하라간의 얼굴만 우러러보았다. 집행자들은 이곳 원로원 안까지 들어오지 못했다.

지금 하라간이 앉은 의자는 다름 아닌 디포에우스의 것이었다. 자리를 빼앗긴 집정관은 오히려 영광스럽다는 표정으로 하라간 바로 앞에 무릎을 꿇고 허리를 숙였다.

"제가 신인을 위해 준비해 놓은 자리이옵니다."

디포에우스가 이렇게 고했다.

'오오, 역시. 집정관님은 허리가 잘 굽혀지고 혀가 매끄러우시구나.'

'우리도 이런 집정관님의 처세술을 배워야 해.'

원로들이 이렇게 감탄하며 우르르 엎드렸다.

그러는 가운데 밖에서 말발굽 소리가 들렸다. 우두두두

소리가 점점 커지더니 흉터투성이 거구 노인이 원로원에 불쑥 들어왔다.

"하라간 님, 제가 왔습니다. 토브욘 식민지 총독 온바이 옵니다."

온바는 황당하게도 원로원 안까지 그대로 말을 달려왔다. 그다음 하라간 앞에서야 겨우 말에서 내렸다.

평소라면 원로들이 "세상에 어디서 이런 막돼먹은 무뢰한이 다 있느냐?"며 입에 거품을 물었을 것이다. 그런데 오늘은 아무도 온바를 제지하지 않았다.

물론 원로들의 속은 쓰렸다.

'뭐, 내키지는 않지만 어쩌겠어. 신인께서 가만히 내버려 두시는데 굳이 내가 나서서 따질 필요는 없지.'

'괜히 나섰다가 신인께 찍히면 나만 손해잖아. 굳이 내가 아니더라도 동료 원로들 가운데 누군가가 저 막돼먹은 늙은이에게 한마디를 해 주겠지.'

아르네 왕국의 원로들은 이런 생각으로 다른 사람들의 눈치만 보았다.

그런데 아무도 나서지 않았다. 심지어 디포에우스도 조용했다.

'이런 복지부동들을 보았나.'

'썅! 왕국 꼴 잘 돌아간다. 잘 돌아가.'

원로들이 서로를 향해 눈을 부라렸다.

온바에 이어서 토레도 도착했다.

[신인이시여. 저 토레가 왔습니다.]

뿔 달린 투구를 쓴 수인족의 군주 토레가 쿵쿵 소리를 내면서 들어와 하라간 앞에 한쪽 무릎을 꿇었다. 그 뒤를 이어 중무장한 수인족 장수들이 모습을 보였다.

원로들이 고개를 주억거렸다.

'신인 앞에서는 자존심 강한 군주도 꿇을 수밖에 없구나.'

'그렇지. 당연히 꿇어야지. 군주보다 신인이 더 높으시지.'

토레의 행동이 하라간의 권위를 더 높여 주었다.

토레가 끝이 아니었다.

후왕! 빛이 폭발하면서 원로원 한구석이 공간 이동 포탈이 형성되었다.

원래 원로원 내부에는 포탈 오픈이 절대 금지였다. 오늘은 이 규칙도 무시되었다. 푸른 포탈 속에서 시노브와 아이다, 그리고 그 부하들이 튀어나왔다.

"룬드 왕국의 시노브, 지금 도착했습니다. 늦어서 송구하옵니다."

"룬드 왕국의 아이다, 지금 도착했습니나."

시노브와 아이다 자매가 하라간을 향해 공손히 엎드렸다. 룬드 왕국의 등장으로 이제 과반수가 넘었다.

군나르 왕국, 토브욘 식민지, 토레 왕국, 룬드 왕국, 그리고 아르네 왕국까지.

북부의 아홉 왕국 가운데 절반 이상이 한자리에 모였다. 나머지 4개 왕국 가운데 헤닝과 스벤센, 아쿤 왕국은 현재 군주가 없거나 실종된 상태였다.

"신인을 뵙습니다."

각국의 대표들이 다시 한 번 하라간에게 머리를 조아려 최대한의 경의를 표했다. 홀리 생츄어리의 법주들도 그 안에 포함되었다.

800년 만에 북부가 하나로 뭉치기 시작했다.

제7화

새로운 은둔 수호자

Chapter 1

위그 왕국은 남부 연합의 일곱 왕국 가운데 가장 자연이 아름답고 풍요로운 곳이었다. 그 위그 왕국의 은밀한 장소에서 5명의 사람들이 모였다.

첫 번째 참석자는 놀랍게도 위그 왕국의 주인이자 대마법사인 샤를르 위그 대제였다. 갈색 머리카락에 갈색 수염을 길게 기른 샤를르 대제는 풍채가 좋아서 보는 것만으로도 위압감이 넘쳤다.

게다가 샤를르는 남부 연합에서 단 3명뿐인 초월자였다. 마나의 벽 3단계를 넘어선 초월자.

자연히 샤를르의 위압감이 대단할 수밖에 없었다.

샤를르 대제의 맞은편에는 머리를 빡빡 깎은 깡마른 노인이 소매에 양손을 넣고 조용히 착석했다.

두 번째 참석자인 이 노인이 바로 발루아 왕국의 대공이자 오를레앙 왕의 친형인 비딕 발루아였다. 몽크(Monk: 수도승)인 비딕도 마나의 벽 3단계를 돌파한 초월자였다. 샤를르와 비딕은 그리 친한 사이는 아니어서 다소 어색한 기운이 감돌았다.

두 초월자 사이에 끼어 다소 위축된 모습을 보이는 왜소한 중년인은 람이었다. 루잉 백작의 전우이자 바야크 대장벽의 수호자인 람이 모임의 세 번째 참석자인 것이다.

'내가 낄 자리가 맞나?'

람은 샤를르와 비딕의 눈치를 보며 목을 살짝 웅크렸다.

람의 맞은편에는 거대한 체격에 불곰 가죽을 걸친 사내가 자리했다.

이 네 번째 참석자의 정체는 레드 베어(Red Bear: 붉은 곰).

그는 골드 라이온, 데스 로즈와 함께 남부를 지키는 은둔 수호자의 일원이자 벨커스의 추종자 가운데 한 사람이었다. 최근 동료들 대부분이 전사한 탓인지 레드 베어의 안색은 그리 좋지 않았다.

네 참석자는 아무런 말도 없이 어색한 침묵만 지켰다.

침묵이 깨진 것은 문이 열리면서부터였다.

"미안하이. 내가 너무 늦었구먼."

150 센티미터의 자그마한 노인이 문을 열고 들어왔다. 금발 머리를 가닥가닥 꼰 노인의 등장에 비딕이 자리에서 일어났다.

"어서 오십시오. 선배께서 살아 계시다는 소식을 듣고 얼마나 놀랐는지 모릅니다."

비딕은 노인을 향해 공손히 고개를 숙였다.

노인의 정체는 골드 라이온.

비딕과 골드 라이온은 비록 나이 차이는 많이 나지만 같은 수도승 출신이라는 동질감이 강했다. 일국의 대공인 비딕이 연락을 받자마자 곧바로 위그 왕국으로 달려온 이유도 바로 골드 라이온에 대한 존경심 때문이었다.

레드 베어와 람도 의자에서 일어나 노인을 맞았다.

"먼 길 오셨습니다, 골드 라이온."

레드 베어도 정중히 머리를 숙였다.

"오래전에 한번 뵈었습니다. 폐하, 저를 기억하시겠습니까?"

바야크 왕국의 람도 골드 라이온에게 알은 체를 했다.

오직 샤를르만 자리에서 일어나지 않았다.

비딕이 눈을 찌푸렸다.

"마법사와 몽크가 가는 길이 다르다지만, 그래도 선배이자 카롤 왕국의 전전대 왕이신데, 너무하는군."

비득이 툭 쏘아붙였다.

레드 베어도 샤를르를 향해 눈을 부라렸다.

그래도 샤를르는 눈 한 번 깜짝하지 않았다.

오히려 골드 라이온이 나서서 비딕 등을 나무랐다.

"그만들 하시게. 내가 부탁해서 어렵게 모신 분일세. 우리 남부 연합을 구성하는 일곱 왕 가운데 한 분이시니 마땅히 내가 예우를 해 드려야지."

골드 라이온은 이렇게 말하며 하나 남은 자리에 앉았다.

샤를르는 그제야 입을 열었다.

"5개의 의자가 있는 은밀한 자리를 마련해 달라고 하셔서 그리했습니다. 이제 다섯이 다 모였으니 본론을 말씀하시지요."

"어험."

다짜고짜 본론으로 들어가자는 샤를르의 말에 비딕이 한 번 더 인상을 찌푸렸다.

"그만들 하시게."

골드 라이온은 비딕에서 손바닥을 내밀어 자중시키고는, 혀로 입술을 축였다.

"내가 여러 귀하신 분들을 모은 이유는 하나일세. 혹시 은둔 수호자라는 명칭을 들어 보았는가? 이미 그 이름을 알고 있는 사람도 있고, 처음 들은 사람도 있겠네만, 은밀하게 그런 비밀 결사가 있을 거라는 짐작들은 이미 하고 있을 게야."

"전 알고 있었습니다. 다만 오래전에 세상을 타계하셨다고 알려진 선배께서 그 은둔 수호자 조직에 계신 줄은 처음 알았습니다."

비딕이 먼저 대답했다.

은둔 수호자 가운데 한 명인 레드 베어는 굳이 답을 할 필요가 없었다.

"저는 처음 듣는 이야기입니다. 죄송합니다."

람은 사과로 답을 했다.

샤를르만이 침묵으로 일관했다.

골드 라이온은 속으로 한숨을 내쉰 다음 긴 이야기를 시작했다.

은둔 수호자가 하는 일이 무엇인지.

은둔 수호자의 처음 시작이 언제부터였는지.

누가 이 비밀 결사를 처음 조직했는지.

골드 라이온의 이야기를 들으면서 사람들은 눈이 휘둥그레졌다. 특히 800년 전의 인물인 벨커스가 이 비밀 결사의 창시자라는 말을 들으면서 다들 눈을 크게 떴다. 무표정하던 샤를르도 충격을 받은 모양이었다.

그도 그럴 것이, 현자 벨커스는 남부 연합의 마법사들이 가장 존경하는 역사적 인물이었다. 샤를르도 벨커스가 손수 기술한 마법서를 몇 권이나 소장하고 있을 정도로 벨커스에 대한 존경심을 가지고 있었다.

사람들, 특히 샤를르가 관심을 기울이자 골드 라이온은 한결 마음이 놓였다.

'후우, 다행이구나. 스승님의 명성이 큰 도움이 되고 있어. 하긴, 나도 그분의 이름을 듣고 은둔 수호자가 되었지. 왕위도 내팽개치고 말이야.'

골드 라이온의 이야기가 끝이 나자 비딕이 질문을 했다.

"현재 은둔 수호자가 몇 명이나 있습니까?"

골드 라이온의 표정이 갑자기 어두워졌다.

"으음. 사실 우리 은둔 수호자는 스승님까지 더해서 모두 8명이었다네."

"스승님이라니요? 선배님의 스승님이 아직 살아계십니까?"

비딕이 깜짝 놀랐다.

골드 라이온은 카롤 왕국의 전전대 왕이었다. 그런 골드 라이온의 스승이 아직까지 생존해 있다는 말에 놀라지 않을 수가 없었다.

"물론 생존해 계시네. 자네들이 생각하는 모습은 아니시지만, 그래도 멀쩡히 살아 계셔서 모든 은둔 수호자들의 정신적인 기둥 역할을 해 주고 계시지."

골드 라이온이 고개를 주억거렸다.

Chapter 2

"그분이 누구십니까? 혹시 카롤 왕국 분이십니까?"

비딕이 다시 물었다.

골드 라이온은 희미한 미소로 답변을 거절했다.

"그건 자네가 은둔 수호자에 가입한 이후에 알려 주겠네. 우선은 비밀일세. 허허허."

"비밀이라면 더 물을 수는 없겠군요. 그런데 조금 전에 말씀을 하실 때 뭐라고 하셨습니까? 과거형 표현이 마음에 걸리는데요. 은둔 수호자들이 8명이었다. 이렇게 말씀하신 것을 보니 지금은 아니라는 뜻이십니까?"

비딕의 질문이 이어졌다.

골드 라이온의 이마에 주름이 갑자기 늘어 보였다. 골드 라이온은 크게 한숨을 쉬었다.

"휴우우우. 원래는 이 늙은이까지 포함하여 총 8명의 수호자가 존재했지. 그리고 우리 수호자들이 키워 낸 제자들까지 합치면 몇 백 명의 영웅들이 있었다네."

골드 라이온의 표현은 여전히 과거형이었다. 사람들의 안색이 딱딱하게 굳었다.

"그 말씀은 지금은 없다는 뜻입니까?"

비딕의 집요한 물음에 골드 라이온이 진실을 털어놓았다.

"자네의 짐작대로일세. 그 8명 가운데 절반이 사라졌어. 후우우우. 최근 북부에서 작전을 펼치다가 4명의 수호자가 장렬히 사망했지. 게다가 제자들도 대부분 죽었어. 모든 것이 다 이 늙은이의 업보일세. 업보야."

골드 라이온의 눈시울이 붉어졌다.

"크윽."

레드 베어도 고개를 푹 숙였다.

비딕이 벌떡 일어나 되물었다.

"헉! 지금 뭐라고 하셨습니까? 북부에서 작전이라고요? 그렇다면 지옥의 땅 북부에 들어가셨단 말씀이십니까?"

골드 라이온이 고개를 주억거렸다.

"그렇다네. 지난 800년 동안 선배 수호자들이 북부에서 작전을 펼쳐 왔지. 그리고 그 과업을 이어받은 우리도 북부를 넘나들며 일을 했다네. 지옥의 땅을 지배하는 마물 솔샤르들을 상대로 우리는 여러 가지 작전들을 펼치며 그들과 맞서 싸웠어. 덕분에 남부가 무사한 걸세. 우리와 우리 선배 수호자들의 희생으로 남부의 평화와 안녕이 지켜진 게야."

"아!"

비딕이 탄성을 터뜨렸다. 비딕은 이미 은둔 수호자가 되기로 마음을 굳힌 표정이었다.

"세상에, 그런 일이 있었습니까?"

람도 존경의 눈빛으로 골드 라이온을 바라보았다.

지금까지 냉랭하게 굴던 샤를르도 눈빛이 바뀌었다. 남부인들에게 북부는 "온통 마물들이 득실거려 사람은 진입하지 못한다."고 알려진 곳이었다. 그런데 은둔 수호자들이 그 생지옥에 들어가 작전을 펼쳐 왔다는 말에 샤를르의 가슴이 울컥했다.

'되었다. 설득이 먹히겠구나.'

골드 라이온이 속으로 쾌재를 불렀다. 화이트, 크레슨트, 마운틴 고우트, 다크 블랙, 이상 4명의 은둔 수호자가 죽은 점은 애통하나, 이렇게라도 3명의 수호자를 보강하게 되어서 다행이라고 골드 라이온은 생각했다.

물론 4명의 빈자리를 모두 채우지 못한 점은 아쉬웠다. 원래 골드 라이온은 네 번째 후보로 보투르를 생각했었다.

'내가 눈이 멀었지. 그 더러운 역적 놈을 은둔 수호자에

참여시킬 생각을 했으니.'

보투르, 그 역적 놈을 떠올리는 것만으로도 골드 라이온의 눈빛이 살벌하게 변했다.

'내가 그놈을 너무 쉽게 죽였어. 더욱 고통스럽게 죽였어야 했는데. 쯧쯧쯧.'

골드 라이온의 머릿속은 온통 보투르에 대한 생각으로 가득했다.

레드 베어가 그런 골드 라이온을 오해했다.

'골드 라이온께서 마음이 무척 아프신가 보구나. 하긴, 동료들을 잃어 가슴이 저미시는 게야. 내가 더 많이 도와드려야겠다.'

벨커스의 추종자들, 즉 은둔 수호자들이 토레 왕국에서 하라간에게 몰살을 당할 때 레드 베어는 아쿤 왕국에서 할 일이 있어 작전에서 제외되었다. 레드 베어는 그 점이 못내 마음에 걸렸다.

'화이트, 마운틴 고우트, 다크 블랙, 크레슨트…… 미안하다. 너희들과 운명을 함께하지 못해서 정말 미안해. 크흑. 하지만 두고 보아라. 이 레드 베어가 반드시 너희들의 복수를 해 주마. 어떻게든 복수를 하고야 말게야. 크으읏.'

레드 베어는 입술을 피가 나도록 깨물었다.

새해가 갓 지난 1월 16일.

3명의 새로운 은둔 수호자가 탄생했다. 이전 수호자들이 입회할 때와 마찬가지로 이번에도 골드 라이온이 새 수호자들의 입회 의식을 주관했다.

먼저 비딕 발루아 대공이 골드 라이온 앞에 무릎을 꿇고 고개를 숙였다. 마나의 벽 3단계에 도달한 이후로 비딕은 누군가에게 무릎을 꿇어 본 적이 없었다. 발루아 왕국의 왕에게도 무릎 꿇지 않았다.

골드 라이온이 비딕의 앞에 다가와 세 가지 질문을 던졌다.

"나의 스승을 대신하여 묻노니, 그대는 조국 발루아를 버리겠는가?"

"버리겠습니다."

비딕은 망설임 없이 대답했다.

골드 라이온이 두 번째 질문으로 넘어갔다.

"그대는 가문과 가족을 버리겠는가?"

"발루아 가문을 버리겠습니다. 제 아우 오를레앙 왕도 잊겠습니다."

"그대는 그대 자신마저 버리겠는가? 그대의 이름을 버리고, 조직에서 하사하는 이름으로 남은 평생을 살아갈 것을 맹세하는가?"

"저는 더 이상 비딕 발루아가 아닙니다. 골드 라이온께서 내려 주시는 이름으로 평생을 살아갈 것입니다."

골드 라이온이 엷은 미소를 보였다.

"이제부터 그대의 이름은 블랙 이글(Black Eagle: 검은 독수리)일세. 밤하늘을 활공하는 한 마리 독수리가 되어 그 매서운 눈과 튼튼한 날개로 북부의 마물들과 싸우고 인간들을 보호하여 주게."

"블랙 이글. 이것이 이제부터 제 이름입니다."

비딕이 새 이름을 받아들였다. 골드 라이온이 비딕의 머리에 성수를 부어 입회 의식을 마무리했다.

다음으로 샤를르 위그 대제가 무릎을 꿇었다.

"나의 스승을 대신하여 묻노니, 그대는 조국 위그를 버리겠는가?"

비딕과 달리 샤를르는 선뜻 대답하지 못했다. 왕이 자신의 왕국을 버린다는 것은 보통 결심으로는 할 수 없는 일이었다.

"그대는 조국 발루아를 버리겠는가?"

골드 라이온이 다시 물었다.

후웅!

순간적으로 골드 라이온의 눈이 진한 황금빛을 띠었다. 키가 작은 골드 라이온이 순간적으로 거인처럼 보였다.

샤를르가 고개를 숙였다.

"버리겠습니다."

한번 마음을 비우자 그다음 대답은 쉬웠다. 남부 최강의 왕국을 이끌어 오던 샤를르 위그 대제가 왕위를 포기하고 벨커스의 추종자, 즉 은둔 수호자가 되었다. 골드 라이온은 샤를르에게 '위즈덤(Wisdom: 지혜)'이라는 이름을 하사했다.

"위즈덤. 좋군요. 위즈덤."

샤를르는 위즈덤이라는 이름이 마음에 들었다. 은근히 라이벌로 여겼던 비딕이 블랙 이글이라는 촌스러운 이름을 받은 데 비해 자신은 제법 괜찮은 이름을 받아 우월감이 들었다.

'위즈덤이라고 하니까 뭔가 고차원적인 느낌이 드는군. 그렇지. 이 샤를르에게 동물 이름은 어울리지 않아.'

샤를르, 아니 위즈덤이 어깨를 으쓱거렸다.

골드 라이온이 상대의 속내를 꿰뚫어 보고는 빙그레 웃었다.

마지막으로 람은 '레오파드(Leopard: 표범)'라는 이름을 받았다.

블랙 이글과 위즈덤, 레오파드는 그날 골드 라이온으로부터 수많은 이야기들을 들었다. 골드 라이온의 스승이 800년 전의 대현자 벨커스라는 사실부터 시작하여, 온갖 새로운 정보들이 그들의 뇌로 쏟아져 들어왔다.

“벨커스 님이 아직 생존해 계신단 말씀입니까? 어떻게 그럴 수가!”

“북부의 아홉 왕국이 지금 내전 중이라고요?”

“아니, 마물들을 봉인할 비법이 존재했단 말씀이십니까?”

세 수호자들은 잇단 충격에 머리가 멍했다.

아직 어리바리한 신참들을 보면서 골드 라이온과 레드 베어가 흐뭇하게 웃었다.

제8화

천계의 육대신장

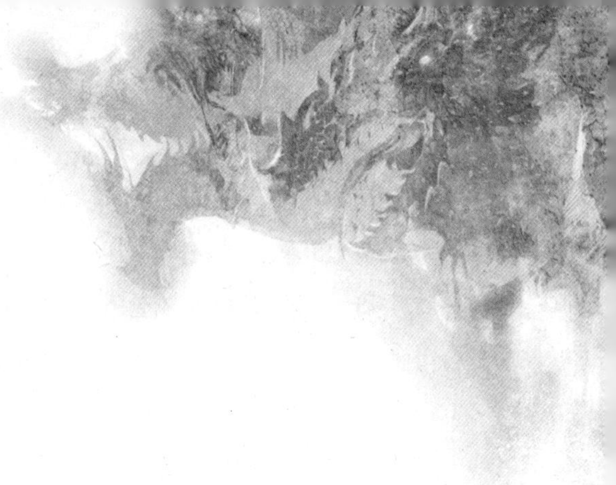

Chapter 1

키 160 센티미터.

몸이 호리호리하고 금발이 아름답게 찰랑거리는 미소년이 자리를 털고 일어섰다.

소년은 유서 깊은 백작 가문의 외동아들이었다. 그러던 소년이 2년 전 갑자기 열병에 걸려 앓아누웠다.

백작가가 발칵 뒤집혔다.

"내 아들. 내 아들을 살려 내."

반미치광이가 된 백작이 영지 마법사의 멱살을 삽고 흔들었다. 용하다는 신녀도 불러서 아들을 치료하게 만들었다. 백작은 홀리랜드의 성녀 클로테스에게도 편지를 써서 아들을 살려 달라고 애원했다.

소용이 없었다. 마법사와 신녀는 백작의 외동아들을 일으키기 위해 갖은 노력을 기울이다가 결국 두 손을 들었다. 홀리랜드에서는 아무런 답변도 오지 않았다.

그렇게 2년이 지났다.

백작과 백작 부인은 식물인간이 되어 버린 외동아들의 곁에서 눈물로 긴 시간을 보냈다.

그러던 아들이 오늘 갑자기 자리를 털고 일어섰다.

"오오, 얘야!"

백작 부인이 아들에게 와락 달려들었다.

뺨이 온통 눈물범벅이 된 어머니의 모습을 보면서 소년의 눈이 차갑게 번뜩였다. 순간적으로 소년의 몸에서 강렬한 빛이 휘몰아쳤다.

때마침 백작이 문을 벌컥 열고 들어왔다.

"누가 깨어났다고? 내 아들, 내 아들이 깨어났다고?"

놀라움과 기쁨에 가득 차서 아들의 방에 들어온 백작은 이내 외마디 비명을 질러야 했다. 창문 근처에서 어마어마한 빛의 폭풍이 휘몰아친 탓이었다.

후와아아아앙!

투확! 투확! 투확!

빛은 살상력을 갖추었다.

그 빛에 닿은 모든 물체가 오븐 속의 치즈처럼 녹아내리기 시작했다. 벽이 흐물흐물 무너졌다. 창문 유리가 촛농처럼 문드러졌다. 휘황한 빛에 노출된 백작과 백작 부인도 형체를 알아볼 수 없게 사라졌다.

눈 깜짝할 사이에 백작가 중앙 건물을 녹여 버린 소년은 허공으로 몸을 쭉 날렸다.

눈부신 빛이 하늘로 솟구쳤다. 그 빛의 양쪽으로 여러 겹의 날개가 돋아나 펄럭이는 듯했다. 빛은 펄럭펄럭 날갯짓을 하며 동쪽으로 날아갔다.

천계 육대신장 가운데 최강.

빛의 신장 플라비우스가 드디어 강림 의식을 모두 마치고 제 권능을 되찾았다.

깊은 산 속.

인적이 거의 닿지 않은 산속 오두막에서 끙끙거리는 신음 소리가 들렸다. 사람들로부터 마음의 상처를 받고 산속에 홀로 들어와 야생의 삶을 살아오던 늙은 사냥꾼이 오두막 속에서 온몸을 벌벌 떨며 신음하는 중이었다.

그러던 어느 순간, 사냥꾼의 떨림이 뚝 멎었다.

"아이, 깜짝이야."

"이거 죽은 거 아냐? 신음하던 놈이 갑자기 신음을 멈추면 죽은 거잖아?"

"그럼 곤란한데."

험상궂은 사내 4명이 늙은 사냥꾼에게 다가왔다.

이 사내들은 산에서 마약을 재배하는 암흑가의 인물들이었다. 그들은 1년쯤 전 은밀하게 마약을 재배할 곳을 찾다가 이 오두막을 발견했다.

처음에 사내들은 늙은 사냥꾼을 죽여 버리려고 했다. 그런데 중간에 마음을 바꿨다.

"잘 봐 봐. 이 늙은 사냥꾼은 어차피 산송장이나 다름없어. 우리에게 아무런 위협이 되지 않는다고. 하지만 이 사냥꾼을 살려 두면 우리에게 이득이 있지. 만약에 마약 재배지가 수비대에 발각되었다고 가정해 봐. 그때 모든 죄를 이 늙은이에게 뒤집어씌울 수 있잖아? 이 오두막은 어차피 이 늙은이의 것이니까."

"오, 그거 괜찮은 작전인데?"

"이 친구, 역시 이런 방면으로는 머리가 좋아. 정말 나쁜 쪽으로는 비상하다니까. 낄낄낄."

그때부터 사내들은 이 오두막을 드나들며 이곳에서 마약을 정제하고 온갖 범죄 행위를 구상했다.

늙은 사냥꾼은 옆에서 무슨 일이 벌어지는지도 모르고 내리 2년을 앓아누웠다.

그러던 사냥꾼이 오늘 갑자기 벌떡 일어났다.

“뭐야?”

“아이 씨, 깜짝이야.”

천으로 입과 코를 막고 마약을 정제 중이던 마약상들이 화들짝 놀랐다.

“이 늙은이가 갑자기 왜 일어나?”

“죽은 듯이 조용히 있었으면 좀 더 살았을 텐데, 운도 지지리 없군.”

마약상 가운데 한 명이 테이블에서 일어나 늙은 사냥꾼에게 다가왔다. 챙 소리와 함께 마약상의 손에 날카로운 단검이 들렸다.

늙은 사냥꾼이 몽롱한 표정으로 마약상에게 다가섰다.

마약상이 사냥꾼을 향해 빠르게 접근했다. 그의 억센 손이 사냥꾼의 입을 막았다. 다른 손은 사냥꾼의 배에 단검을 쑤셔 박았다.

까앙!

날카로운 금속음이 울렸다.

“크앗.”

마약상이 단검을 놓쳤다. 그의 손은 온통 피투성이였다.

“뭐야?”

“늙은이가 뭔 짓을 한 게야?”

마약상 동료들이 일제히 무기를 뽑아 들었다.

그 순간 늙은 사냥꾼의 몸이 폭발하듯 부풀었다. 눈 깜짝할 사이에 옷이 찢어지고, 그 속에서 사냥꾼의 맨살이 드러났다. 번들거리는 사냥꾼의 피부는 마치 황동처럼 보였다.

마약상들이 휘두른 무기가 그 피부에 닿자마자 뒤로 튕겨 나갔다. 그것도 그냥 튕겨 나간 것이 아니라 강한 반발력을 안고 튕겼다.

"크왁."

"내 손! 내 손이 박살 났어."

마약상들이 비명을 질렀다.

그 비명이 이내 더 커졌다. 거대하게 부푼 사냥꾼이 마약상 4명을 종이처럼 찢어 버렸기 때문이다.

이어서 오두막이 통째로 터져 나갔다. 늙은 사냥꾼은 온몸으로 오두막을 부수며 점점 더 크게 부풀었다.

나무보다 더 크게, 바위보다 더 크게, 산악처럼 거대하게.

이윽고 키 300 미터에 온몸이 황동으로 이루어진 거대한 존재가 이 땅에 그 모습을 드러냈다.

동신장 브렌누스.

천계의 육대신장 가운데 하나인 그가 드디어 강림 의식을 마치고 눈을 떴다.

"후우읍."

브렌누스는 숨을 한 번 크게 들이쉬어 계곡의 공기를 빨아들이더니, 그대로 땅속으로 파고들었다.

가장 먼저 깨어났어야 할 브렌누스가 다소 늦게 눈을 떴다.

Chapter 2

브렌누스가 강림한 곳으로부터 멀리 떨어지지 않은 인근 마을.

화르르륵! 화르륵!

시뻘건 화염이 높이 치솟았다. 검은 연기를 동반한 화마는 혓바닥을 날름거리며 아름드리나무를 집어삼켰다. 집을 태웠다.

"불을 꺼. 빨리 불을 끄라고."

"물! 물!"

때아닌 화재에 사람들이 아우성을 쳤다.

마을을 지키는 수비대가 물동이를 들고 날랐다. 이웃들도 화재에 놀라 모두 집 밖으로 뛰쳐나왔다.

그렇게 사람들이 화재 현장에 모여들었을 때였다.

퍼엉!

강한 폭음과 함께 불길이 걷잡을 수 없이 증폭되었다.

"으악."

화재 현장에 모여들었던 사람들이 비명 한마디를 지르고 잿더미가 되었다. 물을 나르던 수비병들도 온몸이 불길에 휩싸여 날아갔다.

화르르르륵!

폭발과 함께 화재 현장에서 거인이 몸을 일으켰다. 온몸이 불덩이로 이루어진 거인은 16개의 손을 뻗어 주변의 건물들을 차례차례 불바다로 만들었다. 그다음 그 불을 자양분 삼아 2차 폭발을 일으켰다.

퍼어엉!

이번 폭발은 조금 전 첫 번째 폭발보다 훨씬 더 강렬했다. 이제 화마가 마을 전체로 번졌다.

강렬하게 타오르는 불길 속에서 거인이 숨을 들이마셨다.

[후으으읍—]

순간적으로 불이 거인의 콧속으로 빨려 들어갔다. 그러면서 거인의 몸집이 더욱 크게 부풀었다. 머리가 하늘 꼭대기에 닿을 정도로 덩치가 커진 불의 거인이 갑자기 상체를 앞으로 굽혔다.

화르륵!

거인의 등 뒤에서 여섯 쌍, 즉 열두 장의 날개가 돋아났다. 불길에 휩싸여 이글거리는 날개가 이내 활짝 펼쳐져 앞뒤로 펄럭였다.

16개의 팔에 여섯 쌍의 날개를 지닌 불의 거인이 하늘로 둥실 떠올랐다. 거인은 온통 불에 휩싸인 마을을 굽어보더니, 그대로 동쪽으로 몸을 날렸다.

천계 육대신장 가운데 한 명.

남신장 바투스가 강림 의식을 모두 마치고 긴 잠에서 깨어났다.

마고 왕국 인근 연해.

짐을 가득 실은 배 한 척이 잔잔한 바다를 가르며 항해 중이었다. 이 배는 동북쪽 맥클라우드 왕국과 동남쪽 마고 왕국을 오가는 상선이었다.

"이제 고향이 코앞이구나. 휴우, 힘들었다."

상단의 단주는 저 멀리 보이는 해안선을 바라보며 안도의 한숨을 내쉬었다.

"형님. 이제 다 왔군요."

건장한 체격의 선장이 상단 단주의 곁에 다가왔다. 선장은 단주를 향해 맥주잔 하나를 내밀었다.

단주가 맥주잔을 받아 마시고는 고개를 끄덕였다.

"그래. 아우 덕분에 무사히 왔어. 고맙네."

"고맙긴요. 마땅히 제가 해야 할 일인걸요. 그나저나 이번 상행은 여러모로 운이 좋았던 것 같습니다."

단주가 맞장구를 쳤다.

"맞아. 운이 좋았지. 맥클라우드 왕국에서 좋은 가격에 물건도 많이 샀고, 또 우리 마고 왕국의 물건도 제값을 톡톡히 받았으니 이거 완전 대박이 아닌가."

"게다가 상행 내내 바다도 잔잔했습니다. 선원들 가운데 아픈 사람도 없었고요. 크으, 시원하다."

선장이 맥주를 쭉 들이켰다.

"여신께서 우리를 보우하셨어. 크으!"

단주도 맥주를 마저 마셨다.

그때였다. 갑판에 갑자기 어두운 그림자가 드리웠다. 선원들이 고개를 들었다. 선장과 단주도 손을 이마에 대고 하늘을 올려다보았다.

"저게 뭐지?"

단주가 고개를 갸웃했다.

선장이 그 말을 받았다.

"구름일까요?"

"아니야. 구름치고는 모양이 이상해. 저게 도대체 뭐지?"

단주가 고개를 갸웃거리는 가운데 하늘에서 거대한 덩어리가 점점 하강했다.

처음에는 이 덩어리가 무엇인지 보이지 않았다. 그러다 점점 더 바다로 내려오자 덩어리의 형체가 보였다.

온통 물로 이루어진 거대한 거인.

어마어마한 크기의 거인이 하늘에서 하강하여 배를 향해 다가오고 있었다.

"어어? 어어어?"

거인의 낙하 속도는 느린 듯하지만 생각보다 굉장히 빨랐다. 그 거대한 물의 거인이 구름 높이에서 뚝 떨어져서 온몸으로 배를 덮쳤다.

파앙!

물보라가 수십 미터 높이로 솟구쳤다. 배가 순식간에 박살 났다. 갑판 위의 선원들이 바다로 내팽개쳐졌다.

"으악!"

"살려 줘."

비명이 파도 소리에 묻혔다.

"형님, 형님."

선장이 몸에 밧줄을 묶고 단주를 챙겼다.

"으아악."

단주는 그 전에 물살에 휩쓸려 어딘가로 떠내려갔다.

갑판 아래 머물고 있던 상단의 단원들이 물벼락에 얻어맞아 복부가 터졌다. 고막과 눈알도 터져 버렸다.

하늘 높이 솟구쳤던 물보라가 다시 해수면으로 떨어졌을 때, 바다 위엔 온통 배의 파편 천지였다. 그 사이에서 복부가 터지고, 팔다리가 부러진 시체들이 둥실 떠올랐다.

[크우우.]

하늘에서 뚝 떨어져서 배 하나를 박살 낸 물의 거인이 바다 한복판에서 몸을 일으켰다.

키 320 미터. 등짝에 여섯 쌍의 날개를 지닌 물의 거인은 얕은 바다를 철벅, 철벅 걸었다. 거인이 발을 옮길 때마다 바닷물이 모여들어 거인의 몸체를 구성했다가 다시 흩어지기를 반복했다.

물의 거인이 향한 방향은 마고 왕국의 해안가였다.

천계의 여신이 강림한 둥지를 향해 물의 거인, 아니 천계의 북신장 수키우스가 발걸음을 옮겼다.

〈다음 권에 계속〉